U0871510

天山巍峨映晴空，雪域银装万古同。
乌鲁木齐城中望，云间仙境入画中。

——2025年AI作品《我的乌鲁木齐》

聆听
亚洲的心跳

LINGTING
YAZHOU DE XINTIAO

刘德良　主编

新疆人民出版社
（新疆少数民族出版基地）

图书在版编目(CIP)数据

聆听亚洲的心跳 : 作家笔下的乌鲁木齐 / 刘德良主编 . -- 乌鲁木齐 : 新疆人民出版社(新疆少数民族出版基地), 2025. 2. -- ISBN 978-7-228-21519-5

I. I267

中国国家版本馆CIP数据核字第2025FV5093号

聆听亚洲的心跳

LINGTING YAZHOU DE XINTIAO

出 版 人	李翠玲	**图书策划**	王金枝
出版统筹	陈　漠　热伊麦·阿布都吾甫 古丽热·穆合塔尔	**责任编辑**	陈　漠
装帧设计	王　洋	**责任校对**	热伊麦·阿布都吾甫
责任技术编辑	杨　爽	**封面绘画**	王　洋

出版发行	新疆人民出版社(新疆少数民族出版基地)
地　　址	乌鲁木齐市解放南路348号
邮　　编	830001
电　　话	0991–2825887(总编室)　0991–2837939(营销发行部)
制　　作	乌鲁木齐市向好文化传媒有限公司
印　　刷	新疆新华华龙印务有限责任公司

开　　本	787mm × 1092mm　1/16
印　　张	20.5
字　　数	230千字
版　　次	2025年2月第1版
印　　次	2025年2月第1次印刷
定　　价	80.00元

版权专有,侵权必究。如有质量问题,请与新疆人民出版社营销发行部联系调换。

目录

上部　天山下

下部　乌鲁木齐的烟火人间

上部

天山下

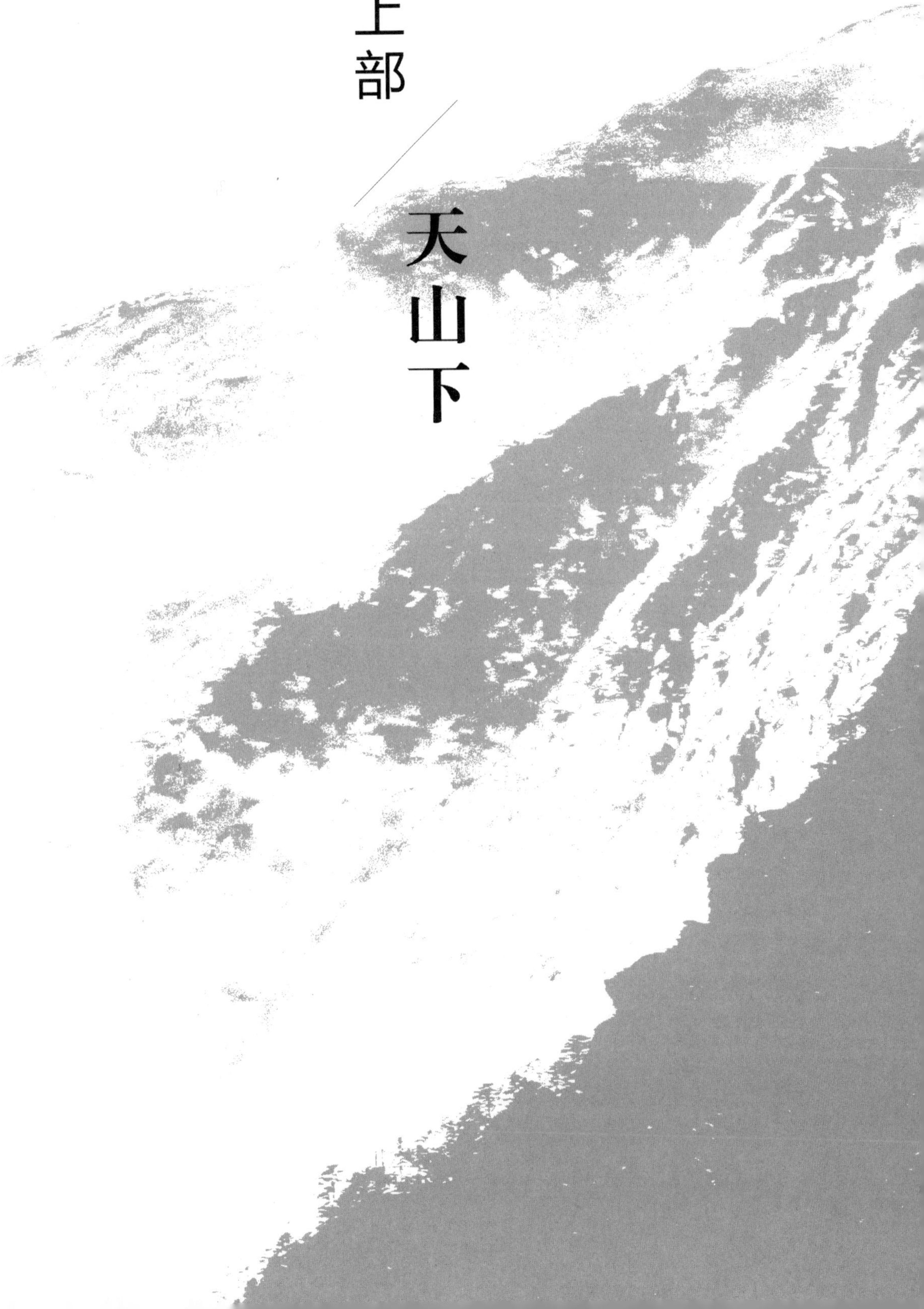

这座城市：一条河流的名字

艾克拜尔·米吉提

很少有人把乌鲁木齐这座城市的名字，与一条河流联系起来。其实，曾经有一条名叫乌鲁木齐的清澈湍急河流流经这座城。那时候，城市很小，几乎是一个小镇。清末民初，新疆的治理中心由伊犁惠远城的将军府转设乌鲁木齐后，这座城市才慢慢长大。那时候，河流依然如脱缰的野马，毫无拘束地流过这座城市。红山脚下（现在贯穿城市南北的河滩公路，便是乌鲁木齐河的老河床），一川的鹅卵石就躺在那里，随心所欲，逍遥自在，承受着阳光与雨露的沐浴和寒来暑往的季节更替。其实，唐代边塞诗人岑参"一川碎石大如斗"的诗句，就是对这里风物的最佳描述。

这座城市与我和我们家族有着密切关联。父亲给我讲述过我两岁时的一段故事。那一天，他带着我在山西巷子一带随意走走，我们要等待第二天发往伊犁的班车——其实就是敞篷卡车。在一家店铺，父亲闲来无事，就让掌柜把一双三接头皮鞋拿过来，让我在蒙着地毯的柜台上穿上那双三接头皮鞋走来走去。时间消磨得足够可以了，父亲准备带我离开这家店铺，便让我脱下那双三接头皮鞋。当父亲真的让我脱下三接头皮鞋还给掌柜时，我竟然号啕大哭起来。父亲抱着我离开这个店铺，一路哄着，就是哄不住我，我坚持要拿回那双三接头皮鞋。很久以后，父亲给我讲述起这段行将湮没的往事时，脸上是甜美的笑容。

父亲是1950年从伊犁卫生学校毕业来到这座城市，接受和平解放初期省干校的培训，分往遥远的若羌担任第一任县医院院长。那时候，若羌可不像今天，飞机、火车、汽车全有，交通四通八达，甚至即将成为新疆通往疆外的新交通枢纽。若羌当时连一条像样的公路都没有。父亲和他的伙伴从焉耆骑着骆驼跟随被毛驴牵引的商队，足足走了一个月才到达目的地。他的伙伴还要走得比他更远，独自骑驴走上七天才能到达且末。这就是他们那一代人的青春，到祖国最需要的地方去，投身于建设新中国。

我的母亲是1950年12月接到通知，作为参加全省各族各界人民代表大会代表，准备来乌鲁木齐(那时叫迪化)。1951年元旦之后，若羌作为既边远且只有五千人口的小县，还没有通班车，时任副县长还兼着党组书记的王传文，派一个汽车班带着我母亲(当时还没有和我父亲结婚)上路了。一路上，他们就像亲人般关心照顾我的母亲。母亲乘坐的汽车排在车队中间。由于路况很差，一天只能走十五至二十公里。路边的荆棘、红柳、胡杨、沙丘，对我母亲来说是难得的风景。我母亲坐在驾驶室，出神地望着窗外，有时会睡过去……

车队第八天才从库尔勒赶到作为专区行署所在地的焉耆。我的母亲对这次旅行十分自豪,这是一生的难忘之行。因为,她乘坐中国人民解放军军车的驾驶室,一个班的战士护送着她。在中国共产党的领导下,这是她青年时代的第一次远行。此行是以一种喜悦的、安逸的、无限幸福的心境开始的。

两天后,车队从焉耆前往乌鲁木齐。第四天从达坂城出发,天未亮时到了乌鲁木齐,入住新修建的三层高的天山宾馆。他们要参加的新疆省各族各界人民代表大会正是在这个宾馆三层会堂召开。

这次会议让母亲大开眼界。她见到了省政府主席包尔汉,还有省政府其他领导,从各地来的领导,普通群众代表,牧民代表,各民族妇女代表,还有乌鲁木齐地区专员哈德万夫人。

会议之后,和我母亲同室的两位妇女带着她逛了一下乌鲁木齐的巴扎。那时的街道满是泥泞,坑坑洼洼的,还没逛完,她们的鞋子已经满是泥巴。在摊位上,她们各自选购了自己喜爱的布料。

1952年8月底,母亲参加完土改干部培训班,作为焉耆地区正式代表,再次来到乌鲁木齐。9月10日,从会议代表中选定五十六人成立“新疆牧区代表团”,我母亲作为代表团成员,向北京出发,游历了祖国的大好河山。

后来,我的父亲母亲多次来过乌鲁木齐。乌鲁木齐在他们的生命中留下了太多不可磨灭的记忆。

我1973年9月进入兰州大学中文系学习以后,每年的寒暑假都要经过乌鲁木齐。

1980年3月,我正是从乌鲁木齐飞往北京,领取了1979年全国优秀短篇小说奖,并留在中国作协第五期文学讲习所学习。乌鲁木齐也成为我走向全国文坛的一个起点。

我的几个弟弟妹妹几乎都是在乌鲁木齐完成学业的。乌鲁木齐这座城市与我们一家人几乎血脉相连,息息相关,留下了太多美好的记忆。

如今,乌鲁木齐已经成为一座繁华的大都市。

2022年7月12至15日,习近平总书记在新疆考察调研期间,给新疆以新的定位:"新疆不再是边远地带,而是一个核心区。"这是党中央对新疆定位的全新诠释,同时昭示着新疆即将迎来大变局,成为连通欧亚大陆的"区域枢纽"。这在新疆历史上是一个划时代的巨大转折,也是乌鲁木齐在新时代发展的新起点。

人们对乌鲁木齐的未来充满全新的期待。

乌鲁木齐读本

黄　毅

距离之残忍

公元2000年岁末，新世纪或曰新千年已渐露身形。时间到了一个圆满的临界点，种种异象不时传来，空气中弥漫着显而易见的希望和隐隐约约的不安甚至恐惧。就是这个时候，我攀上了让上海人引以为豪的东方明珠塔。这座矗立于黄埔江畔的标志性建筑，用钢铁串联起的几个巨大球体——几乎包含了现代人对人的当代审美要素、形态与曲线——形态的丰满与曲线的洗练，是一切性感的根本。它也构成了现代女性简单而明快的风格。将这一法则推而广之运用到商业、制造业或者建筑上，照样可以取得意想不到的效果。可惜我所居住的那个城市这种性感的建筑尚不多见。

在这座身高四百六十八米铁塔的身体里，我被高速电梯迅速送到用来观光的“太空舱”。所谓太空舱无非就像某些大厦顶楼的玻璃旋转餐厅，其主要用途是登高远眺。这里也不例外，还支起几架像炮筒似的望远镜。在这个没有太阳、很有几分忧郁的下午，其实又能望多远？远处与眼前又有多大差别？当然，人们总是相信奇迹和好风景在远方。

这不知是谁的主意，但肯定是个不错的主意。这个创意的成功处就在于它用了一种最简便而且绝对容易让人接受的方式，告诉人们距离不仅产生美，也是一种残忍。在太空舱用来瞭望的玻璃窗上，东南西北，或者东北西南等各个方位，都用标准的黑体字标明了你身处的地方距某座城市的距离。比如东北方向注明了此地距北京的公里数，东南方向则是距广州的里程。我毫不费劲地就在朝向西北的那扇玻璃上找到了东方明珠塔距乌鲁木齐的距离四千零七十七公里。这里仿佛成了世界的中心，这里代表着开放、发达、现代、富有、新潮以及与国际接轨的骄傲，所有的城市与这里的距离就不仅仅是地域空间上的距离，它更寓意和强调的是意识、经济等诸多的距离。它的残忍性还在于几乎不容分辨就将你划归到另外的世界，也几乎不费吹灰之力就将你毫无来由的那点可怜的自尊踩在了脚下。

站在那扇朝向我的城市的玻璃窗前，我真的认真远眺了那么几眼。透过不甚明亮的玻璃，目光所及无非是高高低低、犬牙交错的楼群。再远点，一切便浸泡于大气污染造成的混沌之海中，偶有楼尖如孤岛般冒出来，但这只能增加一种苍茫感。而我却在那一刻遐思飞翔，目光穿云破雾，飞渡关山。我分明看到了白发苍颜的博格达峰。在它的护佑下，那座被称为乌鲁木齐的城市，白色的楼群在阳光下静静伫立。我愈加清晰地认出了俊朗的小伙子和美丽的姑娘为那座城市硬汉的外表下平添的几许妩媚。

其实,我是远眺到了所有人意识之外的那一座城市。

新疆人称新疆以外的人为“口里”人或“关内”人,言下之意就是自古以来到新疆必须途经某座“关口”。关口一侧为内,而另一侧则为外。毫无疑问,它不仅是一种象征,也的确是在空间地域上划分出了界线,是心理上遥远的指代,更加之古人留下的“西出阳关无故人”“春风不度玉门关”,以及“秦时明月汉时关”等与“关”有瓜葛的诗句,我们没理由怀疑那些有形或无形的“关”是拒我们在千里之外,放逐我们心灵的关键性词语。而人生又有多少人能从容地从这个“关口”通过,去抵达一个似乎遥不可及的疆域呢?

不少新疆人都有我类似的遭遇。“口里”或“关内”人问:“你是新疆人?不像,你说的普通话真标准。”又问:“你们那儿是草原?沙漠?是不是都骑着马上班?”

我真的不知该怎样回答。对追问者的无知和狭隘及被问者的尴尬和无奈,谁能比一只随季节变化而南来北往的天鹅更释然呢?不要说现代资讯已如何发达、便捷,其实人们对世界的认知依旧少得可怜。了解、进入世界的方式虽然愈来愈多样化,但并未消除对一些地区的误解与偏见。

这是别人问了一些最简单的问题,我们就这么受不了啦,如果再进一步询问的是一些复杂话题,那我们还不得让愤怒烧焦了头发?你以为世界已简单到了点一点鼠标就解决问题的地步,而事实上正如古人吟哦的那样:“露从今夜白,月是故乡明。”谁愿意为不是故乡的一个远方耗费一生?而谁又在远方的一个城市悬想全世界对她的感受?

乌鲁木齐是这个星球上距大海最远的城市。在东海之滨的上海,我得以远距离审视它,除了东方明珠塔那个偶然的契机,恐怕就是那里潮润的气息使我产生的恍惚和幻觉。都说距离产生美,不知是四千零七十七公里以外的乌鲁木齐让上海产生了好奇,还是天山脚下的乌鲁木齐对上海萌生了想法?

当距离之残忍大于距离之美时,我不会相信公平存在于一切时空中。在多数人慨叹生不逢时的时候,又有多少人在抱怨活得不是个地方。由此,你可以理解别人总说美好的生活在别处。而事实上也正如古人吟哦的那样:“青山一道同云雨,明月何曾是两乡。”隔着残忍距离的远乡,事实上担负着亚洲之心的跳动脉搏。我亦相信,公平又存在于天地之间。

进入一座城市

“每次抵达一个新城市,旅人都会再度发现一段自己不知道的过去;你不复存在的故我或者你已经失去主权的东西,这变异的感觉埋伏在无主的异地守候你。”这是意大利作家卡尔维诺在其不朽之作《看不见的城市》中的一段话。这段话好像是专门为第一次到乌鲁木齐的人所准备的。

现在,城市的庞杂与繁复,使每一个进入它的人都不能很清楚、很确切地知道在哪一时刻、哪一地段算是进入城市了。古人建造的四方城市,辟有东南西北四个或者更多城门,不管从哪个城门通过,你都算进入城市了。如今,很多城市还保留着某个门的称谓,而城门的作用和地位已荡然无存。像乌鲁木齐这样的城市,你从任何地方都可进入,但又常常怀疑是否已经进入。如果一个城市的城乡接合部过于漫长和散乱,会使这座城市的精神大受损伤，它扰乱了旅人对这座城市的基本判断。

徒步、坐火车、乘汽车或者从空中飞抵一座城市，感觉是完全不同的，尤其是你慢慢地接近一个城市，没有错过任何细节地逐步进入它，你的感官是新鲜灵活而疲惫厌倦的，那些低矮的平房，丑陋的两三层小楼，贴着马赛克的墙体像是谁龇出的参差不齐的牙齿。臭气冲天的露天茅厕，墙脸上大书着男女，好像代表着这个城市的贞操。修补轮胎、收破烂等最不引人注意的营生在这里既不红火也不萧条。一些看不出年龄的人蹲在墙边晒太阳，仿佛这个城市都这么悠闲着。敞开胸怀奶孩子的少妇，将一把亮晶晶的鼻涕甩在对面的墙上。白色食品袋和一些破纸碎布挂在树枝上，像前卫艺术家的作品……这些场景几乎与所有的城市一样，不同的是打制馕饼的维吾尔族汉子，蹲在炭火熊熊的馕坑边，他们茂密的胡子亦如一蓬火；还有在新疆无处不见的羊群，在城乡之间游荡，但绝不迈进城市一步。你必须穿过这些东西才能接近绿地、花圃、井然的街衢、摩天的楼厦。城市其实就像一群人集合在一起，高大威猛、孔武有力者集中伫立在中间地带，而那些猥琐矮小甚至身心残疾的人只能环绕在他们周遭；城市有时也像一眼泉水，城市的中心也就是泉水的中心。它纯净新鲜，涌动着活力，随着泉水的漫延，城市在不断扩大，水的边缘也被污染。那些混浊的状态，就如同城乡接合部一样。一个城市总是被混乱包围着。被混乱包围的城市才显得那么有人间烟火味，才显得具有发展的潜质——改天换地，日新月异都是从这些地方开始的。

一位做商业的朋友非常洞悉其中的奥妙，他请来一群日本人到乌鲁木齐考察投资。飞机是在夜晚降落的。夜晚的景象往往是夸张的，汽车快速从郊外的机场向市区逼近，林荫道、楼群的剪影、七零八落的灯火及散漫的游人、相拥相揽的情侣……这些迅速向后闪去的世俗生活场景，让人们读出些真实的意味，至于城市边缘的杂乱则被巧妙地躲过了。第二天是个晴好的天气，乌鲁木齐夏季特有的天空显得深湛而虚怀若谷。这是个登高远望的好时机，一行人驱车直奔红山顶。红山是乌鲁木齐市中心地带一座海拔九百一十米、相对高差六十米的小山。山虽不是特别高大，但此山在平坦中拔地而起，多是赭红色的山崖峭壁，断崖处仿佛昂首的猛虎，颇有气势。清代文豪纪晓岚曾有诗云："缥缈灵山行不到，年年只拜虎头峰。"红山其实就是乌鲁木齐家中的大型山石盆景。

站在红山顶，以白色楼群为主的乌鲁木齐尽收眼底。关键是在碧湛的天空下，那些白色的楼群峥嵘而奋进向上，夏日干爽的阳光让远处已有些模糊的建筑照样郁郁葱葱。在更远的层面上，天山第三高峰——五千四百四十五米的博格达峰仿佛横空凸现，苍颜皓首，华发铮铮。它是那样地静穆而肃然，高远而进逼，你可以想象那样的情形：夏日干爽勇猛的烈日，市声嘈杂，车水马龙，你的心绪无论如何都是纷乱的，飘浮在燥哄哄的空气中而无所依，但你不经意间一抬头，那座夏日里的雪峰便迎面而来，直直进入你的心中。那一刻，你会像这座雪峰一样沉静下来，内心变得透彻而凉爽。

日本人在红山顶被镇住了，目光被白色雪峰与白色楼群相互辉映的夏日奇妙景象所调动。他们一定是把日本的守护神富士山与眼前的这座雪峰进行了瞬间的对照。显而易见，博格达峰的奇崛风骨和孤傲气质，并不是像窝头尖上撒了一把白砂糖的富士山所呈现出的阴柔甜腻可以相提并论的。

我想，他们读懂了眼前的一切。生长在弹丸之地，肯定对苍莽辽阔有着特殊的敏感。那些可资利用与拓展的空间,再清楚不过地裸陈着,他们无话可说。

后面的谈判虽然是艰苦的,但最终几千万美元的投资项目还是敲定了。据说日本人是站在红山顶的那一刻就已打定主意要投资了。

我的一位四川诗人朋友来访。他刚刚游历了大半个中国,在其他地方燠热难当而乌鲁木齐正好避暑的时节赶来了。他带着诗人的自负与不屑一顾,满眼是祖国大好河山尽收眼底而又没多大兴趣的神情。可是,当我把他带到红山顶上,往那一戳,尤其是目光漫过栉比的楼群与博格达峰相碰撞时,他照样被镇住了。

大有多大

新疆可以用一个“大”字概括。

这个占全国六分之一陆地面积的边疆省份,有的是在全国乃至全世界排上名次的大山、大沙漠、大湖、大河、大草原、大戈壁等。这些个“大”无一不影响到新疆人性情、生活,而这些“大”的集合,就是新疆人的心理前提,就是他们的精神写照。

在多数人眼里,新疆人豪爽、硬气、大方、粗糙甚至大大咧咧。这些无疑都与新疆的“大”有关。其实,新疆人的特点是丰富的。我在另外一篇文章中曾写道:新疆人具有勇敢、冒险、忍辱负重、自负、狂羁、仗义豪侠的气质,目空一切而目光短浅,重诺守信而常遭人暗算,心胸开阔而虚荣好面子,纯朴善良而内心虚弱。

据说，周涛先生在北京现代文学馆的一次演讲中曾放言：我看北京人、上海人也是小地方的人，北京、上海还不够小吗？连新疆都没去过的人，也可以说没见过什么大世面。难道新疆不是大地方吗？

周涛先生这番引起不小骚动和掌声的话语，虽然是针对文坛和社会对边疆省份文学创作的歧视、冷漠、不公平的反诘，但他也说出了我们之外的世界的态度。

新疆之大还折射在新疆的饮食文化上。大块吃肉、大碗喝酒，多少年来似乎一直是新疆人扬名在外的话题之一。

在新疆大地，自然也就创造出了以大盘鸡为代表的大盘鱼、大盘肚、大盘杂碎、大盘丸子等大盘系列，有的已名播全国。这些菜肴以鲜辣为主，油汪汪的红辣椒色彩明艳，与金黄的肉块相映相辉，就和新疆大地的色彩一致，爆辣味爽，浓香逼人，就和新疆人的性情一般。那些色彩诱人的菜肴一律盛装在搪瓷大盘里，堆得尖尖的。这一盘菜没有三五人是消化不了的。

乌鲁木齐是多民族聚居的城市。操着何种口音说话都不会令人侧目，喜欢哪种口味的饮食亦不为怪。不管是北方的鲁菜还是南方的粤菜、杭帮菜在这里都有市场，但乌鲁木齐人对南方菜过于的精细、精美、精道却大不以为然。像新疆人所创的大盘系列，吃的不仅是口味，更是一种豪迈、一种气度、一种包容、一种大开放。

新疆人对大的偏好，还表现在天下为我所用、天下唯我独有的追求上。新疆传统的大菜烤全羊已为世人所知，近年又有一高厨，创出一道烤全驼的大菜，烹烤时间得三天三夜，所需炭薪得一卡车，据说还创了吉尼斯世界纪录。乌鲁木齐人对大的追求，幸好没有到大而不当的地步，否则就难以为继了。但是,我总觉得在这个大的背后有什么小被掩盖了,大疆域、大气象、大山河、大气概、大豪迈的表面,一定藏匿着某种不甚明了的心理,太怕被人小瞧,太怕被强大的东西左右,太怕找不到自己,所以就设法逐大,对大表现出空前的热爱。

被大胀满的内心还有多少空间回旋?这种内心中一定有什么被挤得很小、很小。

岁月的果实

熊红久

一

中秋的夜色，似乎更加阑珊，站在乌鲁木齐的西大桥上，举目四望，便有了被淹没的感觉。

最先涌来的是高楼的巨浪。东边有一百八十八米高的时代广场双子座，领衔这一带的楼群；东南方有一百六十九米高的徕远广场，大片建筑被AB两座高层统驭；南边更有号称新疆之最的二百三十米高的中天广场，高耸入云。这些超高的建筑拥挤在一起，形成一股气势恢宏的浪潮，朝着我站立的桥面奔涌而来，大有夺桥而过，抢占更多空间的气势。第二波淹没我的是迷幻的霓虹。这些五光十色的艳丽，让每一面墙都变幻莫测，画面里才飞过一群鸽子，瞬间又变换成一面面红旗。刚惊叹完一大串喜庆的大红灯笼，马上又演变成一行“我爱你中国”的汉字。有时候，好几栋楼的墙面拼在一起，构成一幅巍峨雄峻的天山画卷。在色彩的装扮下，那些白日里正襟危坐的楼房，陡然间隐去了素颜，妩媚而婀娜。光在一层层叠加，色在一道道变幻，大有将夜幕驱逐出境的霸气。蜂拥而至的车流是第三波，桥面的马路被车灯连接起来，汇聚成了光的海洋。站在路边，有了堤岸观水的幻觉。尤其是眼睑微眯，朝北远望，红山脚下的河滩路——这个干涸了几十年的河床里，陡然间洪流涌动，水流湍急，仿佛一场车雨，拥塞了河道。低头看见的不是一辆辆飞驰而过的小车，而是一浪浪奔涌而逝的江水。“逝者如斯夫，不舍昼夜。”这种境况，令沉吟之人多少生出一些与夫子近似的感动来。此时，只有红山客观冷峻。山巅处屹立了近五百年的镇龙塔，仍保持着“塔映斜阳”的情致，好像清代诗人宋伯鲁刚诵完“流水马声双槛外，夕阳塔影两山尖”的诗句，正逐级而下。红山则始终用笃定的姿态，守着岁月，守着变迁，守着人类的幸与不幸。

这个城市我是熟悉的。我的熟悉来自三十多年前的求学经历。就像那时我们很年轻，有着无限的憧憬一样，城市也朝气蓬勃，有着青春的英姿和张力。楼房大都低矮而简陋，马路大都狭窄而颠簸，车辆大都稀疏而陈旧。来回穿梭的大多是公交车，主干道上奔驰的是中间箍着黑色标识的大通道公交车。西大桥可是当年整个城市唯一的立交桥，桥头铺开的是一排彩照的摊位。我刚靠近，一群手持长焦的摊主就围拢过来，“两块五一张”“两块五一张”。彩照当然是巨大的诱惑，可两块五对我更是无法逾越的“山峰”。为了好奇，故意巡察了一遍，二十几家统一价格，一毛钱也不降。我趴在栏杆上长时间盯着不流水的桥下，数着一辆辆穿桥而过的汽车，直到夕阳西下，才不舍地离开。在一个才从偏远的农村来到首府读书的学生眼里，他所面对的是一个放大的世界，有着放大的忐忑和期许，也有着放大的向往和追求。

在这座城市工作十几年了，似乎已经熟悉了它的味道和气息。车流中的节奏，就是城市血流的速率；天空的阴晴，就是城市肺部的好坏；人们的笑脸，就是城市愉快的心情。

每天都匆匆忙忙穿梭在单位和家庭之间，十几公里的距离，竟然不知不觉就消磨掉了十几年的时间。终于停歇下来，站在当初的桥上，记忆迅速啄破了岁月的厚壳，让青春苏醒过来，仿佛自己还是三十多年前的那个翩翩少年。

二

在嘈杂的博乐客运站，我费力地爬上车顶，将手里的铺盖塞进行李架的网兜里。挤进班车内，走廊里拥满了人，好不容易挤到最后一排，对号入座。票是三天前买的，虽然靠后，也算有了座位，与买站票的人相比，幸福许多。售票员的喊叫挤变了形，费力地数着人头，也费力地数着钱。

汽车启动，车厢很抖，像打摆子，排气管重重地放了两声炮，终于颤颤巍巍驶离站台。这是从边城博乐通向首府乌鲁木齐的班车，一天一趟。车站是一排土房，墙皮脱落的土墙上钉了几个木板站牌，常年暴晒，木板裂缝。远远望去，站名们咧开嘴，打着哈欠。

从怀里掏出录取通知书，又仔细看了一遍。没错，地址是农五师八十九团六连,收信人写的是我的名字,鲜红的印章盖在新疆司法警官学校的落款上。报名日期是1985年9月10日。知道自己十八岁的命运,就寄托在这张纸上了。当时的心情肯定不错,这使得九月的阳光与绚烂的心情交相辉映。内心的欢愉让我暂时忘却了车辆的破旧和污秽。

拐上312国道,车轮换了一种叙述方式,颠簸成了主题。身体像随风扬起的麦粒,一锹一锹,抛起又落下。整车人大呼小叫,只有驾驶员处变不惊,不时回过头来发几句牢骚:别叫啦!这破路、这破车!只要不散架,能到乌鲁木齐就谢天谢地吧!

阳光像烧红的烙铁,伸进车内。贴在窗户上遮光的报纸毫无用处。闷热和汗臭狼狈为奸,覆盖了触觉和嗅觉。恣意汪洋的汗水,呈燎原之势,流过面颊,流过脖颈,流过后背。有孩子声嘶力竭地哭喊,有老人粗重地咳嗽。车子仿佛行进在战争片里,到处都是被炮弹炸出的坑,轮圈在坑洼的路面上跳跃和颤动。

这是我第一次出远门。十几个小时的行程,在反复做两件事:擦汗和为下一次擦汗做准备;颠簸和为下一次颠簸做心理准备。

早先涌出的那点美好,先是颠得支离破碎,而后熏得四散溃逃。

中暑和昏睡共同涵养着"奄奄一息"这个词,在忍耐力即将耗尽的时刻,车子终于拐进了一个停车场。长舒一口气,谢天谢地,终于能下地了。司机下车,用擦汗的毛巾不慌不忙拍打着裤脚,再挨个踹着车轮,大喊一嗓子:今晚住这儿了,明早九点出发。

翌日一早,司机拿着摇把发动车。转得满头大汗,车子毫无反应。招呼几个乘车的青壮男子轮番上阵。半个小时后,在劳动者大汗淋漓中,车子终于突突冒烟，艰难启动。发动机声音滞重而混杂，像哮喘症患者。怕再熄火，司机不敢轻易下车，不停按喇叭。尖锐的声响把人们一个一个赶上车。售票员一声人齐了，驾驶员猛轰几脚油门，车子吱吱呀呀上路，开始临摹昨天的细节。

四个小时的煎熬，终于到了乌鲁木齐碾子沟车站。感谢年轻，一辆破公共汽车，整整一千里地，两天的折腾，也没把十八岁的热情颠碎。终于从偏远的边境兵团连队到了首府。按照录取通知书给出的线路，背着行李，挤上市内8路公交车。售票员拿着票夹费力走到跟前，我赶紧掏出五角钱，说到东风路口。售票员扯了一张五分钱的黑色车票，又塞给我一大把零钱。我心里对如此便宜的车票充满感激，售票员冷漠的态度，都在感激里变得可爱了。然而紧接着，她斜睨我一眼，面无表情地说：这一站下去，到对面坐车。

终于走进学校，站在门口朝东望去，尽是荒郊野岭，一片杂草萋萋。高高低低的山冈上，布满了大大小小的坟茔。离校舍最近的，不足百米。虽然略显失望，但能从新疆兵团一个偏僻的连队，通过高考进到新疆司法警官学校读书，成为一名司法警官，内心依然觉生活曼妙而美好。背着行李，我第一个走进307宿舍。铺好床被，斜靠在床头，掏出席慕容的诗集阅读。那时候，我正痴迷于诗歌创作，已经写满了三大本。始终坚信，每多创作一首，就是给燃烧的人生平添了一份薪柴，文学的火光定会在某天轰然而起，映透整个天空。

先是听到了节奏很强的皮鞋声。凭经验判断，这一定是底部前后都钉了金属鞋掌才能发出的悦耳之声。从楼下一步一步趋近，上三楼之后，往右走了几步停下来，犹豫片刻，又朝左拐，径直奔307而来。门“咣”的一声，被脚踹开。进来的男生,身材消瘦,一头卷发,身背马桶包。门挡住了他的视线,也挡住了坐在门后有些惊讶的我。

他走到每一个高低床前,辨识上面贴好的名字。最后把行李摔到我对面上铺,坐下来喘气。忽然发现了我,微微点一下头,目光却紧盯着我手里的诗集,眼放光芒,惊喜地问,你也喜欢诗歌?我点点头。他伸出手,我叫方如果,喜欢写诗。诗歌的温度,马上让两颗陌生的心靠在了一起。

待到张庆春和杜焕青分别拿着《诗潮》和《诗林》走进307宿舍时,豁然觉得我们不是来学法律的,而是参加诗歌培训班的。

第一堂体育课,老师说,你们将来都是执法者,既要有强健的体魄,又要有无畏的精神。今天的科目就是爬山。他用手指着东边,看看谁先爬上东山公墓山顶。前十名是优秀,后面十名是良好,最后五名不及格。在体育课老师的逼迫之下,同学们蜂拥而上,以赛跑的方式爬东山公墓,不但提升了身体素质,更强壮了胆魄。原本死寂的东山,顿时灵动起来。

临近考试,有些学生为求安静,清晨或黄昏竟穿梭在一个个坟茔之间,时而默默背诵,时而深度思考,这让我们很早就在阴阳之间找到生命的价值,似乎不迈过期末考试的鬼门关,连鬼都不放过我们。

最难忘是中秋之夜,班里的七八个男生乘着圆月清辉,登临东山公墓,捡回一些点心和糖果之类的供品,悄然分发给在校自习的同学,让几个毫不知情的女生口含糖果,心生感动。

两年的学习,我们的目光始终在法律书籍和文学作品之间交换,就像昼夜的交替。白天枯燥的法律学习必须用晚上浪漫的诗歌创作消解了,才能继续第二天的课程。常常会出现这样的情况,手里拿着一本《民法通则》,脑子还沉浸在舒婷的《致橡树》里。最投入的是方如果，他枕头底下经常放一写字本，梦里浮现的好句子，他会在半梦半醒之间歪歪斜斜记下来，第二天对着几个字苦思冥想，还原成梦寐的诗句。偶有半夜闪现出精彩诗句，他会兴奋地从床上跳起，把我们吼醒，大声朗读完，再爬到上铺，迅速进入梦乡，丢下一堆猩红而无辜眼神，和月亮一起失眠。

三

我是在新疆博乐市工作了二十五年后调往乌鲁木齐的。

也是炎热的夏末，也是那个车站，却早已焕然一新了。候车室宽大明亮，候车椅柔软舒适。LED大屏清晰地显示着地名和站点。广播员声音柔美圆润，奔驰的大巴鱼贯而入。半小时一趟，车发首府。走进车内，座位干净整洁、松软宽敞；空气通透凉爽、芳香弥漫。即使车子在飞驰，也像坐在自家的沙发上，宽阔的高速路，笔直朝天。

车过高泉时，忽然瞥见远处一排老旧的土屋，斜蹲在新盖的楼房边，佝偻着腰，斑驳土墙上“美味餐厅”的字迹若隐若现。想起当年去首府求学时，曾路过此地，还在这家餐厅用过餐。几辆班车都停在门口，人们拥挤在破旧的柜台前，高举着油腻的小钞，嘴里不停地喊着：来盘炒面！远远望去，昔日的繁华已被岁月埋进了往事里，忽然有了恍若隔世的感觉。

人们对一条路的幸福感，来自它的快捷和顺达。同样是这条路，同样是前往乌鲁木齐，生活所带来的变化，甚至比我们的想象还要迅速。

“吃饭啦！”售票员嘹亮的嗓音，把我从岁月的冥想中拉回来。一人一盒抓饭，刚从保温桶里取出来，还有热度。饭后，打了个盹儿，车子就停靠在了乌鲁木齐市碾子沟车站，全程仅用六个小时。速度的提升，意味着车况和路况的改善。交通是这个时代向好发展最敏锐的测温计。

新到乌鲁木齐，全身心地投入推进工作之中。在忙碌了几年后，终于选择一个周末去看看学校的发展，再巡视一下周边环境的变化。心里暗想，当年栽下的垂柳，也该成材了吧？

下了站台，四周环顾，却找不到学校的影子了。校门口正对着的山包哪里去了？光秃秃的东山公墓哪里去了？只通一条路的校区哪里去了？除了站牌，眼前的景象与记忆的呈现完全不符。四通八达的道路，高楼林立的小区，一排矮矮的院墙，林木拥围、花团锦簇。

终于在绿树叠映中，找到了被遮挡的校牌。心情顿然轻松了！学校还在，那些有温度的往事就不会无家可归。

找到了当年我们栽下的那片林子，早已根深蒂固、枝繁叶茂了，两只手勉强可以合围一棵树。校园早已脱胎换骨，羽化成蝶。林荫小道，亭台楼阁，彰显着幽静浪漫的情调。教学大楼、体育场馆展现出现代科技的力量，当年黑煤渣的跑道，已换了翠绿的塑胶，平整，宽阔，富有弹性。

举目东望，昔日的坟堆乱冈早已植被茂密、满目葱郁。曲折的山路盘根交错，模仿藤蔓的缠绕，而一幢幢醒目的别墅就是长在藤上的葫芦。记忆和现实，截图了两张不同的画卷，二十多年的时间，整个社会都发生了难以置信的变迁。眼前铺陈开的，不仅仅是惊叹，更有自豪和对未来的眺望。

我抚摸一棵棵粗粝的树，仿佛一下子就触摸到了十八九岁的往事。那些在树林间朗读的诗歌并没有消散，而是让每一片树叶收藏了。秋雨或者冬雪,滋养了这些诗句,又储存在了树的跟部。每年春季,那些悄悄攀上枝头的嫩芽,都是一行行诗。

遐思之中,接到母亲电话。这位七十五岁的老太太用洪亮的声音告诉我,通向博乐的高速路修通了,就从自家的门前通过,从连队到市区只需要半个小时。富民安居的新楼房也快完工,下个月就可以搬进新楼了。说自己做梦也没想到,生活的变化会这么大,真的赶上了好时代。母亲用爽朗的笑声,作了幸福的注解。

四

在乌鲁木齐工作的这十几年,恰好经历了三次中央新疆工作座谈会,也见证了首府人民落实新时代党的治疆方略的艰苦努力和奋斗精神。

生活在乌鲁木齐的市民,曾经最怕的就是冬天。一是空气之浊,使人绝望。第一场雪落下,几乎再无晴日。天空始终是铅灰色的,鼻孔里充斥着熏人的煤烟味和尾气味,偌大的市区竟找不到一片可供拍照的白雪。二是交通之堵,让人崩溃。道路的发展跟不上车辆的入户,每天的早晚高峰期,大量的机动车拥塞在逼仄的道路上,马路成了停车场,堵一两个小时,甚至三五个小时已不新鲜。三是居住之差,令人沮丧。老旧棚户区比比皆是,七八十年代的老旧楼房,鳞次栉比,进入小区,就像走进了旧货市场。整个乌鲁木齐,就像一个衣衫褴褛的肺结核患者,病态、疲倦且萎靡不振。

民生改善才是最大的民心工程。首府数百个部门上下联动,数百万建设者万众一心,短短十余年,竟发生了天翻地覆的变化。

市区拆除了五万多台燃煤锅炉，改为燃气炉和电热炉，减少燃煤五十多万吨，让首府的冬天天蓝雪白，空气清新。

修建了“田字路”高架和阿勒泰路高架，一环和二环道路已连成一体，又打通了很多断头路，延长很多主干道，城市交通网越织越密，城市血液的流动也越来越畅。

一个个老旧小区脱胎换骨，一片片新开发的小区高端大气，不断长高的楼房衣着鲜亮，不断扩大的居住面积让人心情舒畅。

我所谈到的，也仅仅是整个城市巨大变化中的一小部分。对于个体而言，一个城市很小的变化，也会带给人们很大的幸福。城市的口碑，来自每一个生活在这里的人汇聚起来的满意度。

看着城市在长高，在扩大，在变美，内心是欣慰的，毕竟在向好的方向上，也有我的一臂之力。人生其实就是一棵树，在一块土地上待久了，慢慢就会扎下根来。

岁月会让我们的情感一点点融进城市的肌体里，一趟郊游，一次采购，甚至一口呼吸，都是城与人的牵挂。当城长成了能为人庇荫的大树，人就变成了它健康的果实。

东道海子是片海

赵光鸣

新疆人离海最远，但是喜欢给新疆境内的水域加上“海”的名号。比如博斯腾湖，就被叫作西海；赛里木湖，又叫三台海子；乌伦古湖，同时又被叫作布伦托海或福海。东道海子和以上这三个大湖相比，名气和水域面积都不在一个档次上，但是近年来却在悄然崛起，成为很多旅行和探险爱好者心仪的旅游目的地，它的主要优势在于离首府乌鲁木齐很近，只有一百公里，地处准噶尔盆地南缘沙漠中，是首府周边多道水系的尾闾地带泄水久积为湖，水域绵延十几公里，在沙漠和沙生植物的簇拥中，显现出一种独特的旖旎风采。

东道海子这个地名如何叫起来的，米泉（现为乌鲁木齐市米东区）县志上没有明确的记载。可以肯定的是，这个叫作海子的地方，在人烟稀少、舟车不便、信息隔阻的时代，在相当长一段时间里，它都是湮没无闻的一个存在。就是十多年前，知道这个地方的人也寥寥无几。它在新疆的知名度骤然提升，和持续多年的沙漠植树造林，以及上游河道治理及排污整治有直接的关系。湖水一年比一年清澈，生态环境一年比一年优美，好口碑如同深巷子的美酒不胫而走。加上得天独厚的地理优势，东道海子很快成为新疆众多旅游目的地中一颗耀眼的明星。

6月3日，我作为“探秘东道海子采风团”的一名成员，随团踏上前往米东区北部荒漠的程途。探秘的使命让我内心激动，注意力高度集中。首府城市的辐射到三四十公里处的梧桐镇后就算结束，接下来的全是沙漠土路。沙丘起伏，沙尘飞扬，但是一路绿色不绝于眼，主要植物是梭梭，其次是红柳、胡杨，长得都很旺实茁壮。在骆驼刺、铃铛刺、三芒草、苦豆子、芨芨草、甘草组成的稀疏草被中，大芸的鞭子状的花蕾时隐时现，鸟儿的叫声此起彼伏，声声悦耳。同行的米东文友告诉我，为了维护米东区北部沙漠的生态系统，这个区域是严禁放牧和狩猎的，打柴也是被严格禁止的。由于杜绝了人类活动的破坏性行为，自然界的百草万物得以自由有序地生长，尽显繁盛之态。

米东文友是个辩证论者，他说人类对大自然的破坏性活动应当制止，但是对大自然生机繁盛的有益举措却应当大力提倡，比如植树造林。多年前，米东区的干部群众，很多人都到这片沙漠来植过树。每年秋天来，天当被子地当床，自带伙食，战风沙，挥汗如雨，硬是让亘古不毛之地长出了一簇簇的绿色。如此奋斗多年，终于让这些绿连接成片，涵盖四野。现在，真真切切看到了当年辛劳的回报。凡是参加过当年荒漠造林大会战的人们，都难掩内心的自豪感,喜悦和骄傲之情溢于言表。

前往目的地的沙土路曲折蜿蜒,起伏颠簸,黄尘滚滚。我心想,东道海子真要开发为旅游胜地,首要之务就是修路,修一条平展展的柏油路。然后,就应当是一系列的亭台楼榭、酒家旅店、歌厅夜市之类拔地而起。这是我对于景点建设的惯常思维。到了采风营地,见到米东区的几位领导,听他们谈东道海子开发的总体设想和规划,才知道米东区要打造的是一个探险旅游基地,是特种旅游中与时俱进的新品种。因为有这样的总体设想和规划,新的开发建设理念在各个细节上都彰显不同:道路保持原样,景点不建任何楼堂馆所,除供探险游必须有的基础设施,所有人为造景一律不建。

这次采风活动,除作家队伍外,还来了数十位摄影家和记者,人员众多,车队庞大,活动组织者及所有工作人员奉行不打扰景区环境的原则,低调安排座谈交流,一切活动从简,伙食以不冒烟或少冒烟为原则,原定的篝火晚会因怕有安全隐患,果断取消。两天的活动区,只限于距湖面一百多米一个足球场大的地面。住宿用的轻便帐篷整齐有序地排在沙地上,这些带有象征性的对人类活动的限制措施,传达的是一种先进的环保理念——人与自然和谐相处,深得大家的理解和赞同。

有火的晚会没有举办,更有诗意的星光夜话却进行得非常红火。自由交流,畅所欲言,杂有舞蹈、花儿演唱、哈萨克族歌手的冬不拉弹唱,精彩不断。这个夜晚星光灿烂,湖水在星光下粼粼闪光,沙丘和沙原呈现静寂的剪影,夜色朦胧,微风轻拂,带着湖水和沙生植物的清香,让人陶然欲醉。

哈萨克族歌手唐加勒克是这个星光夜话的明星。他是个壮实的中年人,黑红脸庞,笑容明朗,嗓音洪亮,冬不拉和吉他弹得娴熟自如,炉火纯青。

他唱了好多首歌，最打动我的是他自己创作的一首歌，《海边》，唱得极为动情。

在歌中，他把湖称之为海。他形容湖的美如同驼羔的眼睛，她是他的慈母，也是他的情人。他愿意永远依偎在她的身边，和岁月同老，即使变成灰烬，也不离开海边。

我用心谛听着这首歌。我感动，是因为我触摸到一个湖畔民族群落的灵魂。

拂晓时分，我们已经到了湖边，沿湖岸徒步观景。湖水浩荡，像一条宽阔的大河在沙丘中坦陈。树姿婆娑，草坡蔓延全程，蚊虻成群，却不咬人。行程之初，湖上飞的多是湖鸥，到湖心植物带出现，大群的鸟发出嘈杂的叫声，种类杂多。除鸥鸟外，还有野鸭、波斑鸨，还有大型的白鹳、苍鹭、黑鹳、灰鹤、大天鹅。这个百鸟群集的景观，伴随我们一个上午的行程，说明东道海子对鸟类的吸引力如同磁场一样。

这天下午，我没有再在风光旖旎、鸟群聒噪的湖畔流连。热闹过了，我需要安静，理理思绪。于是我独自走向营地北部的沙丘群，翻过几座大的沙垅，周遭寂静下来，除了偶尔传来的寂寥的鸟鸣，没有其他声响。阳光明媚，照耀着沙丘，纯净安详。梭梭、红柳、大芸等植物疏朗而茁壮，纹丝不动。沙地上，鼠洞星布，蚂蚁和小甲虫在忙碌地穿行。一种亮丽的小花让我停步不舍，观察良久。花为金黄色，不及黄豆大，一簇开几朵，均匀而对称，在荒裸的沙地上发出金子一样的亮色。这些金色小花点亮了我的记忆，让我想起了《瓦尔登湖》中梭罗那些关于人与自然的论断。他的“只有在荒野中才能保护这个世界”的著名观点，影响了整个世界。走向荒野不是走向原始和过去，荒野意味着前途和希望。他呼吁作家使用一种“黄褐色”的与土壤相接的语言，走向草地和旷野。

在梭罗之后，涌现出“沙漠美学”创造者玛丽·奥斯汀和她的《少雨的土地》、爱德华·艾比的《大漠孤行》、安妮·迪拉德的《汀克溪的朝圣者》。这些自然文学的代表作家都不是荒野的匆匆过客和观光客。他们用几年、数十年时间，细心观察荒野的四时变幻、动植物的生长，观察河湖、阳光、山脉、风暴，从中摄取滋润人类心灵的营养。

站在沙漠的高冈上眺望浩茫的沙海与湖，我有一种释然后心旷神怡的心情。这次对东道海子的造访让我眼界大开，受益多多。

我喜欢这个地方，名不见经传却有着不可替代的吸引力。

哈萨克族歌手唐加勒克的歌唱得很对，我们都会变成灰烬，但即使成灰也要接近永恒的事物，比如海与湖。

正如爱德华·艾比在《大漠孤行》中所说：“人有生有死，城市有起有落，文明有兴有衰，唯有大地永存。”

在边城过日子

董立勃

1979年考上新疆师范大学，来到乌鲁木齐。没有想到这一来，就待在了乌鲁木齐，一直到退休。算算时间，竟有四十多年。在农场长大，以为会在戈壁滩上终老。从未想到命运会如此安排，让我这一辈子大部分时间都生活在了边城。

汉代便有军民在此屯垦，正式建城于清朝乾隆年间。存有多处古迹，更有无数传说。曾经的风云变幻翻天覆地，我无缘目睹。但二十世纪八十年代以来，身为一市民，在边城过日子，却有幸亲眼见证边城迅速崛起，一跃成为中亚大都市、国际商业贸易之中心、多样文化交流融合的混血之城。它的容颜性格与气息，使它在祖国的山河间，永远都散发着独特的魅力。

初入边城二十刚出头，现已接近古来稀的年岁。

走在夕阳的余晖里，看大街上人来人往，不免想起一些难以忘怀的往事。

大学四年，有三年校区在北门。离闹市区近，又因来自荒野，对什么都好奇。上完课，会经常跑出校园开眼界。街边新开一家牛肉面馆，二毛五一碗，天天排长队才能吃上。有朋友来了，带去吃一碗，朋友高兴得不行。出门有一路车，坐车五分钱。买一次票，用好多次，直到用得烂成了渣。当学生的，实在太穷，能省一点是一点。可看电影不心疼钱。出门走不远，是人民电影院。只要放新电影，一定会去看。《少林寺》第一场，在露天场放，买不上票。快要开映时，站在街边买二手票。终于多花了一块钱买到票。还有大小十字、人民广场，也常会去转悠，没想干什么，只是看热闹。下午不上课，背着书包沿光明路往西走，走到人民公园。坐在鉴湖边木椅上，看书的同时，也看风景。那会儿，红山还不是公园。山上野草丛生，一片荒芜。过五四青年节，我们来到山上，点起篝火，又唱又跳。那会儿，西大桥下面的河滩上还流着水。春天里水流还很大。天热时会有人在水里洗澡。那会儿，西大桥也没有那么宽。可桥上的人很多。摆在桥上的小摊，卖什么的都有。港台产的电子产品和歌星的磁带成了热门畅销货。砖块式的录音机放着邓丽君的歌，怎么听都听不够。那会儿，血很热，女排得了世界冠军，半夜跑到街上狂欢，从光明路一直走到解放路，再走到延安路。那会儿，我们经常跑到新华书店排队买新书。大家凑到一起，说的是振兴中华，谈的是现代派文学与西方哲学，唱的是“再过二十年，我们来相会，那时的天，那时的地，那时祖国一定很美。”

1984年结婚成家，住在山西巷。一间小平房，二十八平方米。没有上下水，没有卫生间，取暖做饭要烧煤。没多久，别人帮忙弄了个煤气罐，一下子方便了不少。隔壁是一家维吾尔族人。女主人阿依夏带两个女儿。女儿还在上学，一个月工资花不到头，经常来借钱。借的不多，也就是二三十块。我家有一张折叠圆桌，她家有客人了也会来借。只是不管借钱借桌子，借了总会很快归还。过年过节，做了好吃的还互相送。所居区域，属边城老区，各族同胞长年混居，直到二十世纪九十年代末搬离，从未有过不适与不便。其时，房子虽小，因位于闹市，来往方便，常有文友来访。不少当红作家都在我的小屋里酌过小酒，打过麻将，吹过牛皮。我拿手的粉条大白菜炒肉，让不少人多年之后见面还津津乐道。工作在文联，先是当编辑。刊物停刊后，负责处理作协日常事务。办公地点多次迁移，却总在热闹地段。眼看着四周街道上店铺不断密集起来，人流不断拥挤起来，生意不断红火起来。个体户不再被看不起，下海经商者被称为勇敢的弄潮儿。单位上班的也坐不住了，总想着法子让腰包鼓一点。一个政府的干部朋友，弄了一车汽水，让我跟他去水上乐园卖。我去了，和他一起吆喝着，遇到了熟人也没有什么不好意思的。结果，一车汽水卖完了，朋友给了我近二百块钱辛苦费，比我一个月工资还多。政策的宽松，迁徙的自由，给了所有人平等的机会。发财致富成了奋斗目标，成了一种荣耀。挣了钱，不往银行存。对物质文明的向往，让口袋里装不住钱。有了彩色电视机，不能不换一台。让贮存的食物保持新鲜，电冰箱不可缺少。个人和家中要干净卫生，洗衣机是必须的。这些东西有了，还不满足，私人也可以安电话了。安装一部电话，要五千多块钱，也舍得花。有了电话机，还得有传呼机，相互联系才方便。那年头，走在大街上的人群里，满耳朵都是传呼机的嘀嘀声。最早的手机，叫大哥大，个头真大。一个要两万块钱左右，没几个人买得起。可没过几年，手机就顶替了传呼机，人手一部。市场经济激发出的活力，巨大得惊人。商业贸易的兴起，人流物流的畅通，让边疆不再偏远，让边城作为古丝绸之路重镇的地位得以重新恢复和振兴。兄弟省市时兴穿什么衣服、唱什么歌，不出几天，边城的街头就有姑娘小伙子穿着同样款式的衣服、唱着当下中国正流行的歌。我也穿上了牛仔裤，留起了长发，唱起了崔健的摇滚名曲《一无所有》。看电影，看到外国人出门有车开，羡慕得不行，也想着能这样。想着想着，想到了1996年，真的就有了一辆捷达车。考取了驾照，开车在路上跑，仍不敢相信自己有了私家车。

二十世纪九十年代中期，边城实施安居工程。我拿出所有积蓄，在南湖买了一套安居房。买的是三楼，房价一千元一平方米。有朋友劝我不要买，说那里太偏僻了，连公交车都不通。当时的南湖一带全是水塘农田，看上去真的很荒凉。只是谁又曾想到，随着西部大开发号角的吹响，边城的建设骑上了千里马。市政府从天山区迁至水磨沟区，昔日杂草乱石覆盖的野荒地，在劳动者的辛勤努力下，迅速变成了一个鲜花盛开、绿树茂密、湖水清澈的广场。随之，短短数年间，四周商厦接踵而起，大小店铺鳞次栉比。不管是居住还是休闲、购物，南湖都是最佳的选择。当初没有在此购房的朋友，全都后悔莫及。

1998年，告别小平房，喜迁新居。天然气直通厨房，客厅卧室装上了空调，卫生间里安了抽水马桶、淋浴器，至此，生活品质大大改善，幸福感陡然提升。个人命运，永远被时代的洪流所左右。城市的兴衰，与居民的苦乐息息相关。问题总是存在，麻烦也会不断，困难不可能消失，但希望却像太阳一样，每天都从东方升起，照亮眼前的道路。一切都在变化，并且是变得越来越好。每天都有新事物涌现，让大家不由得精神焕发，激情满怀。每个人都积极努力，情愿为赖以生存之城贡献智慧与力量。我年年参加全民植树活动，去四周的荒山上种树。几十年间年，就陆续把红山、雅玛里克山、水磨沟、雪莲山、红雁池种成了公园和风景区。如今，边城休闲游玩可去处甚多。其中的红山公园，我去的次数最多。因为红山不但有塔有寺、有树有花可看，还可以看边城全景。也是这个原因，有朋自远方来，必会带到红山。这些年间，登红山多少次，已记不清。但次次所见的景物，却会牢牢刻入脑海。尤其是高楼大厦，真的如森林一样在风和阳光中不断升高，不断扩展，生长速度之快，超出常人想象。初来边城的人观之，发出惊呼，没想到，塞外边城，会如此繁华。闲暇散步时，重回住过的小巷，已找不到曾经的蜗居。原地建成的是一个幼儿园。鲜花丛中，一群花朵般的孩子在唱着儿歌。那个散发着臭味的旱厕早没了踪影，代之的是免费的公共冲水厕所。一下雨就变得泥泞不堪的土路铺上了带图案的青色方砖，两边的绿化带绿意葱茏，蜂蝶飞舞。常去的二道桥旧貌变新颜。简陋的饭馆商铺全不见了，一座巨型建筑拔地而起，气势恢宏，风格鲜明。还是那个大巴扎，风情味道没有变，可有了国际范儿。世界各地的游客到了边城，二道桥是必去的打卡地。城市之变，首为建筑与道路。开车三十年，也算老司机，每条路叫什么全知道。可如今出门在路上，常会认不出。不是老眼昏花了，而是道路的翻新改造让它们换了模样。再就是一座座立交桥如雨后春笋般冒出。凌空交错纵横，真的如同迷宫。所以，只要开车出门，就算老边城人也得开着导航，才不会走错道。

说到路，不能不说到雪。以往的冬日，只要一下雪，道路就得中断，全城的人都要关门闭户，上街清扫冰雪。边城雪多，也冷。清扫冰雪，成了个力气活，让大家受了不少累。现在冬天还下雪，可不管雪多大，不用辛苦市民了。一辆辆的扫雪机运雪车在雪中忙碌着，落到路上的雪被及时清除。雪后，条条道路仍然畅通，城市生活不受半点影响。还有冬天的天空，一度黑雾弥漫。政府加大力度进行治理。消灭小烟囱，改烧天然气，实施统一供暖，让边城的冬日终于常见蓝天与阳光。认识一位作家，是南方人，退休后，夏天去老家住，冬天回边城住。问他为何这样？他说，空气变好了，又有暖气，住着舒服。像他这样的，据说在边城还有不少。

2003年，工作调动到了新疆文联。办公地点从西大桥之东移到了桥之西。所属区域，也由天山区变成了沙依巴克区。大楼面朝南。十二平方米的办公室于走廊之北。坐在桌前，往窗外望，可望见河滩，望见红山。河滩还是河，只是雪水河变成了车如流水的河。红山还是那么红，树仍然茂密青绿，可一代人却青春不再，当年的风华少年，已老态龙钟一脸沧桑。但他们挥洒的汗水，奉献的心血，却滋润了这座城，使它总是朝气蓬勃，活力无限。

一座城，就是一座纪念碑，无数平凡建设者的名字，将永远被镌刻铭记。红山邮局旁有一排饭馆。其中一家竟是曾经的邻居阿依夏所开。相互认出后，甚是亲热。阿依夏带两个女儿靠开饭馆早已发家致富，由衷地为她们高兴。

评价一座城市，最重要的一个指标就是民众是不是活得很安宁、很丰裕。阿依夏一家人的脱贫致富，应是万千边城人的缩影。反正我身边的朋友，多年不见，再次相逢，几乎个个都过上了衣食无忧的好日子。

转眼，已退休数年。出门散步，徜徉街市，不免感慨万千。这几年，开车去兄弟省市游玩，有友人劝择一处好山水安居养老。可不知为什么，再好的山水，待上几天就想离开。名胜古迹看过了，便不再留恋。游走四方，如同在漂泊，心神不定，只有回到边城，才觉踏实。看来，边城于我，已是故乡。太多情感相系，别处难以代替。命运之手，早把人生左右。安排我在边城生活工作，还让我终老于此。这个归宿，再好不过，我欣然接受。

人会老，边城不会老。生命有尽头，边城将长存。边城之巨变，别说当初建城者不可能会料到，就算是当今世人，置身其间，也一样惊叹不已。而这一切，只是刚刚开始。科学技术的进步，使得人类创造奇迹的速度之快，从未有过。百年千年后，乌鲁木齐会是什么样，确实难以准确描绘。但可以肯定的是，它一定比现在更雄壮、更宏大、更美丽。

乌鲁木齐，我的第二故乡

哈德别克·哈汉

乌鲁木齐，有一天会变为我的故乡，这是过去从来没有想到过的。十二年前，机缘巧合让我变身首府人。

自幼出生成长在山清水秀的阿勒泰，感觉很满足，想可能就一辈子待在这儿了。直到1983年，一纸大学录取通知书摆在面前，开始意识到我的生活要发生变化了。

那时新疆交通极其不便，老式解放牌长途汽车从阿勒泰出发，晃悠三天才能到达乌鲁木齐市。一路奔波，冥想和回忆是打发时间和解除旅途劳顿的最好方法。

怀着忐忑和憧憬的心，我在车上开始回忆印象中的乌鲁木齐市：二十世纪七十年代，有一年，父亲去乌鲁木齐开林业工作会议，回来时提着一个印着一栋高楼图像的大包,里面装满了各种各样的物品,有给妈妈的头巾、姐姐的连衣裙……当然,更有我和弟弟钟爱的大白兔奶糖、饼干和核桃等零食。在那个物资短缺、经济落后的时代,这些东西弥足珍贵,我们全家人欢欣鼓舞。爸爸自豪地指着提包上印的大楼告诉我们:这是我在乌鲁木齐开会时住的宾馆,叫八楼,因为有八层楼而得名。这更让我这个从未见过楼房的乡野小子瞠目结舌。幼小的心灵深刻感受到具有琳琅满目的商品、高楼大厦林立的乌鲁木齐之富庶繁华。

经过三天奔波,公共汽车终于驶进了乌鲁木齐市。在前往碾子沟车站的路上,我不停地隔着车窗玻璃东张西望,宽阔的街道、熙熙攘攘的人群、满大街的摊贩让我目不暇接,仿佛刘姥姥进了大观园。

坐落在三屯碑的新疆大学历史悠久,底蕴深厚。在那个大学生稀少的年代,我们这些幸运的"天之骄子"能够在这里接受教育,感到无比自豪。

那时候乌鲁木齐交通不便,校门口只有俗称"大通道"的一路公交车运行。有时我们到新疆八一农学院、新疆医学院找朋友玩,过了晚上十一点公交车就停止运行,我们惦记着第二天上课,就步行穿越乌鲁木齐返校,趁着夜色一路聊天唱歌,也不觉得路远,几个小时就回到学校了。今天看来,年轻真好,青春无价。

一转眼,大学生活结束了。在一个阴雨绵绵的早晨,我离开了学习生活四年的乌鲁木齐市。看着睡梦中的城市,离别的一丝留恋、几重感慨涌上心头。回想几年的时光,我感谢乌鲁木齐让我认识了一个新的世界,感慨在这座城市美好日子的弥足珍贵,感谢乌鲁木齐的宽容豁达。

以后的日子,由于工作原因,每年都会来几趟乌鲁木齐市,感觉每次都有新变化,每年都有新气象,城市发展日新月异,现代化步伐不断加快。

今天屈指一算,定居乌鲁木齐市已经十二年了,无论从认知上还是感情上,都已经深深地融入了这座城市,从而自觉已经了解知晓了它的过去和当下。

闲暇时,我经常穿梭于乌鲁木齐市各个地方。在乌鲁木齐的早晨,可以欣赏到城市东边雄伟的天山博格达峰日出。肉眼可见的雪山是那么洁白无瑕,含情脉脉地俯瞰注视着城市的每一个角落,威严中杂糅着温馨,挺拔中透着温柔。傍晚能够看到雅玛里克山(妖魔山)的万道霞光,给每一条街道都勾勒出红晕的色彩,美丽带着娇柔。山的庇护如神的存在,让人感到无限的安定和祥和。

单位附近有个好去处——人民公园。每天午饭后,我信步来到公园,漫步其间,眼望鉴湖,心中想起故去的名人。清朝时的名士纪晓岚曾被发配乌鲁木齐。两年多的边塞生涯,没有让他沉沦,反而让他深爱这片热土。他在此写就诗歌一百六十首之多,并撰得《阅微草堂笔记》,忘情泼墨山水,尽情讴歌乌鲁木齐。

就连被流放伊犁途经乌鲁木齐的林则徐也感慨万千:"为道玉壶春买尽,任狂歌,醉卧红山嘴。风劲处,酒鳞起。"抒发了他的豪情壮志和乌鲁木齐情怀。

更有抬着棺材入疆平叛的左宗棠,"一炮成功"驱散盘踞乌鲁木齐的顽敌,留下可歌可泣的英雄壮举……

我喜欢琢磨,爱好研究。在乌鲁木齐市的生活让我总结出它的几大特点:

乌鲁木齐很美。从美学的角度出发，可以看到乌鲁木齐市，无论是文学、音乐、舞蹈、戏剧、美术、书法、摄影、电影、电视、杂技等都具有世界独一无二的风采。千年过后，我们仍可凭借山川、河流、峰塔、美食、装饰、老新疆话见到建城初期的遗存和风情，触摸记忆深处最柔软的存在。

乌鲁木齐很远。它号称是世界上离海洋最远的城市，东西南北距海都在两千公里以上。它地处西北边陲，与兄弟省市相差两个时区。当祖国东部黄海上第一缕曙光出现在地平线时，这座城市的人们还沉醉在梦乡之中。当乌鲁木齐市西山的晚霞四射光芒时，遥远的沿海地区早已星光点点。

乌鲁木齐很大。它拥有国际大都市的所有元素，高耸入云的天山、千年历史的沉淀、“六馆一心”的现代、丝绸之路经济带核心区建设的热潮，都值得我们慢慢去品味，轻轻去体会。

乌鲁木齐很甜。这片丰腴的土地奉献出无尽的宝物，汇聚了天下的珍馐：在这里你可以品尝到香甜的哈密瓜，吃上那美味的马奶葡萄，咬一口流汁的库尔勒香梨，咀嚼若羌的灰枣。阿克苏的糖心苹果让你酥醉，阿勒泰的大尾羊肉清香驻留心底……

十二年间，作为普通市民，我和四百多万各族市民一起目睹乌鲁木齐的晨晖落日，共同见证乌鲁木齐市的发展。我深爱这里的一草一木。目睹它的千变万化，唯有那颗赤子之心是不变的。

乌鲁木齐是个四季分明的城市。春天里，我和妻子漫步在乌鲁木齐的大街小巷，一同感受市井的繁华；夏日中，我们在南山牧场骑马游玩，仿佛回到童年时光；秋天到，我们在各大商场购物消费，享受生活的快乐；冬雪中，我们在丝绸之路滑雪场玩耍，体味雪的温暖和欢乐。

乌鲁木齐是个包容的城市。生活在这里的各族人民团结友爱,彼此珍惜友情,天南地北的朋友怀着一颗纯洁的心,相会相聚,畅谈人生,诉说亲情,向往未来。这里没有民族地域之分,只有真诚的团结和亲密无间的友情;这里没有隔阂猜忌,只有敞开的心扉和真诚的情感;这里没有动乱动荡,只有和平安宁,和谐共处。

乌鲁木齐是个充满希望的城市。作为新疆发展的排头兵,乌鲁木齐市充分发挥自身优势,坚持高质量发展道路。经济发展水平稳居全疆头把交椅。

城市是时代发展的产物,是物质高度发达的园地,是人们精神文化的归宿,是人类愈发依赖的家园。作为我的第二故乡,乌鲁木齐市将是我无法忘怀且深深眷恋的热土。

故乡是永恒的存在,故乡是温柔的所在,故乡是梦想的温床。

祝福你!我的第二故乡——乌鲁木齐市。

天 山 下

安 宁

一

夜晚，九点三十分，我坐在庭院里，看到夕阳将最后一抹光，忽然洒满了南山。

晨光，将正在沉入梦中的山林、草木、巨石、鸟兽、尘埃、花朵、庭院，一一照亮。万物打了一个哈欠，睡眼惺忪中，看到自己置身于光芒万丈的舞台，惊异万分。

积聚了一天的阴云，已被扫荡一空。风停止了呼吸，整个世界此刻都聚焦在南山。金色的光芒包裹着婴儿般刚刚降临尘世的南山，也包裹着山脚下小小的村庄。走在大道上的人们，因这一束光，心底泛起细腻的波纹，一切艰辛的岁月，所有隐匿的伤痛，都被温柔地抚平。人们放轻了脚步，小心翼翼地蹚过太阳落在人间最后的光。一株草因为分不清身在梦中还是现实,身体战栗着,久久凝视着眼前恢宏的世界。山坡上的牛羊马匹,要到深夜十一点才会漫步回家。那时,城市与荒野全都沉入梦中,天地间混沌一片。有时,它们也会卧在与天空无限接近的山脊上,度过整个的夜晚。此刻,如梦似幻的光束包裹着一匹专注吃草的骏马,将它化为神秘的琥珀。这忽然提亮的暮色,并未将它打扰,仿佛这是无比寻常的一幕。一只山雀被奇异的光惊动,发出一两声鸣叫,随即又在暗夜中噤声。

山脚下的人们并未停下劳作的脚步。旅店的女主人天性活泼,一边侍弄着满院子的花草,一边向人们提起她穿越塔克拉玛干沙漠时,几乎葬身沙海的惊心动魄的往事。说到死亡,她的脸上并没有恐惧:"我已经历过三次死亡,用尽了人生的好运,余生就在南山下安静地度过就好了。"她这样平静地为自己总结,而后在听者的诧异中,轻快地除掉银叶菊根部枯死的叶片,又弯下腰去,深深嗅了嗅虞美人清新的花香,并为尚未开放的格桑花补足明天所需的水分。男主人沉默寡言,用一刻不停的忙碌,将自己隐身于人们的视线之中。他们一生没有子嗣,安于南山下远离繁华都市的朴素日常。大雪封门的冬日,无人再抵达这里,女人便点燃炉火,为每个房间织下一幅开满鲜花的壁毯。待到明年春天,南山积雪融化,她便将壁毯挂满客房,让它们代替她,等待天南海北的客人。"冬天多么孤独啊,人们全都走光了,整个村庄好像就剩下我一个人。我要用永不停息的编织,对抗无处不在的孤独。"女人微笑着说。她的脸上挂着天山雪水一样清澈的笑容,这笑容清洗了岁月赐予她的皱纹,人们因此猜不出她的年龄。若有人问她,她便歪头俏皮地说:"我永远十八岁。"

南山下的一切都没有年龄,万物在夜晚的光中永恒地生。旅者来到这里,也不会费力地打探或者猜测。人们习惯将乌鲁木齐南部的天山简称为南山,或许是想起陶渊明笔下的“采菊东篱下,悠然见南山”,或许什么也没有想,只是随意地这样起名。就像人们随意地将乌鲁木齐河流经的南山大大小小的沟壑,起名为羊圈沟、水西沟、板房沟、白杨沟、金泉沟或者菊花台。一粒种子被风吹落到大地的哪个褶皱,就在哪个褶皱里落地生根,开出芬芳的花朵。无数的父辈也是这样从大江南北会聚到天上脚下,心中鼓胀着开疆拓土的激情,将青春与热血化为道路两旁参天的树木。天山脚下的大树根基扎得多深,人们曾经付出的战天斗地的艰辛就有多深。只有将一生奉献给这里的人们,看到干旱的大地上耸立的树木,山坡上牢牢抓住巨石的松柏遒劲的根基,天空上自由翱翔的苍鹰,才能真正懂得,此刻忽然洒落的这一束光,有怎样让人动容的美。

这一束光,很快消失在南山的沟壑之中。夜色将山脚下的村庄完全笼罩,已是夜晚的十一点。人们燃起篝火,开启新的狂欢。狗吠声穿过清寂的街道,一声一声传来。我在清冷的风里紧紧外套,起身走出庭院。

黑暗中,我看到一只野猫迅疾地穿过马路,消失在对面荒草丛生的院子里。几只小狗在无人的大道上欢快地追逐,影子在昏黄的路灯下忽长忽短。路边的野花微微合拢了花瓣,陷入深沉的梦中。有人在院子里一边轻声地说笑,一边烤着滋滋作响的羊肉串。胖胖的老太太坐在门口打一阵瞌睡,恍惚中又抬起头,眯眼看着三三两两散步的路人。风吹过大道,带来天山上积雪沁凉的气息。棕熊、雪豹、马鹿或者猞猁,在隐秘的峡谷密林中沉睡。高耸入云的云杉,在星空下碰触着枝叶,发出亲密的私语。月亮不知去向,只有几颗寥落的星星，穿越浩瀚的宇宙，将十几万光年前的一点星光，洒落巍峨的天山。

散步归来，时针已指向午夜十二点。人们谈兴正浓，不想睡去，仿佛来到这里，就为了南山下这场通宵达旦的狂欢。院子里篝火熊熊地燃烧着，火焰化作黑夜的精灵，舔舐着人们的心。我看到一颗流星，从遥远的天边滑落。一个人离开了这个世界，回归来时的泥土。人们牵起手，跳起热烈的舞蹈，为逝去的人做最后的告别。他的灵魂将跟随天山融雪，从乌鲁木齐出发，流经辽阔的新疆大地，而后化为灿烂的群星。

而此刻，活着的人们正在天山下饮酒，歌唱，起舞。深山化作野兽，隐没于混沌的大地。我躺在南山下小小的村庄里，想起曾经点亮了黯淡青春的人，已在这个夜晚永远地离去，心中并没有太多的哀伤。我只是化作一只蝴蝶，振翅飞入梦中。

二

在乌鲁木齐，我没有去找寻纪晓岚曾经生活的故居。似乎二百多年前的他，在这个城市的某个角落度过影响了此后一生的两年时光，并不重要。我只想做一个大地上的漫游者，在他用一百六十首诗歌热烈赞美过的西域之城四处走走。仿佛如此，我便可以聆听到被炫目的霓虹和冰冷的水泥遮蔽住的历史的声响。

这是七月，太阳正不遗余力地将所有的光芒，洒落在北纬43°40′37"、东经87°19′52"的一个微不足道的点上。这里是距离海洋最远的城市——乌鲁木齐，地处亚洲心脏，蒙古人将其称为“优美的牧场”。从呼和浩特乘坐飞机，一路经过连绵起伏的阴山山脉、生机勃勃的河套平原、浩荡奔流的黄河、苍凉冷寂的巴丹吉林沙漠，继续向西，历经三个小时，便会看到闪烁着圣洁之光的天山。这一点莹澈的光，在古老的星球上存在了三百万年，从东向西，绵延两千五百公里，犹如深邃的星光，照亮神秘的西域。

被贬至乌鲁木齐的文人纪晓岚，没有如此便捷的交通工具，历经整整一个严冬的长途跋涉，他才从京城行至时人眼中的荒凉苦寒之地。在这片广袤地域，一个被遣送至此的犯人，一旦抵达，就意味着与家人几乎再无相见可能。人至中年的纪晓岚，初到边塞，心境寂寥，“雄心老去渐颓唐，醉卧将军古战场。夜半醒来吹铁笛，满天明月满天霜。”这首诗便是四十四岁的他对那时自身处境的悲凉写照。

但是，一个迷恋行走、热爱美食的人，怎么会在这片散发神秘光芒的大地上失落？纪晓岚黯淡的内心，很快被天山上终年闪耀的积雪照亮，也被这片物产富饶、植满故事的地域深深吸引。就在这里，他认识了扎根沙漠的红柳，可以酿酒秣马的青稞，发现沙滩中“一丛数百茎，茎长数尺”的芨芨草，原来是史书中的息鸡草。他还在戈壁滩上与巨蜥相遇，在高山积雪中见到圣洁的雪莲，被“冬积冰，夏储水”的天生墩震撼，流连于喀什山洞里绝美的汉代壁画。

而“凉争冰雪甜争蜜”“嚼来真似水晶寒”的甜美瓜果，“登盘春菜脆玻璃”的菜蔬，更是抚慰了纪晓岚贪吃的肠胃。在离开乌鲁木齐许多年后，无肉不欢的他，还在《阅微草堂笔记》中，津津有味地记载了让他垂涎欲滴的美食：“有野驼，止一峰，脔之极肥美。”“骡肉肥脆可食，马则未见食之者。又有野羊,食之与常羊无异。”“山珍入馔只寻常,处处深林是猎场。”为了吃,他还跑去打猎,试图炮轰一头“其巨如牛”的野猪,但最终因“众不敌寡”,悻悻然放弃。

只要有肉可吃,有烟可抽,有书可读,人生就没有什么值得烦恼。即便风雪交加的寒冬,这天山脚下的域外之城,依然是“朝朝煤户到城来”。寒冷的冬夜里,炉膛中轰隆轰隆穿行的炭火,温暖了客居西域的纪晓岚,让他在不知何时可以转向的人生逆旅中,由衷地发出赞叹:“北山更比西山好,须辨寒炉一夜灰。”

这是盛夏,门口卖馕的维吾尔族小伙子,正将一个个酥香可口的滚烫的馕从馕坑里取出来,麻利地打包,交给络绎不绝的顾客。附近的玉石商铺里,游客在精心挑选着温润的和田玉。大巴扎上热闹喧哗,即便到了凌晨,依然人头攒动。霓虹闪烁的大道上,行人车马川流不息。我站在交错纵横的高架桥下,仰头注视着夜空中一颗遥远的星星,它正努力穿过漆黑的夜幕,让微弱的星光照亮人间。身后的快餐店里,服务生站在门口迎来送往,高声招呼着客人。形形色色的人向我走来,又从我身边消失。在这样城市尚未陷入睡梦的凌晨,我有些恍惚,仿佛穿越时空的隧道,回到纪晓岚笔下瓜果煤盐应有尽有、黄羊野鱼肥硕鲜美的西域之城。

就在这里,纪晓岚记下黄沙大漠、沃野田畴,也记下奇花异草、飞禽走兽。酷暑严寒未曾将他击倒,他笑着起身,掸落灰尘,继续人生奇异之旅。他以孩子般天真赤诚之心,记下“小人国”里的红柳娃、关帝庙前的神马、深山大泽中的奇异树妖、陪伴其千里跋涉返京的义犬、途中死去却千里托梦探儿的母亲、发放通关文牒后便停止哭泣的满城鬼魂,还以怜香惜玉之心,记下那些流落西域、命运多舛的柔弱女子。

纪晓岚用三百九十三个字，记录了一个中原女子波澜壮阔的爱恨人生。故事中的中原女子没有姓名，也无来处，她是千千万万陪同丈夫驻防西域的女子之一。烈烈大风中，一个娇弱的女子，在丈夫被派往伊犁运送军械时，是如何孤身一人熬过酷暑寒冬的，文中没有记载，但千里迢迢寻访而来的青梅竹马的恋人，与女子在家中相拥而死，却为她黯淡的一生涂抹上浓墨重彩的一笔。昏迷中，她的魂魄依然在"急觅是人"，但早已命归黄泉的恋人，却"不知何往"。女子"独立沙碛中"，但见眼前"白草黄云，四无边际"。这浩瀚荒凉的戈壁，恍若她的一生，后退一步与爱情万里相隔，前进一步则与恋人生死永别。命运将她置于十字路口，却让她无路可走。最终，她选择顺从命运，以漫长无边的生，思念灰飞烟灭的死。"鸳鸯毕竟不双飞，天上人间旧愿违。白草萧萧埋旅榇，一生肠断华山畿。"纪晓岚为无数远离故土、客死西域的女子，写下这首弥漫着无限哀愁的悲怆之诗。诗中饱含了他对纯真爱情的礼赞，也寄寓着他对这片承载了自身命运沉浮的大地的深情。

"轮台九月风夜吼，一川碎石大如斗""夜深灯火人归后，几处琵琶月下闻"，这是诗人笔下的域外之城，残酷威严，又寂静清幽。此刻，被天山雪水浸润了一千三百多年的古城里，死亡与新生，离去与抵达，犹如日月交替，在大地上轮回上演。干旱中死去的大树脚下，稚嫩的幼苗正将细小的根须牢牢地扎入大地。去繁华之地寻找路途的年轻人，正与奔赴这座神秘之都的热血青年擦肩而过。人们在这里埋下爱恨，也在这里度过惊心动魄或微不足道的一生。

三

一个叫库兰的哈萨克族女人，坐在一棵树下，怀抱着冬不拉，为人们唱起一首又一首情歌。

她已经老得快要被爱情忘记，走入人群便会尘埃一样隐没，华美的长裙也遮不住她臃肿的身体。可是，当她唱起《可爱的一朵玫瑰花》，便仿佛成为“歌声婉转如云霞”的少女玛丽亚，向心爱的恋人都达尔发出深情的呼唤，相约月亮升起的夜晚，依偎在树下深情地歌唱。她的歌声已经沧桑，岁月的车轮穿梭其中，将曾经清亮的嗓音一次次粗暴地碾压。可是，谁也不能阻止她此刻热烈地歌唱。这生命中自由的光，照亮了一个平凡的哈萨克族女人，让她在人生中某个朴素的瞬间，成为诗人们歌咏的日月星辰、大地上绽放的璀璨花朵。

天上有多少闪烁的星星，地上便有多少爱情的歌唱。骏马与歌声，是哈萨克族人在大地上自由飞翔的翅膀。人们骑在马背上，驰骋在天山下富饶的牧场，唱出生命中炽热的爱与哀愁。沿着河流星星点点散落的毡房里，飘出温暖的炊烟，也漾出清澈的歌声。人们在大地上繁衍生息，也在这肥沃的土地上生离死别。对于哈萨克族人，命运不是来去无踪的风，命运就是辽阔无边的大地，人们沿着丰美的水草迁徙，也永远被命运包裹其中。年轻的人们骑马在山谷里相遇，随之而来的便是离别。一阵风去了哪里，另一阵风并不知晓。风只是在山谷里发出孤独的回响，为一生中再也不能忘记的惊鸿一瞥。

爱是什么？爱是没有缘起的波澜，在某个平静的午后，从河流上溅起，将途经的某个少年忽然间击中。天上空空荡荡,什么也没有。片刻前从南山飘来的云朵,早已不知去向。博格达峰上千年不化的积雪,闪耀着神圣的光,刺痛了陷入爱情的年轻人的心。“蜜一样甜美的哈迪夏”,像风中的树一样动人,像星星一样闪亮,像马驹一样俏皮,可是她就要嫁去远方;接亲的车马已经启程,热恋中的人啊,只能匍匐在大地上哭泣。叫胡丝妮·霍尔兰的少女,“遇见你的那一刻 / 我感觉所有的情歌 / 都变成了星星 / 镶嵌在我望向你的眼睛里……”上天赐予她美貌,宛若日月星辰,可是所有追求爱情的人都如愿以偿,只有深爱着霍尔兰的少年,要一生哀痛。还有叫嘎俄丽泰的姑娘,“我徘徊在你住过的地方 / 已是一片荒凉”“有谁告诉我 / 你搬去了哪一带”。为何与怀着一团野火前来赴约的恋人,这样残忍地不告而别?

叫库兰的哈萨克族女人,一定也有过如此炽热的爱情。为这份一生中只有一次的爱,她要用全部的生命去歌唱。她不关心谁来倾听自己的歌声,就像一条山间的河流,不关心岸边的人怎样来了又去。一条河只是尽情地歌唱。夏天在花朵缤纷的草地上放声高歌,收纳整个天山的融雪,而后欢快向前;冬天便在厚厚的冰层下低吟,陪伴睡梦中的鸟兽虫鱼。一个哈萨克族人降临尘世,歌声便融入了他的血肉,将他此后漫长一生中即将历经的哀愁与伤痛,一一抚慰。行经此地的旅者,仰头看到高耸入云、仿佛一生不能穿越的天山,听到深山中传来的风的呼啸,野兽的低吼,还有骑马的牧人云雾般缭绕的歌声,会忍不住停下脚步,想要化作一株朴素的椒蒿,一朵白色的蔷薇,一片绿色的苔藓,或者一条轻盈的小鱼,一只翱翔的苍鹰,一匹驰骋的骏马。人们就这样被忧伤的歌声俘获,希望永久停驻在这片开满鲜花的山谷,安静地老去。

但库兰不关心这些转瞬即逝的旅者，只低头拨弄着琴弦，唱一首不知名字的歌。她无法用流畅的普通话向人们翻译这首歌曲的词句，我只知道这是一首献给途经毡房的路人的歌。毡房中的哈萨克族少女问路人叫什么名字，来自哪儿，一路是否疲惫。在人烟稀少的高山草原上，遇到一个远方来的路人，与他共饮一壶奶茶，这是上天的恩赐。眼睛清亮的少女，一定问了许多的问题，仿佛天山外的世界是她遥不可及的梦想。也或许，她什么也没有问，只是默默陪伴他喝完一壶浓郁咸香的奶茶。可是，想到此后一别，便永生不能相见，她还是鼓足了勇气对那人说：等你离去，一定不要将我忘记。

一只飞虫与另一只飞虫相遇，彼此碰触一下翅膀，便在花草的汪洋中消失。一片落叶与另一片落叶在秋天的风里生死相依，翩翩起舞。风停了，一个坠入山谷，一个落在山脊，再也不曾相遇。一只鸟与另一只鸟，在暴风雨来临前的黄昏，并肩翻飞在云里，发出高亢激越的鸣叫，随即便分道扬镳。它们都不曾记住对方的名字，也未曾海誓山盟，但在临别前的时刻，因这烟花一样绚烂的相遇，它们对彼此深沉地叮咛：等你离去，一定不要将我忘记……

多少有着月亮一样容颜的女子，都像库兰一样老去。可是，衰朽的皮囊，并不能阻止人们蓬勃地歌唱。这世间弥足珍贵的歌声，是生命中自由奔走的江河，是天山上几百万年从未停息的融雪。它染绿一切坚不可摧的荒芜，让生死在大地上绽开明艳的花朵，将爱情饱满的种子遍撒天山南北，而后推开黑色的岩石，粉碎坚硬的泥土，栉风沐雨，向着天空和大地永不停息地生长。

当一个老去的妇人离开这个世界，躺卧在一生都未曾走遍的大地上，她听到明亮的歌声再次响起,又一个叫作库兰的少女,正跨上骏马,沿着天山河谷纵情驰骋,寻找珍稀的爱情之花。

逝去的人隔着几万光年的距离,注视着人间奔涌的江河,在寂静的苍穹下,微笑着拧亮星光。

乌鲁木齐四题

卢一萍

悠然见南山

我心中一直梦想有这样一个地方：清爽、纯净，能将孤独的自我放心地置于其中，能让清洁的山风洗涤掉城市生活带给身心的疲惫和杂芜。

很多年前，我在乌鲁木齐南山找到了这样的地方。

一过乌拉泊，城市的烟瘴就淡了，喧嚣也慢慢远去。我很快就望见了它的身影，它是由洁白和青黛两色组成的屏障。洁白的是雪，青黛的是森林。因为雨水多，城市和森林之间那片广阔的戈壁已被染绿，成了一片令人欣喜的、处女地般的原野。然后是一些宁静的村落。一进沟口，带着甜味的风就扑面而来。心灵变得和头上的天空一样空明。

这些，足以使我忘掉“尘世”中的烦恼。我感到自己的脚步轻了，心已可以飞翔。

远远望去，那里有苍莽而幽深的森林；有洒满阳光的、只长有浅草的数道山梁或山坡；有几架永远攀登不了的山脊；有用一整天也到不了山巅的险峰；有一条清澈的溪流自最高的山峰间飞流直下，然后随着山势潺潺流淌，最后婉转悠然地流经身旁，供我饮用，洗手濯足，并供给我或欢乐或忧郁的流水的歌声。沟口还有几户哈萨克族牧民，他们的帐篷顶上冒着淡蓝色的炊烟。他们的奶牛和马匹在山坡上悠闲地吃着草，一条汉子骑着马，放牧着羊群。

我跨上一匹枣红马，信马由缰，往前走去。山风徐来，溪流淙淙，林涛阵阵，鸟鸣声声，野花撒得到处都是，发出淡淡的幽香。有好多地方阳光根本照不进来，但因为心情愉快的原因，并不显得幽暗，反而觉得有一种清爽的光明。森林稍微稀疏的地方，阳光会从枝丫间透进来，分割着那些空间，斑斓而绚丽，使林子里隐隐升腾起一片紫色的烟霭。在森林最幽深的地方，还有冬天的残雪，像一个诗章的碎片，依然熠熠生辉。而残雪的旁边，松树籽已经发芽，贵重的、味道十分鲜美的、只有天山才会生长的羊肚菌长得正好。每一座山峰都各具形态，或如剑，直刺苍穹；或如驼，正向天堂爬行；或如雪豹，雄踞天际；或如佛塔，佛光闪耀，峻峭巍峨，气象独异。森林一直漫上了雪线，冰峰雪岭在森林的映衬下，显得更加高远、圣洁。而冰峰雪岭又使天空显得比大海还要蔚蓝，比婴儿的眼睛还要明净。

这只是南山无数条山沟中的一条，却是最美丽和最幽深的，似乎永远也到不了它美的尽头。

从山间归来已是黄昏，在帐篷里喝了奶茶，吃了羊肉，饮了烧酒，弹了琴，唱了歌，自是人间第一快乐。然后，带着醉意回到住处，在露台望着夜空，望着星辰，望着月亮出神——那里的月光也是最晶莹的，充满柔情，把那刚烈的峰峦抚爱得十分温顺。最后，我回到房间，枕着夜晚的林涛和山溪的流水声，进入梦乡。当我从清晨醒来，我记起了梭罗的话——

我的生活如是真朴，我看见了自然的面目。

看到一名牧者

我没有听见牧者的歌声。我站在和他相对的一个低冈上，希望风能把他的歌声传来，是那种欢乐而又自由的歌声，声音有些沙哑。但我只听到了羊啃吃雪下草根的声音和森林在寒冷中的低语。

他陈旧的皮袍已与那块他依靠的石头一个颜色。那羊在雪里，显得肮脏而又破旧。当他们进了没雪的阳坡上，也就融进了大地里，只能让人感到他们是一块块移动的土疙瘩。

牧人如一块石头，蒙着岁月的苔痕，稳稳地在那里，经受着人世的剥蚀。

我不知道他在想着什么。但无论他想与没想，我都害怕靠近他。在他面前，在一个放牧的人面前，我感到卑微，我害怕他深邃的目光看穿我一生企图苦心经营和掩盖的一切，更害怕他问我何以生于泥土，归于泥土，却害怕尘土满面？

但又是什么驱使我走近他呢？我看见了他灰白的胡子，半瞎的双眼，胡须上的草屑，叠垒的皱纹，以及脸上的愁苦、身上的饥寒。

而那些羊是多么肥硕啊，因肥硕又显得多么富贵啊！他却那么枯瘦。但他的神情却是满足的。他的满足感正是因为自己那群被他牧养得肥硕的羊。

当他脸上露出一丝饱经风霜的微笑，那是他在想，自己有一天死了，离开了羊群这个牢笼，就可以骑一匹马，到远方的任何一个地方去了。或者是在想，他下世也要变成一只羊，被放牧着，尽早过完短暂而又无忧无虑的一生。

仍是神山圣水

我喜欢水，喜欢水的歌唱。我从小就喜欢在水边流连。我看见过水的各种形态：大海、江河、湖泊、溪流、瀑布、冰雪、云雨和眼泪……

我相信，水能让一个地方和生活在那个地方的人找到现实之外的另一种姿态——一种飘逸流动之姿，一种柔软的力量。

所以，我一直希望能在一条大河边居住，每天枕着河流的波涛，每天看到一条不同的河。但我却到了乌鲁木齐这个没有河流的城市，并在这里生活了二十年。我只能想象，假如有一条河流——哪怕是一条小河——穿过乌鲁木齐，这座城市会是一种什么面貌。我相信它的精神气质会完全不同。

在城市中见不到河流，难免遗憾。

但有一天，当我抬头看见博格达峰，一下释然了，那不也是一条河吗？它只不过是以雪山冰峰的面貌、凝结的状态、高耸的雄姿，悬于众山之上而已。后来又到了天池边，看见倒映着博格达的一池苍苍之水——心中的遗憾更是烟消云散了。

博峰、天池皆高居凡尘之上。这么多年来,我常能感觉到它们的波动。波涛之声拍击着云层,它的水汽化作雨雪,清冽的冰雪融水无数次流过我的梦境。

所以,当我的儿子还在母亲的襁褓中时,我们就去感受博峰的神圣,天池的灵性;儿子半岁的时候,我们又带他前往,把博峰、天池作为他第一次认识的山水。

其实,天池与博格达峰一起,一直是西域的"神山圣水"。

博格达山是东天山的主要山体,唐代被称为折罗漫山,明代被称为灵山、圣山,清乾隆皇帝认为平定准噶尔贵族叛乱、统一西域是博格达山神灵相助,赐名为福寿山。其主峰博格达峰曾被古代蒙古人敬奉为神。因此,在蒙古语中,博格达就是"神山"之意。距主峰不到三公里,还有帕格提峰和未万别克峰,世称"雪海三峰"。周围还有七座海拔四千米以上的冰峰。它们组成了天山最为雄伟的群峰之一。天池的水源几乎全部来自博格达峰五十余条现代冰川的冰雪融水。

天池是传说中的瑶池,是新疆最负盛名的风景之一。那位西王母踏着祥云,在仙乐中常常光顾,一边以池水濯足,一边怀念她与周穆王在这里的那次畅饮。

我国古代神话有昆仑、蓬莱两大系统。据有关学者考证,广义的昆仑是指众多高大的山峰,狭义则多指天山博格达峰。由此可知,古人所说周穆王"朝发昆仑巅,夕饮瑶池水"并不夸张。

有关天池的神话很多，除了最著名的穆天子与西王母的瑶池相会，除了西王母这个神话主角之外，从仙界的后羿、嫦娥、祝融、女娲、山神、河妖，到人间的黄帝、尧舜、造父，再到佛界的天尊、佛祖，都有涉猎，这使天池一直笼罩着浓厚的神奇色彩。

只是随着后来西域信仰生态的改变，它的色彩才逐渐变淡。

而关于周穆王与西王母的传说竟然有史可稽。

《穆天子传》曾久藏地下，是一千六百年前在西晋时发现的古籍。虽然竹简多有漫漶之处，且遗失许多，但纵览全书，仍不失为我国古代一部重要的地理著述和西部旅行记。

穆天子即周穆王，是西周的第五代国君，姓姬，名满。这位颇有作为的国王在位时正值西周国势强盛之际，所辖疆域辽阔。他喜远游狩猎，《左传》说他“欲肆其心，周行天下”。这部古籍就详细记录了周穆王的一次西部壮游。他从宗周（今洛阳王城）启程，经燕然山（今杭爱山）达青海，西进柴达木，至塔里木盆地后，登至昆仑之巅，环视四宇，饱览辽阔乾坤，然后狩猎五日，到西王母之邦。在瑶池之上，两人饮宴酬酢，对酒当歌，演绎了绝代风流。他们的对歌问答似乎至今还在回响——

西王母问：“将子无死，尚能复来？”

穆天子答曰：“比及三年，将复而野。”

而西王母知道，她和穆天子关山相隔，道里悠远，此次别过，便只能心中翱翔，唯天在望。他们留下的千古遗憾，激荡着后来的人心。

李白在《古风》中曾为他们伤感——

瑶水闻遗歌，
玉杯竟空言。
灵迹成蔓草，
徒悲千载魂。

李商隐也隔着时空，忍不住追问——“八骏日行三万里，穆王何事不重来？”

陈子昂则说周穆王“日耽瑶池乐，岂伤桃李时。青苔空萎绝，白发生罗帷。”

从唐朝诗人怀着伤感的诗句中，我们得以知道这个传说在古代流传之广。它使总在游牧迁徙的北疆少数民族有了从远古扎下根基，并把传说的花香飘向古代中原的事物。不管怎样，这个既是传说、也是历史的浪漫传奇，使我们闻到了干爽的亚洲腹地的湿润空气，听到了刚烈的西域大地的柔软心跳。

也因了这个传说，我仍视博峰天池为神山圣水。

离天池越近，空气就越潮湿，沿途的流水给人一种温暖感。对任何一个旅行者而言，天池都是大自然给予的恩赐。

它的确是一座梦幻般的湖泊。天空幽深、蔚蓝，洁净得丝尘不染，天山连绵逶迤，如涛似浪地翻卷到这里，便因湖的美而止步，凝固成为东天山的最高峰，让天池躺在它的臂弯里，历经沧海桑田。

我去的那个初夏，天池水波浩渺，波光潋滟，水色迷茫，加之蓝天与雪山的映衬，构成了一幅绝美的图景。不时有水鸟款款游弋，嬉戏时会翻腾出数朵浪花，使倒映在水中的博格达峰也随之动荡；岸边云杉茂密，林间点缀着各色小花。而更远处的湖岸边，则有隐隐约约的牧人的毡房。袅袅的炊烟有时成为一线，升得很高，有时被风揉散了，迷漫在湖面上。牲畜的叫声与牧人的歌声和波涛声一起飘过来，确有置身人间仙境的感觉。

的确，无论是在古人的想象中，还是在亲身的游历中，天池都是人间仙境。它的黄昏尤其让人沉醉。那种大美融成一股暖意，温暖着每个接近它的人。铺了夕阳的波光不停地闪烁波动着，那是属于湖的语言。它像是要用这样的语言安抚西王母，也安慰人世间所有受伤的爱情。

边城美人

迄今为止，我还没有发现世上还有比美人更值得热爱和厮守的。所以，我从十七岁来到乌鲁木齐这座边城，就一直流连于此，为美而乐不思蜀，竟然在这里度过了二十余年的时光。

在我所到过的众多城市中，乌鲁木齐的美人是最迷人的。诗人沈苇在一首叫《美人》的诗中写道："她配做一名时光的妃子 / 在时光熄灭之后，她仍是一轮明月 / 她睫毛浓密的甜蜜眼睛，像深潭 / 淹死过几个朝代的汗王、乐师和小丑 / 为了她脸颊上的一颗美人痣 / 多少人神魂颠倒，掏出烧毁的心。"

一些生活在兄弟省市的朋友一说起乌鲁木齐，常常因无知而一脸茫然，好像它在另外一个星球上。但一说起新疆的美人,他们的眼睛通常会放出光芒,几乎会问同一个问题,她们怎么会长得那么美呢?

这是个需要从人类学的角度用数部鸿篇巨制才能回答的问题。所以,我只能简单地说,这是因为这里有众多的民族。各民族的美在绿洲、金色沙漠、天山冰雪的养育下,一直在西域绽放。所以,今天这里才有了汉、维吾尔、哈萨克、回、蒙古、塔吉克、柯尔克孜等众多民族的美人。

乌鲁木齐,包括喀什、和田、库尔勒、伊犁、阿勒泰、哈密的美人,是新疆最动人心魄的风景。这里虽然是座远离大海的城市,但美人们的眼波、睫毛、酒窝和迷人的笑,使这里从来就不缺乏温润和潮湿。她们的冰心玉骨,她们的柔美腰肢,她们的一颦一笑,她们优美的身姿、热烈的歌舞,似乎开始于时光之前。

如果你来到乌鲁木齐,你一定要记住,这里的美人既在玫瑰花液里浸泡过,也曾在旷野上的尘土中开放过。她们是羞涩的,也是大胆的;是温柔的,也是狂野的。她们敢于跨上骏马,毫无顾忌地大笑、飞奔,也敢于用摄人心魄的眼波把你的心在瞬间俘获。

因为美人太多,这座城市到处种植着玫瑰,以方便男士们献给迎面走来的美人。最后,玫瑰成了乌鲁木齐的市花。

但在边城长大的女士会告诉你,这些人工种植的花很难打动她们的心。能打动她们芳心的是沙漠玫瑰——那得从遥远的塔克拉玛干沙漠采过来。

“哈熊”是条沟

黄　斌

她浅浅地坐在一张金色椅子上,手里那把冬不拉有着细长的琴杆。她穿白色长裙,宽大的裙摆落在地上,远山积雪般从容。她身上的红色马甲绣着精致的白色花朵,周边银线包裹,头上的绣花小红帽插着一大束浅黄色的羽毛头饰。她是丰腴的,身材、脸庞还有笑容。她边弹边唱,冬不拉的节奏欢快而又明亮。有一缕阳光从树叶缝隙里钻过来,站在灰色的水泥地上,一动也不动,仿佛听得入神。

她的歌声略带沙哑,有点烟嗓的味道。旋律自然好听,哈萨克语歌词我一句都没听懂。当她手握琴杆起身致意,还有人沉浸在歌声之中而忘了鼓掌。她猜我们没听懂,试图用不太圆熟的普通话解释歌词。我没怎么听清,只知道这首歌的大意是偷偷喜欢你。

游历新疆,听过很多哈萨克族歌曲,最好听的,还是这首《偷偷喜欢你》。听不懂歌词没关系,旋律响起,心里就会有根弦被拨动。能打动人心的,大多与爱有关。这位自弹自唱的哈萨克族女子的笑容未免太灿烂了,灿烂得不像是“偷偷喜欢你”,而更像坦坦荡荡的告白。

在新疆,一切都是坦荡的。坦荡的天坦荡的云,坦荡的冰川坦荡的草原,坦荡的沙漠坦荡的湖泊,坦荡的戈壁坦荡的绿洲……即便是“偷偷喜欢你”,也有着无法掩饰的坦荡。歌声飞出这个哈萨克族村庄,在哈熊沟里久久萦绕。

这是我的第五次进新疆,却是第一次走进乌鲁木齐市米东区的哈熊沟。以往都是把乌鲁木齐当中转站,落地后第二天就开始漫长的行程。这次倒是以乌鲁木齐为目的地,踏实地待着。米东区是米泉市与乌鲁木齐市东山区合并而成的地方。因为天山融水充足,地下水丰沛,原来常有泉水冒出,故名米泉,这是新疆伊犁以外重要的水稻种植区。哈熊沟是它众多沟壑中的一段。

我以为“哈熊”是一种亲昵的称呼,类似对“熊孩子”“傻妞”的那种无奈却又不无喜爱。新疆本地的朋友却告诉我,“哈熊”就是哈巴特棕熊的简称,没什么特殊含义。可我还是固执地认为这个“哈”字隐藏着人类对于动物的那种既爱又怕的复杂情感。

“哈熊沟真的有哈熊?”我问朋友。

“以前还真有,现在只是传说了。”朋友的语气不无遗憾。

哈熊沟位于米东区天山峡门子景区的谷底,是广袤天山无数条沟壑之一。从峡门子景区大门去往哈熊沟,要穿过一条二三十公里长的峡谷,谷底长了很多榆树。那些粗壮的老榆树，树龄可能有一两百年了，身上满是疙瘩，枝叶却繁茂得很，一把沧桑却仿佛又是老当益壮的“宣言”。

过了“榆树沟”，越野车沿着盘山路蜿蜒而上。到达一处较为平缓的草地时，我们下了车。从山下看草场，一派葱绿茂盛的样子，走近才发现其实不然，草很矮，只有寸许，且稀疏。很多植物是带刺的野蔷薇，偶尔也会看到一点点小黄花、小紫花，打碗碗花几乎是贴着地长的。大多生长着一丛丛让识别软件都为难、说不出名的植物。薄薄的草地，虽谈不上丰美，却有种淡淡的倔强。有一种野花颜色有点像薰衣草，球状花序，蓝中带紫的小花苞挤挤挨挨聚在一起，一个个胀鼓鼓的，像是憋足了劲，要比一比谁的绽放更美丽。

比小草和野花高的是树，基本上是天山云杉。云杉是天山最常见的树种，塔形的身子一律挺得笔直，伸出的枝丫大多也是直直的，像是黑衣武士，荷戟而立，有种沉静、森严的感觉。总想象它们像中世纪对垒冲锋前的方阵，各自在酝酿，然后便是金戈铁马，热血飞扬。

比山丘更高的，是天空。天空是那种令人心碎的蓝，有着大海般吞没世间万物的深不可测。白云是天空唯一的宠物，喜怒无常，变化多端。有时候，它们是奔腾的骏马，在天空的怀里撒着野；有时候，它们是任性的白牡丹，一朵接一朵绽放；有时候，它们是柔软的水草，左一丝，右一丝，挠得天空痒痒的；更多时候，它们记得自己是云，有着散漫无边的权力，于是一团团地蜷缩着，懒懒地打着盹……

我们沿着一条小路往山顶爬。接近山顶的那段陡成了70度，手脚并用方能爬上去，并且要绕开那些刺，有时候要夹紧肩膀和手臂。

在那二十来摄氏度的舒适气温之下,却爬出了一身冷汗。我看了看左手腕上的运动手表,海拔高度是两千一百三十八米,比之前在谷底显示的海拔数据高了五百多米。站在这个山顶,再眺望其他山峰,虽不至于“一览众山小”,也算是“平起平坐”了。当地的朋友告诉我,天池离这里只有二十公里左右了,沿着山沟里那条蜿蜒的土路就能走过去。

下山愈发艰难,斜着身子横着下,一步一步并着走,有时候还得一脚蹬在高出小道的突出位置减速。

小心翼翼下得山来,就进了这个哈萨克族牧民村。村子不大,常住人口有五百多人,因为禁牧,牧民大多开起了牧家乐,利用自家毡房让游客体验哈萨克风情,有美食,更有歌舞。当那丰腴的哈萨克族女子怀抱冬不拉边弹边唱的时候,我们散坐在条桌旁,边听边吃。桌上摆满了美食:包尔萨克、馓子、干果、水果、奶茶、奶酪……这是哈萨克族人待客的日常,也是他们对客人最大的敬意。

微风吹来天山的气息,坦荡荡的,与哈萨克族女子的歌声糅在一起,有一种说不出的美妙。放眼望去,一切都是那么地恰到好处。

海德格尔所谓“诗意地栖居”,不外乎如此吧!

达坂城白水镇

俞　胜

达坂城的石路硬又平啊／西瓜大又甜呀／达坂城的姑娘辫子长啊／两个眼睛真漂亮／你要是嫁人／不要嫁给别人／一定要嫁给我／带着你的嫁妆／领着你的妹妹／赶着那马车来……

没来乌鲁木齐之前，我常常自作聪明、凡事喜欢想当然，居然把达坂城想成了位于新疆吐鲁番盆地的某个地方。因为这首人人耳熟能详的歌中唱道"西瓜大又甜呀……"歌中的"西瓜"让我一下子把达坂城和传说中的"早穿棉袄午穿纱，围着火炉吃西瓜"的吐鲁番联系到一起。

来到乌鲁木齐才知道，原来达坂城是乌鲁木齐市的辖区，达坂城古镇位于达坂城区达坂城镇。

从乌鲁木齐市区驱车一个小时左右就来到了达

坂城古镇景区。左手边一座山,我不知道山的名字,只知道它属于天山山脉。山苍黑色,光秃秃的看不见一棵树,也看不见一丝绿草,山石的褶皱让静默的山有了水墨画般的丰富与灵动。吐乌高速公路如一条飘带从山前飘过。右手边就是我们此行的目的地:苍穹下一座古城,褐色的石砌城墙和两座褐色的碉楼,让人一下子联想到在唐人边塞诗中频繁出现的胡天、大漠、孤城和长云等意象。

心里暗暗奇怪,那个辫子长长、两只眼睛真漂亮的姑娘怎么偏偏和这么一座与雄浑、壮阔、凄凉、悲怆等字眼有关的城池有关?

带着一份疑惑,也带着一双捕捉异地风景的眼睛,向高天流云下的那座孤城走去。褐色碉楼墙体上部探出起内部加固作用的两组原木。这种粗犷的建筑风格迥异于我们在其他地方常见的楼阁,愈加给我们带来一些新奇的感觉。走近了才发现两座碉楼之间是城门,城门上挂有“白水镇”字样的匾额,向我们诉说着自己沧桑的历史。

城门洞下,吊桥躺平在壕沟上面。吊桥两端还斜拉着两组粗壮的绳索,仿佛只要将军的一声号令,城门还会瞬间紧闭,吊桥还会瞬间高高扯起。

好在硝烟早已飘向远处,让此刻的我们可以迈着悠闲的步伐,兴致勃勃地走过吊桥。眼前就是一座古镇。从古镇中心穿过的一道溪流,将古镇分成了两条半边街。半边街的建筑多仿唐代样式,有校军场、绣楼和商业街,另外有一家地窝子商店一定不是唐代的建筑。地窝子是一种半地下半地上的简陋建筑,在沙漠化地区可以抵御常见的风沙。据说,今天的乌鲁木齐地窝堡机场,就是得名于当年那个地方多是连片的地窝子。古镇这家地窝子商店的门柱横梁上悬挂着出售和田玉石、手工地毯和艾德莱斯绸的字样,建筑和商品都是民族风十足。

绣楼上悬挂着红灯笼和红丝绸，只是一时没有看见那抛绣球的千金媚娘。我想，那位“辫子长，两个眼睛真漂亮”的姑娘一定不会和这带着梦幻般色彩的绣楼有关。她在这座镇上，应该只属于王洛宾先生纪念馆。

纪念馆里，用文字和实物的形式介绍着王洛宾先生的生平。尤其是这首《达坂城的姑娘》的创作经过。这是他改编的第一首新疆民歌。《达坂城的姑娘》成功问世，是王洛宾先生音乐创作生涯的一个转折点，“西部歌王”也就是从这首歌开始被国人认识的。《达坂城的姑娘》将达坂城这个边疆小镇唱到祖国各地，唱到了海外。《达坂城的姑娘》的成功，充分诠释了文化在旅游宣传方面无可替代的强大力量。

关于王洛宾先生和三毛的交往，纪念馆里也有比较详尽的介绍。爱情，这个谜一般的字眼，她是甜蜜的，可是丘比特之箭却要穿透你的心房。自柏拉图以来，古今中外有多少哲学家都试图揭开她的谜底。可是，上下几千年过去了，猜透爱情谜底的又有哪一个呢！

溪流的另一边，跨小石桥，在半边街的尽头，有王洛宾先生音乐广场。广场的中心位置是王洛宾先生半身塑像。塑像上的他头戴新疆风情的礼帽，双手轻抚着挂在胸前的吉他。他1949年随解放军进新疆，1996年病逝于乌鲁木齐，生命中的一大半旅程都在新疆。此刻的他，透过眼镜深情地注视着这片土地，注视着前来瞻仰他的我们——这些依然在红尘中翻滚的世俗男女，又有谁能离得开这说不清、道不明的“情”的滋养或困扰呢？我们望着先生的眼睛，刚刚在纪念馆里了解的关于他一生的故事又像书页一样翻开来。于是，耳边就有一首首新鲜活泼又通俗易懂的歌像流水、像阳光一般流出来，一直流到他身后的杨树叶子上，让片片杨树的叶子都波光一般闪烁起来。

但这里不只是情歌飘漾的地方，这里本来也不该是情歌飘漾的地方，因为这里是一座叫“白水”的古镇，它是一处要塞，它只和战争有关。其实，在我们还没有踏入城门之前，一座横戈跃马、巨大的将军石像就已经吸引了我们的目光。

将军叫李怀恩，石像的基座上刻有他的名字。据史料记载，公元640年，唐太宗在平定高昌之后，在西域设置西州，在此地设置白水镇。

我想，李怀恩一定不是白水镇的首任长官，因为他是在武则天时才被委派到白水镇的。有人说他是武则天的侄子，可我从网上并没有搜到有关这种说法的史料。史料上只记载他是甘肃敦煌世代官宦李姓大族的后人李怀让的弟弟，我从网上也没有搜到李怀让和武则天的亲属关系。不过，唐朝皇室姓李，自称出自陇西李氏，是汉代名将李广的后人。那么，同样出自甘肃陇西的李怀恩是皇室的一支、是武则天的夫家侄子也未可知。

史料上说，李怀恩镇守此地期间，白水镇“人杰地灵、社会稳定、丝路繁荣”，因此被朝廷封为“上柱国、昭武校尉”。唐代武官勋级分十二等，最高等级才是“上柱国”。根据《新唐书·列传第十七》《旧唐书·列传第十七十八》的记载，唐初只有王君廓、李勣、秦琼三人被封为“上柱国”——这都是开国元勋级别的人物。由此可以推测，李怀恩能获如此殊荣，恐怕卓越的功勋和出身的显贵，两者都不能缺少。

穿过王洛宾先生音乐广场，沿着一条木栈道往回转。前行百米左右，左手边有一段在岁月中坍塌了的古城遗址。倒塌形成两座石峰耸峙，从中能看出“城墙取当地碎石,夹沙土夯筑而成”的人工痕迹。这些倒塌了的沙石仿佛曾经用炉火炼过似的,呈苍黑色,且历经千年,依然寸草不生。而遗址脚下,长得差不多有一人高的芦苇在风中勾肩搭背,见到我就飒飒细语起来。它们是要告诉我一些什么?是关于李怀恩、白水镇,还是关于达坂城的往事?

“君不见走马川行雪海边,平沙莽莽黄入天。轮台九月风夜吼,一川碎石大如斗,随风满地石乱走。”这是岑参《走马川行奉送封大夫出师西征》中的诗句。诗句中的“轮台”,不是今天的新疆轮台县,而是距离达坂城不远的乌鲁木齐地区。想当年,一到九月,白水古镇也一定是“一川碎石大如斗,随风满地石乱走”的。这些碎石走过来走过去,依然盘桓在我们的眼前,不曾老去。

这样想着,我脑海中历年储备的那些关于边塞、关于胡笳、关于鼙鼓、关于旌旗的片段霎时间就鲜活起来。往事越千年,那些生啊、死啊,仇啊、恨啊,情啊、爱啊,都化作了眼前的清风、花香和流水潺潺。

回时,在城门的内侧,我有意识地放慢了脚步,仔细观察起两个起降吊桥的绞盘。绞盘由一段圆形整木制成,每个绞盘上面有四根木杠。人力转动木杠,带动绞盘松紧连接到桥板上端的绳索,实现起降吊桥。

遥想那狼烟四起的岁月,远尘扬起,一股敌骑旋风一般旋到城门前。要做到吊桥的即刻升起,想必每个绞盘前都应该至少配备两个身强力壮的士兵吧!可此刻,我的眼前却突然出现了几位莺声燕语的妙龄女子,她们一定也是第一次到达坂城来。她们行走如风摆杨柳一般。她们走到绞盘边,摆起各种姿态,让镜头留下靓影,欢乐得像一群叽叽喳喳的喜鹊。这些本来应该出现在绣楼上的倩影,却和这些与战争有关的物件融合起来,让人突然想起“阴阳相济,万物生辉”这样的词。

我想,这也许就是达坂城的迷人之处、白水古镇的迷人之处吧!

乌鲁木齐散记

李　晁

出发是晚饭时候。知道赶不上乌鲁木齐的落日，倒也放下了期待，可以看看夜里光景，不失为弥补。还有一点，首次到访的客人，对于目的地总有种神秘（何况是夜里）。反过来讲，也成立，因皆是初见。据去过乌鲁木齐的朋友说，那里夜里十一点才落日。可这句话本身就有些歧义，既然太阳还没有落下，哪里又能称为夜呢？这个"夜"的判定还来源于自我身处的位置，而时间的概念就这样浮上心头。

去白日变长的地方，容易引起小孩子的贪玩之心，可以多玩一会儿呀！想想是有趣的，而直飞的四小时行程，也迸发了"地大"的感慨，因"物博"尚未见到。

抵达乌鲁木齐地窝堡国际机场近凌晨一点。我来的机场叫龙洞堡。两个堡字，好像有某种联系，类似乡下走亲戚,从羊角塘走到牛角塘,或者马场去到龙场。

快降落的时候,看到舷窗外的城市,一串串的灯火构成了显眼的几何图形。是方块的叠加,如同划出的舞会场地,有种欢欣的气息。对我,这是新奇的体验。落了地,已然不辨地方,只努力闻一闻空气,想要记住新到地方的味道。这是我每去一地的例行公事,是有意识的行为,也是一种识别途径。不知是否牢靠,但总归汇入记忆,为今后的重逢提供了底本。是刚到,就想还要来了,贪心如此。可对于新疆,这又是适宜的心态,因为实在是大。

这里落日晚,想必日升也迟,这是我的疑问。问出来,接我的作家龚培德先生一笑,说,日出也早的。

是真的早。酒店房间六点即涌进光线,是昨晚没有把窗帘拉严,被光唤醒也就不睡了,索性推开窗,临窗远眺。乌鲁木齐的市声涌来,楼群沿着高架桥排列,是当代都市的模样,有着北地的风貌,天很阔。

第一站去达坂城。还没去,歌声早已哼出来,是王洛宾先生的作品:“达坂城的姑娘辫子长啊,两个眼睛真漂亮,你要是嫁人……”对于今天,辫子已是陌生风景,不知什么时候,这发式已从人群中消失。想起儿时,母亲会留辫子,黝黑油亮的一条,有时会盘在脑后,形成一个大大的髻。又是什么时候不再编的,记不住了。去达坂城的路上,看到城外的山脉,问是什么山,答说天山。于是看了又看,而路边的树木就不好意思再问了,是白杨吗?那树棵棵保留着风过的形状,神奇地一边倒。后来知道,倒的方向是东南方,没有例外。那树又称“马刀树”“风向树”。达坂城是一处老风口,这风不晓得刮了多少世纪,树想必也是倒了又生,唯独人消失在历史的风中。可是不急，这不，新的一拨又来了。

下车处，竟是一处大湖，布满芦苇，鲜翠欲滴，风过有沙沙的声响，远山就蹲伏在视野正前方，寸草不生。这冰火两重天的景象，让人讶异，这大水是从哪里来的？是天山上的雪水，这里的水都是天山的恩赐，有人说。在我行走的木栈道背后，就耸立着一座雪山，远看巍峨，我没有问那是不是著名的博格达峰。有人介绍，达坂城介于乌鲁木齐与吐鲁番的中间，各距九十公里，是气候上的分水岭。往吐鲁番，就热了。走在芦苇丛里，间或看到一处嫣红，点缀在这新绿之中。什么树当然不知道，问了，说是红柳。才想起《静静的顿河》，葛利高里钓鱼用的鱼竿正是红柳木制成，想必顿河上也遍布着这样的红柳。旅行的知觉之一，就是在一个地方唤醒对另一个地方的想象及联系。

走过湿地，再去看古城。

白水镇是一处要塞，镇名来自唐代。复建后的城墙耸立在阳光下，很有些古风。而城墙对面就是沟壑凛冽的大黑山，那山的棱角，也是风的作品。抵达时是正午，日头正隆，可找到一处荫翳就很凉爽了。一棵老杏树垂在老屋前面，同行人一摘，喏，尝尝。我接过，杏果是其貌不扬的样子，甚至有些发育不良的迹象。未必有味道，我想。可送入嘴里，才感觉杏子的清爽与宜人，有着浓烈的几乎在记忆中消失的杏子味。果酸里有一丝顽强的甜，一颗小杏足以让我对这里的一切保持敬意。

王洛宾纪念馆就建在旁边。我进去看，果是唏嘘顽强的人生与命运。先生的音乐成就无须我多言。在馆里发现三毛信件的放大版，有种惊喜，原来她也来过。当年壮游到此的作家与音乐家结下了情谊。

古城边也是湿地,有一条清冽的河水流过。新疆的日照时间再长,那水也是冰凉的。见到被风化到只剩柱状的古城墙一角,才猛然被历史从三毛的信件中拉出来。遥想这里曾有过的峥嵘岁月,是金戈与铁马。读过的边塞诗里有没有关于此地的记载,想不起来,倒是想起岑参的轮台:"风掣红旗冻不翻""去时雪满天山路"。那是天宝年间的风景了。

从达坂城到南山,是一段漫长的车程。长久地坐车,是领略新疆的方式。我戏言,从一个地方到另一个地方,要睡两觉。事实上,初来乍到的我怎舍得睡觉。一路盯着窗外,想要多看一眼这阔大而陌生的土地。

南山是什么山?等我们的车慢慢驰近山间时,我问。还是天山,你能看到的山,都是天山。这如同玩笑的答案让我明了一个事实,天山不是指一处地方,而是它几乎与土地同在。你能给每一寸土地起一个名字吗?所以不再纠缠于名字。想象天山,格局不能小了。

我终于近距离看到了喜欢的塔松,迤逦地沿着山坡的斜面生长,有着井然的魅力。塔松与草地、山体形成了微妙的切面,是美的,因为自然。

夜宿南山下的民宿,美丽的老板娘早在等候我们。安顿好房间,大家聚在院子里休息,离日落还有些距离。院子对面就是天山从大山里伸出的一道坡状的山脚,像一面城墙耸立,又没有墙的压迫感,反而有一种柔线条的秀丽,接近于丘的感觉。山上有马吃草,有人沿倾斜的坡面攀爬,一只边牧狗在人的脚边乱窜。我很快知道,南山是乌鲁木齐人的休闲之地。我突然涌起爬山的兴致,可同行人说,可以大早起来看日出,更漂亮。于是按下冲动,在小院的屋顶上静待落日。晚上十点的光景,西边的云霞才火烧火燎起来。对我来说，是这云霞定位了天空的方向。它连成了片，有着沙漠的纹理，还有着瑰丽的颜色，是光线寂灭前的紫罗兰。

夜里点了篝火。我散步回来，赶上一个尾巴。老板娘笑说，一直等你，柴都添了几次了。开民宿前，老板娘是一位越野车手，遭遇过一次车祸。大姐讲起来云淡风轻，往事如烟，却给人留下凌厉惊险的印象。在我看来，那旧伤如同荣誉勋章，因是自己不敢也不擅做的事情。

早起，没有去爬山，是起得还不够早。夜里睡得不深，听见山头马的嘶鸣和响鼻，迷迷糊糊作想，这里的马是不归厩的。等醒来出门，那白马果然还在山上，还是昨日所见的位置，笔直地站着，好像就长在山上。

出南山前，我们到一处哈萨克族居民家中观览。说是家，其实也是间哈萨克族刺绣店。店里的作品来自女主人和村民组成的合作社。哈萨克族刺绣作品看上去极厚重，尤其毯子，想来和气候总有关系。我感兴趣的是其中的图形。几何的对称，几乎是所有刺绣艺术共同遵循的准则。这个家里，竟然还复刻了一间毡房，设施讲究。主人家邀请，我小心翼翼脱了鞋进门盘坐，想象这里是一间真正的毡房。忘了谁说的，在牧区，你只需带上茶和酒，走哪里都不会挨饿。听来如同牧歌。

今天要去的地方是东西白杨沟，先去的东白杨沟。东白杨沟景区在乌鲁木齐的南郊，离我们住的南山不远。下车，见到山的斜面，照例是塔松耸立在山的缓坡地带，其余是草原。有小狗大小的土拨鼠在远处冒头，一时想起什么来，等沿着陡峭的山道往上爬，才猛然记起，是儿时看过的电影《海蒂和爷爷》里的场景。

到西白杨沟,又是一段不短的车程。车在爬坡,等到了顶上,是一片可以纵目远眺的高山草原。乌拉斯台,是这片宽阔绿海的名字。转过一道弯,新疆天文台南山观测站就露出了它的身影。射电望远镜建在高山的平台上,巨大的“锅盖”对准着宇宙深处,那是我们知之甚少的地带。时间的深处是什么,是否能被观测?而关于人类自身,我们又了解多少呢!想起张枣的一句诗:“仿佛过去重叠又重叠只剩下一个昨天……”

离开西白杨沟,我还在想念乌拉斯台。这样的地貌对我来说,有一种象征,是山与草原的伟大结合,而曾生活其间的人,是山民还是牧民?

这天是小暑。夜里,我们要去看大型情景音乐剧《昆仑之约》。剧场建在山上,一座山中的露天剧场,本身就足够吸引人。山中清凉到寒冷,我们裹着厚厚的羽绒衣,看光线在山里亮起。音乐声传来,恢宏的宫殿出现了……在声光电的运作下,一个坚毅的故事徐徐向观众敞开。在周穆王西征并游行之事里,必然滋生神话。而一个重要的神祇——西王母开始牢牢占据人们的心灵。关于天界的想象,我们有多少途径?好在,汉砖与壁画里勾勒了西王母的诸多形态,关于升仙与拜谒过程。而《穆天子传》读到最后,只记得三个字:“哀淑人”。

回到乌鲁木齐市区是在离开的前一天。这些年,每去一座城市,想看的总是博物馆。古物的存在会无声地告诉来客,一个地方有着怎样的来路。那些被视作艺术珍品的物质,不仅仅是美的表现,还是背后人的情感的极大体现。来乌鲁木齐之前,在朋友圈里看到且末县博物馆馆藏的一件汉代小毛衣。那衣服小小的,米黄的底色,在胸口的位置,一朵用蓝红毛线钩织的小红花极为醒目，肩头的位置也有一朵，领口也缠着一圈毛线装饰，这让那件看似普通的毛衣瞬间不普通起来。是小女孩的服饰吗？是来自母亲的美丽手笔？我看着这小小的早已破损的毛衣，想象它被完成的过程。没有繁复的工艺与贵重配饰，但却恰恰显示了不俗的装饰效果。不仅有着穿越千年的审美，还有一种爱，单纯而又明丽，同样穿越千年让人感动。不论生在何时何地，对美的追求，是人之为人的一点光。

馆里的文物从新旧石器开始，原始的实用到装饰艺术的极大展现，见证了一个地方的发展历史。以我看，到汉、唐最为炫目。“五星出东方利中国”锦护膊，及唐代陶俑、金器，各具其美。其中我最喜欢的是一尊来自魏晋时期的木雕菩萨像，是未完成的作品。菩萨一手叉腰一手托举的形象从整块木料中脱颖而出，却未赋予更多的内容，没有面容，没有衣饰，只有着轮廓本身。木料的切面上处处可见刀痕。工匠缘何没有完成这件作品，不得而知。但这粗粝的模样，已然具备神格，因此给想象留下了空间。

好玩的是，新疆文物总店还开在博物馆内，当然要去看看。玉器柜里的明清玉器不算多，店员见我看得仔细，过来招呼，有些玉器带到南京交流会去了，只剩了这些。我说，难怪。又指了指一对子母虎想看。店员小心取了出来，是清代风格的圆雕件。老虎身上的纹饰栩栩如生，虎的开脸也好，形态亦棒，若是单虎，我倒有兴趣了。逛到杂项类的柜台，一眼看中一枚清代狮子铜印章。小狮子背对着我，是回首的姿态，有些俏皮。铜章躺在原装盒内，带着火漆。我一下心动，让店员开柜取来。小小的章放在手里是有分量的，工手和老旧感也是开门无疑，就买了来，算作本次乌鲁木齐之行的小小纪念。

飘逝的达坂城姑娘

王宗坤

我们在谈论机缘的时候，首先谈论的是遇见。

说起来，我对新疆的向往就缘起于遇见了《达坂城的姑娘》。

那一年，我到镇上读初中，一下子接触到这么多陌生同学，让我很是不安。更让我不安的是他们好像都有两把刷子，有的会打球，有的会踢毽子，有的会吹口哨……最让我羡慕的还是同桌，会唱歌，而且还能唱得水流婉转，悦耳动听，让人听得心里直痒痒。我说这话是有些历史背景的，那个时间是二十世纪八十年代初期，刚刚改革开放，我们刚知道流行歌曲。街上的大喇叭，有些商家的门口也开始播放这些过去我们称之为靡靡之音的曲子。这正巧契合了我们刚刚开始萌动的青春。我们很快就堕入情网，对这些歌曲迷得要死。我每次回家都缠着家长买放录机，但父母对那玩意儿没好感，认为那是玩物丧志的东西，不如挂在墙上的戏匣子来得踏实。再加上家里经济条件不是太好，他们说什么也不答应。我很失落，幸亏同桌及时弥补了这种缺憾。

可同桌看起来并不像个会唱歌的人，长得又黑又瘦，满头乱蓬蓬枯黄的头发，一看就是经历风雨的向阳花。初次见面，我根本就没把他放在眼里，打过招呼之后就各忙各的。实际上那都是一种表面上的矜持。我们都不忙，都在留意观察对方。因为陌生，这观察就有些小心翼翼。我打开新发的课本胡乱折腾，他却把书包整来整去，一会儿把书放进去，一会儿又打开铅笔盒，拿出几张小纸条盯着看。我偷眼瞅去，见上面写满了密密麻麻的小字，以为他是为考试打得小抄，就更有些不屑。到了下午自习的时候，同桌居然拿出那些小纸条哼起歌曲来。我一下就被吸引了，好听！真是好听！当时还没有学会更多形容词，就是觉得比街上播放的那些流行歌曲还要好！这种感觉让我放下架子，变得有些低声下气了。同桌告诉我这首歌叫《达坂城的姑娘》，是一个叫王洛宾的人写的。

达坂城的姑娘辫子长啊，两个眼睛真漂亮！你要是嫁人，不要嫁给别人，一定要嫁给我！带着你的嫁妆，唱着你的歌儿，坐着那马车来……

也许由于我当时的见识太过短浅，同桌唱出来的旋律并没有后来想象的优美，但那动人的歌词却留下了深深的烙印。除了抽象一些的达坂城，其他如石头、西瓜、姑娘、辫子、嫁妆、马车……这些名词在我脑海中依次闪亮。

达坂城很快也具体了起来。知道这个地方在新疆维吾尔自治区,而新疆是我们国家面积最大的省区,几乎占据了全国总面积的六分之一。

由此我开始向往新疆那片辽阔的土地,开始留意王洛宾先生的音乐。

我是个五音不全的人,年轻的时候爱听流行歌曲,私下里也把王洛宾的音乐归为流行一类。但还是感到了不同,总感到在那优美的旋律背后隐藏着一种很深的沧桑,随后就找到一些关于王洛宾先生的书来读。了解到王洛宾先生的传奇人生,这跟我之前的理解不谋而合了。有了这份心灵的默契,就更加热爱上了王洛宾的音乐,《在那遥远的地方》《掀起你的盖头来》《半个月亮爬上来》《青春舞曲》……都是我听过无数遍的曲目。在享受美的同时,我心中一直暗藏着一个不解之谜,这么多舛的人生怎么会酿就了如此达观的命运绝唱?直到我第一次来到新疆,走进历史悠久的达坂城,走进王洛宾音乐艺术馆,沿着王洛宾的足迹巡礼,感受到了那颗伟大心灵所散发出来的魅力,才渐渐有所醒悟。

达坂城属于乌鲁木齐下辖区,位于天山脚下、达坂城盆地的南端,扼进出天山的关口,是南北疆的分界线,自古便是丝绸之路的必经之地。这里有巍峨的博格达峰、壮观的白水镇古城、美丽如画的湿地和被誉为"中国死海"的新疆盐湖、风车大世界等旅游景区。这座小城历史悠久,真正让她闻名于世的还是那首《达坂城的姑娘》。

1938年,新疆有个运送苏联援助抗战物资的车队经过兰州。王洛宾所在的抗战剧团组织联欢会,慰劳车队的工友们。就在这个联欢会上,一个头戴小花帽、留着小胡子的维吾尔族司机唱了一首简短的歌,因为是用维吾尔语演唱的,谁也听不懂他唱的是什么意思。但是,王洛宾敏锐的音乐神经被触动了。他用在学校学习的速记法记下了这支歌的旋律，并且请当时居住在兰州的维吾尔族商贩对歌词作了简单的翻译。当天晚上，王洛宾在想象中描绘达坂城的风光和那里姑娘的美丽形象时，兴奋得不能入睡。他从那些原始乐句中选择、连缀、追寻主调，弃其枝蔓，很快就编配成一首简短流畅的《达坂城的姑娘》。第二天，恰好举行运输车队的欢送会，这首歌经人演唱之后立刻吸引了所有人的注意，就像一阵风似的吹遍了兰州城。后来由著名歌唱家赵启海、赵风传唱到重庆、昆明甚至南洋各国，凡是有华人的地方，就有《达坂城的姑娘》。

达坂城古城是一座仿唐建筑。雄伟的门楼，极具西域特色。护城河、吊桥、烽燧、兵器台再现当年“古戍依重险，高楼见五凉，山根盘驿道，河水浸城墙”的盛唐边关军镇的威武雄姿。七月正是达坂城最美好的季节，碧蓝的天空一尘不染，朵朵白云犹如浮动着的羊群飘摇其下，嫩绿的水草游动于小溪之间。同伴们惊叹于天公的偏爱，把这方土地涂抹得如此圣洁而纯净，而随行的讲解员却谦虚地说：“今天天气不好，不然的话，后面的博格达峰雪山会清晰可见。”我们都感慨新疆人太谦虚了，但看讲解员一本正经的样子，确实又不像是在开玩笑，那就只能怪我们想象力贫乏，实在想象不出比这更好的天气会是什么样子。

古镇并不大，里面有很多售卖新疆特色产品的店铺。由于有了之前的铺垫，古镇中最让我着迷是王洛宾音乐艺术馆。这座艺术馆真实而全面地展示王洛宾艺术生涯，馆内陈列着百余幅历史图片和大量珍贵的文物资料，翔实地向人们介绍王洛宾先生六十余年的音乐成就和鲜为人知的故事。据我所知，这座王洛宾音乐艺术馆并不是全国唯一的一座，也不是最大的一座，却是记录王洛宾与达坂城最全的一座。

王洛宾音乐艺术馆无疑是了解王洛宾先生的最佳窗口。我在这里驻足流连，循着大师的足迹享受关于音乐关于传奇的饕餮盛宴。最后的篇章“乐缘情未了”说的是洛宾先生跟三毛的情缘。之前，我从媒体的报道中对这个故事有个大致了解，像很多人一样，以为那只是一种昙花一现，不是觉得太遥远而是感到太传奇了。而在这里我看到了三毛写给洛宾先生的亲笔信，还有他们的合影……看着眼前这直观而具体的实物，原来的模糊印象渐渐清晰起来。

一位坚强而矍铄的老人在遥远的地方过着简单的生活，在黄沙漫漫的戈壁滩，他用心底流淌出来的歌声抵御着常人难以忍受的苦难——多年的牢狱之灾。音乐是他的生命，这美好热烈的生命之音穿越时空飘向了宝岛台湾。作家三毛心中最柔软的地方被打动了，仿佛冥冥之中一下子就悟到了前生，她收拾行囊来到了遥远的地方。眼前的王洛宾虽年逾七旬但热情仗义幽默豪爽，所有的艰难困苦在他身上都被过滤掉了，只留下成熟与宽广之美。王洛宾把三毛介绍给自己的好朋友，并和她一起走马天山，领略天山南北的异域风情。三毛的心中泛起阵阵涟漪。这是荷西离开之后三毛第一次动心。她为王洛宾的人生和艺术才华所倾倒，包含着敬仰、爱慕、同情……三毛自己也说不清这究竟是什么感情，觉得自己的心和这位老人连在了一起，精神息息相通。几天后，三毛依依不舍地离开了王洛宾，但却把心留在了大漠戈壁。回到台湾的三毛时刻惦念着远在天边的王洛宾，每个月给王洛宾写三封信。敏感而多情的王洛宾自然感知到了三毛那份炙热的情感。但面对这份情感，王洛宾却犹豫了。那一年三毛四十七岁，王洛宾七十七岁,他们之间有三十岁的年龄鸿沟。王洛宾在信中委婉地回应道:萧伯纳有一柄破旧的雨伞,但早已失去了伞的作用,他出门带着它只能当作拐杖用。我就像萧伯纳那柄破旧的雨伞。三毛却继续一往情深,在信中责怪王洛宾:“你好残忍,让我失去了生活的拐杖。”五个月后,三毛再次来到这个遥远的地方。三毛在心中认定,王洛宾就是她的精神归宿。三毛打开自己的皮箱,取出一套精美的藏族衣裙。这是她在尼泊尔旅行时特意定做的。三毛知道那个美丽动人的故事:一位俊俏的藏族女孩卓玛,曾经在年轻的王洛宾身上轻轻地打了一鞭。一鞭钟情,创作出世代名曲《在那遥远的地方》。今天,三毛穿起藏式衣裙,陪伴年近八旬的王洛宾老人,唤醒那久远的记忆——永远年轻的艺术家的心。

但接下来的故事,却并不像童话中表述的那样“从此过上了幸福生活。”两个人最终没有走到一起,个中原因不得而知。半个月后,三毛拖着大皮箱离开了那个一度让她向往的地方,离开了大陆,离开了王洛宾。三毛在荷西之后的唯一一次心动就这样无疾而终。

之后,又过了一百二十一天,1991年的1月4日,三毛在台北自缢身亡。噩耗传来,王洛宾极度震惊。他一瓶又一瓶地喝浓烈的白酒,希望在酒精中麻醉自己。大悲大痛之中,王洛宾写下了晚年最后一首情歌《等待——寄给死者的恋歌》。歌中写道:你曾在橄榄树下等待再等待,我却在遥远的地方徘徊再徘徊。人生本是一场迷藏的梦,请莫对我责怪。为把遗憾赎回来,我也去等待。每当月圆时,对着那橄榄树独自膜拜。你永远不再来,我永远在等待,等待,等待,等待,等待。越等待,我心中越爱!

可惜的是,多情的三毛再也听不到这哀怜的声音了,留给世人的是无比的悲凉与痛惜!

从王洛宾音乐艺术馆走出来,沿着古镇内的石板路往前,我心中满是惆怅。同样走在身边的一位女作家突然对我说,我知道三毛为什么爱上王洛宾了。这话差点把我的眼泪说出来。王洛宾先生的才情、真诚、坚韧、豁达、宽广无疑是三毛最为着迷的。他在经历牢狱之灾劫后余生后,说过这样一句耐人寻味的话:家长也有打错自己孩子的时候。

就是具有这么博大胸怀的王洛宾,在爱情面前却退缩了,变得狭隘起来。那一刻他忽视了自身,忽视了每个人都有爱的权利。他应该明白,从某种程度上说,我们这个世界没有别的,只有爱与被爱。他忘记了萧伯纳同样说过:只有年少时拥有年轻是件很可惜的事情。对我而言,随着年岁的增长,日子过得更加充实,且懂得享受生活乐趣。现在,就是最好的时光。

在晴天丽日下继续走在达坂城古朴而美丽的风光里,我脑海中一直盘旋着老先生那首无望的《等待》……我永远在等待,等待,等待,等待,等待。越等待,我心中越爱……等待中,眼泪的花儿最终把心淹了。等待中,两颗伟大而孤独的心灵就这样错失了!

有个地方叫三道坝

龚培德

五十年前的孩提时代，我还在西戈壁农场上小学。某个初夏时节，我们连队一个老乡的女儿要出嫁，我作为娘家人被塞上一辆大马车，从一个戈壁跑过另一个戈壁。马车跑了大半天后终于跑到了一个叫米泉三道坝的地方，也就是现在的米东区三道坝。

记得马车一路走过滨湖、五十户、柳树庄子、冯家海子、青格达湖、长山子等村庄，最终出现在眼前的三道坝掩映在一片纷纷扬扬的稻花之中，让人印象深刻。当然，印象最深的是我第一次以娘家人的身份被灌得酩酊大醉，在回来的路上吐了一马车。

那酒水虽然上口很甜，但入肚后则像熊熊燃烧的火，让我平生第一次体会到醉的滋味。事后问别人这是什么酒，为什么后劲如此厉害？有人告诉我，那是当地人用米和其他粮食酿成的米酒，号称"米酿”。不要说自己当时还是个孩子，就是成年人稍不留神也会被这醇绵温柔的液体灌得大醉。至此，三道坝这地名就印在我脑海里了。

第二次去三道坝是在十年之后。那是1980年春，我已从西戈壁农场中学毕业被分配到连队参加工作。那时候，西戈壁农场附近兵团团场蔡家湖、梧桐窝子、枣园等地都开始种植水稻。因为我们农场在昌吉三屯河上游修建了一个大水库，水的供给得到了有效的保证，便也决定种植水稻。

通过与农场生产科联系，得知三道坝的一个村庄有多余的稻种，于是，连队便派了一辆拖拉机，拉上几个人去三道坝购买稻种。那天，正巧我和父亲同时被派去三道坝。卖稻种的村子是一个叫“皇宫”的生产队。父亲那时虽然刚从连队干部的岗位上撤职，但依旧未改他那争强好胜、显摆自己有学问的性格，对“皇宫”这个地名颇有微词，并且肯定地说，这个地名肯定有误。

父亲说，这个普通的村子没有一点皇家气派，怎么可能有皇宫呢？一定不是皇宫，而是皇贡。皇贡是什么？就是要给皇上纳粮。普天之下，莫非王土，当地人要么没文化，要么是口误，要么是以讹传讹。当时，拉运稻种的一位连队职工不服气，对父亲说，别人都喊了这么多年，也没见人纠个错，你怎么来拉了趟稻种就瞧出不对劲了，就你能呀？

父亲听了这话，来了犟脾气。他说，这就是有知识和没知识之间的差异。比如咱们这儿的三十户、五十户、六十户地名，一般人肯定理解是指多少户人家，其实这里面是大有学问的。按照新疆当时的人口算，不可能有这么多户人家。这里所谓的“户”应为“斛”，是指一种盛放东西的容器，三十户、五十户、六十户应为三十斛、五十斛、六十斛粮食。

对于父亲的说法，别人不好抬杠。因为论学识和嘴巴上的功夫，连队职工中的确没有他的对手。更何况对于“户”和“斛”之间的关系，也没人愿意搞明白。不过父亲这一说法，在三十年后得到了印证。

那是在一个北疆油菜花开满大地的季节，我陪疆外一位对新疆历史和地名深有研究的大学教授去乌苏市考察。无独有偶，当地也有一个“皇宫”村，还有一个“八十四户”的地名。有人问专家为什么在僻远的新疆有这些地名？专家的回答和父亲如出一辙。

也是从那年起，西戈壁农场有了种水稻的历史。经过这些年的培育和发展，已经形成了自己的品牌。“西戈壁稻花香”成为了百姓饭桌上的首选。当然，如果没有当初三道坝的稻种，也就没有西戈壁现在一望无际扬花的稻田。

二十世纪九十年代中期，我离开西戈壁农场成了首府一家媒体的记者。某年八一建军节前夕，我去三道坝采访一位战斗英雄。那是七月初，正是稻穗扬花的时节。我们来到三道坝一个名叫石柱子的老人家里。说到家，其实只有石柱子一人。独自生活多年的石柱子背后却有着惊天动地的故事，用石柱子的老首长梁营长的话说：“我这条命是石柱子给的！没有石柱子，我这条命早丢在打兰州的战场上了。”

兰州战役，由彭德怀司令员亲自指挥，梁营长所在的六军十七师负责主攻皋兰山的营盘岭，与此对阵的是马家军二四八师。

解放军在几条战线陆续发起攻击。主攻团打得非常惨烈，攻击沈家岭的三十一团仅剩二百余人，团长王学礼中弹牺牲。主攻营盘岭的是五十团。在强攻受阻的情况下，七连指导员硬是举起炸药包炸开了国军碉堡。

战后，在五十团的团部荣誉窗里挂着两面旗帜，一面为红色的，记录着授功立奖的名单；一面为蓝色的，用白字书写着几百名牺牲烈士的名单。在夺取营盘岭制高点时，梁营长和战士们一起冲锋在前，可敌人的炮弹不停地在身边爆炸。有一发炮弹在离梁营长不足三米的地方落下，跟随他的通讯员石柱子眼疾手快，将他迅速扑倒在身下。梁营长幸免于难，石柱子却被炮弹炸飞了一条胳膊。

最为严重的是那发炸弹不仅让石柱子失去了一条胳膊，还把他的脑袋炸晕了，石柱子从此彻底失忆。除了梁营长，他谁也不认识，包括他自己是谁，是哪里人，什么时候当兵，老家在哪里，他什么都记不起来了！

像石柱子这种情况，是不应该继续跟随部队的。可梁营长毫不犹豫地说："我不能扔下石柱子，他是我们部队的英雄！只要我活着，走到哪就带石柱子到哪里。"这样，石柱子伤好后又回到了梁营长所在的部队。

当时，来疆部队有些人员实行了就地安置，石柱子也就留在了米泉。他虽然缺了一条胳膊，但不影响他劳动的热情。他和当地村民一样挖大渠、压碱地、种水稻。如果不是他的老首长梁营长经常来村里看他，谁也不知道石柱子是名战斗英雄。

我采访之后没过几年，石柱子病逝了。病逝那天，他刚给稻田浇完扬花的第一水，坐在渠埂上卷莫合烟抽。石柱子只有一只手，但平时卷烟的速度一点都不比别人慢。可那天他卷到一半时，手哆嗦一下，便一头栽倒在地，再没有醒过来。

在中华人民共和国成立七十周年前夕，有一位白发苍苍的老太太和一位四十多岁的军人来到了三道坝。走到石柱子的坟茔处时，老太太扑倒在墓碑前，一遍遍抚摸着石柱子的姓名，流着泪，哽咽着说："爸爸，七十多年了,我终于找到你了！我是你没见过面的女儿春桃呀!”

原来,石柱子参军时结婚不到一个月,媳妇稻花当时是村子里的妇救会会长。她亲手给石柱子戴上大红花说:“打完仗就回家啊!”

1949年后,有人说他牺牲了,也有人说他当了官另娶他人了。对第一种说法,稻花在心里嘀咕了好多次。因为如果活着,他不可能不回家乡啊！他就是不想自己的媳妇,也要回来看他的爹娘呀！对第二种传言,她根本不相信。因为她是了解石柱子的,婚前他就说了,他会一辈子对她好。可是,一天天过去了,一年年过去了,直到她将春桃拉扯大,直到去世,稻花再也未能见到那个让她等了一辈子的男人。离世前,她对女儿说,找不到你爹我死不瞑目。他就是死了,你也一定要找到他。

春桃几十年多方打听寻找父亲无果。

直到春桃的儿子从军校毕业后,他接过了母亲寻找父亲(他的姥爷)的使命,又经过十多年的努力,在中华人民共和国成立七十周年前夕,他们在各方的帮助支持下,终于理清了石柱子的战斗轨迹,找到了他最后落脚的地方。

春桃和儿子在石柱子的坟茔前深深地磕了几个响头。临行前,他们在坟前装了一捧三道坝黄土。春桃说,在三道坝,她找到了父亲,终于完成了母亲的遗愿。但她没有想到的是,母亲和父亲竟然是同一天去世的。也许冥冥之中真的有一种感应,让两位彼此牵挂的老人以这样的方式同时走完一生。春桃哭着说,回去之后,她要在坟前告诉母亲,父亲没有忘记她,父亲多年一直想着家乡的稻田和稻花。父亲是英雄,现在可以回家和她团聚了。

那时,三道坝的田野上,正在抽穗的稻花纷纷扬扬……

王忠民的远方

矫　健

一天雨后，看小区有几个孩子在玩泥巴，我冷不丁想起了王忠民。

王忠民就是玩泥巴的。他从小就会玩，玩了半辈子，眼下还在玩。一不留神还玩出个“大师”头衔，你说这是什么玩法？

有一天，我给朋友说起这事，他将信将疑：不会吧？是这样吗？

王忠民出生在莫索湾，五六岁时赶上团场挖防空洞，土堆到处都是。他用布兜装些细土，提溜到渠边，与几个小伙伴和泥巴。和泥巴是技术活儿，他动手和，伙伴在一旁看。之后他亲手分泥巴，不偏不向，一人一坨。每人拿到泥巴，开始捏“碗”，类似平底烟灰缸那种。捏好了就轮流往地上摔。

这个游戏，不仅有趣，也有技术含量。“泥碗”落地时要听见炸裂声，碗底爆开才是赢家。输家每人要拿出一点泥，把裂口补上。每次玩，王忠民总会把发出的泥巴全收回来。

他渐渐有些心得。泥巴不怕摔，越摔越筋道。还要醒一醒，醒后更有韧性。他还注意到父亲每年往土里掺沙子，改善碱性土质。他试了一下，这样和泥不会裂口。

有一年看完老电影《小兵张嘎》，他凭记忆用泥巴捏出几个小人。有嘎子，有翻译官，还有日本鬼子。

他还做过一挂“马车”。先把车厢和轮子做好，放在苗圃阴凉处晾干。再寻两根木棍将车厢轮子连接，用手一推，居然吱扭吱扭的。

后来看电影《第八个是铜像》，他知道了什么是雕塑。就用大头针在粉笔上雕刻人物。他还临摹徐悲鸿的马。手指在铅笔粉末上蘸一下，直接在纸上抹，有层次，有明暗效果。哪个同学不想做美术作业都找他，他会搞得妥妥的。

王忠民上头有一哥一姐，下头有个弟弟，父母都很辛劳，孩子的事无暇顾及。这就给他好多空间。他可以每天跑到渠边去和泥巴，鼓捣自己喜欢的小玩意儿 。直到上高中那年，他想去石河子报技工学校的美术班。结果被大哥拦住。大哥说，怎么样也要把高中上完。

高中毕业后，他在大田干了三年，春播秋收修渠浇水都干过来了。一眼望不到边的条田给过他豪情，但他不觉得自己的未来在这里。有时想想他也知道有点管不住自己。浇着浇着水，突然灵感来了，就立马跑回宿舍画。班长扭头找人，人不见了。

连队学校有个叫马建新的老师，考上新疆师范大学的事成了新闻。王忠民暑假回来了，跑去探听情况，马建新告诉他，新疆教育学院要招生。

这个机会，合他心思。他花半年多工夫临阵磨枪，把先前错失的时光补回来。

一个人骨子里的东西很难消弭，而要寻求适合自个儿的那个点就不易了。走出校门，他回到团场教了几年书，之后又随市场潮流在乌鲁木齐混了几年，总觉得意不在此。

“远方”在哪里？他时常想。是地理坐标吗？若那样就简单了。想明白一件事很难，隐隐约约就在脚下，在自己心里。

迷茫中他去看当年的老师，老师说你还是去上学吧。

就这样，在老师帮助下，他跑到北京中央工艺美术学院进修，专攻雕塑。

在这里，王忠民感觉有一条线与他的童年连接起来。他弄明白了，这才是自己想要的。

其时，“泥人张”传人张锠任雕塑系主任。他经常去老师工作室观摩，还帮着打磨作品。两年间，他学习了泥塑、木雕、装饰雕塑及锻铜多项内容，还时常看展览，感觉有了方向。

从北京回来，王忠民开始尝试不吃“大锅饭”。他在边城新民西街租一间小铺面，做泥塑和商业设计。在校时老师讲泥塑是“三分塑七分彩”，他把这一讲法倒过来，要“七分塑三分彩”。尽管新疆色彩无与伦比，他还是想把更多工夫花在造型上。譬如裙摆、褶皱、帽饰、靴子等等，他都要做出来，让受众领略异域风采。都是小工艺品，做好了送到二道桥这些地方叫人代售。

干了一年，可以维持。又在新民东街租一间大点的门面，又干了两年，虽不太火，也能温饱。

其间在油田揽下一个大活儿,他有了一笔可观收入。这笔收入使他惊喜,也有点眩晕。他决定弄个更大的摊子。

在边城北郊他租了一处农舍,有十几间房,还有宽敞的院落。随之,他从福建泉州请来四位师傅,同时招了十几位技工,就开工了。

泉州师傅搞玻璃钢浇铸成型的小工艺品熟门熟路,王忠民借助这一工艺来做新疆风情文旅产品,再加上他拿手的泥塑,听起来主意不错。可真要做起来却不是那么简单。

折腾一年,就觉得情况不对。想再看看,又勉强支应两年,那点老本都赔进去了,连那套仅有的住房也成了抵押物。

有一次电视台采访,他有点沮丧:我都搞不下去了,你采访我干什么?人家说,你赚不赚钱跟我们没关系,我们关注经济转型时期文化产品怎么走?往何处去?我们关心这个。

这也正是他想要的答案。从挣钱养兴趣到为兴趣而活无疑是艰难的转变,但他最终要迈出这一步。

他心里说,一切要重新开始。

他在一号立井附近物色了一所老房子,院子有两三百平方米,他的新旅要从这里启程。从硫磺沟拉红土,从西山拉耐火土,他要烧出火焰山的颜色。

这种颜色他很向往。

几年之后在北京798,常沙娜看着他的作品感到惊喜说,小伙子,你做得好,千万不要上釉。你看敦煌壁画、敦煌泥塑经过千百年,都是本真颜色。你的泥塑很接近敦煌壁画。这叫返璞归真。

这位清华大学美术学院教授,自幼随父亲常书鸿在敦煌泡了数年,对色彩的把握很是精当,她的话对王忠民是莫大鼓舞。

前行中,圈内人给他帮助的不是一个两个,其中就有张文阁。

那天,张文阁来到他的小院,看看他的泥塑维吾尔族人物,说不错。听王忠民说还没建烧炉,便带回去在自己的炉子烧。最初的许多作品都是他帮着烧的。他在吐鲁番有个艺术馆,王忠民不少作品在他那里展过。这样的帮助充满暖意,叫人很难忘怀。

画院的柴新春就不用说了。他与王忠民本来没有交情,甚至并不认识。那天他和一个朋友在劳动街喝酒。喝着喝着觉得不来劲,柴新春说,俩人喝没意思,再叫俩人,你叫一个我叫一个。那个朋友说好啊,就把王忠民喊来了。此后,王忠民多了一位师长,柴新春多了一位艺友。

之后,柴新春特意跑来看王忠民。看了他做的西域人物,挺喜欢。说他能坐住,有慧根。可看院子还有些工艺品,就不高兴,问他为什么要做这些,说他改变不了市场,还不如改变自己。

他的肺腑之言,显然把王忠民击中了。后来"七坊街"开张,他俩的工作室是楼上楼下,经常见面。

柴新春在四川美术学院访学一年,回来给王忠民带了一本刘士铭的作品集。他是在美院图书馆发现的,特别开眼。此人是徐悲鸿的学生、李翰祥的同学,多有磨折,作品独树一帜。柴新春感觉刘士铭不加修饰的大写意,跟王忠民的路数特别适合,他一定有用。

岂止有用!王忠民说,你帮了大忙。帮我找到一位大师,找到自己的"精神血统"。

有了工作室,创作环境得到很大改善。而在艺术上再上个台阶,难。一条路走熟了就习惯一直走下去,并不觉得有什么欠缺。

那天,王忠民正在创作《天山鼓声》,教育学院的安尼瓦尔来了。他在工作室转了一圈,说做得好。他似乎还有话说,欲言又止。王忠民说,咱们是朋友,有什么不到的地方尽管说。

安尼瓦尔说,做得很好,就是缺了一点味道。

王忠民问,什么味道?

安尼瓦尔说,羊皮味儿。

当晚,王忠民留下安尼瓦尔,请了几个朋友一起小聚。安尼瓦尔对他说,你应该到南疆看看。

听了安尼瓦尔的话,王忠民第二天就出发了。

在和田,他见识了好多巴扎。在农具巴扎,他见到一卖镰刀老汉。面前摆着一堆镰刀无人问津,老汉不紧不慢卷着莫合烟,悠然自得的样子叫人纳闷。

王忠民问道,这么多镰刀你卖给谁呢?

老汉说,不着急,会有人要的,要的人还没来。每把镰刀都不一样,每一把都有人要。

老汉又说,每把镰刀都在等合适的人来。去年我也做了这么多,就剩一把,我挂了一年,几天前有个人买走了。

老汉的话云淡风轻,意味深长。

阳光下的生活巴扎另有一番风情,用奥斯曼草描眉、以玫瑰花点唇的维吾尔族妇女,在挑选自己可心的用品。正在品尝哈密瓜的老汉,嘴角留下黏稠的瓜汁。

王忠民从小生活在兵团农场，从来没见过这些，作品怎么会有“羊皮味儿”呢？

在这里，他觉得眼睛不够用，就拍照、写生，他要把这一切定格，留在心里。

后来，他还去了帕米尔高原。那时正赶上塔吉克族的肖公巴哈尔节。在这隆重的迎春节里，他亲眼看见高原人用面粉做成马和农具模型，喂给牲畜吃。还以赛马、叼羊、歌舞等活动迎接新劳动季的来临。

在高原强烈的紫外线下，他捕捉到老人眯缝的眼睛、孩子衣裤的褶皱，还有温顺的羊羔，他感觉太有魅力了。这些都在《帕米尔的春天》和《帕米尔春天的表情》得到表现。

你阅读《王忠民雕塑》集的每一页，都能感觉到内心的共鸣，也很容易想到罗丹的那句话：“所谓大师，就是这样的人，他们用自己的眼睛去看到别人见过的东西，在别人司空见惯的东西上能够发现出美来。”

在王忠民眼里，泥土很高贵。他说，土将世界连成一体，将人类也连成一体。

他还说，我们一再远行，不要因为走得太远，而忘记了为什么要出发。在路上，就是永生！

人书俱老向春风

——走近著名书画家闵荫南

吴连增

闵荫南先生的大名，是随着他的书画艺术广泛传播，并不断受到种种好评而闻名遐迩的。他的书法作品气韵生动，风格独特，雅俗共赏，具有很高的艺术造诣和很强的艺术感染力，所以我一直比较欣赏他，推崇他。

我和他第一次见面是何年何月，如今已记不得了。但他独特的外貌的确给我留下很深的印象。他个子不高，留着长发，脑顶靠前那片高地有点秃，却闪着亮晶晶的光。他长得慈眉善目，说话客客气气，待人彬彬有礼。一接触，就让人觉得，他是一位温文儒雅、值得敬重的老艺术家。

我和他相识相交的时间不算长，大约有十几年吧！这与我真正走近书法比较晚有关。以前，我曾自诩受祖父的耳濡目染，从小就对写字情有独钟，并在之后又因工作需要而小试锋芒，受过一些褒奖。但那毕竟不是行家里手的赞誉。写字和书法不完全是一回事，字好不等于书法好。直到二十世纪九十年代初，在我所供职的新疆文联有机会直接接触了一些书法名家之后，才渐渐悟出了这个道理。

近水楼台先得月。我庆幸，我在临近古稀之年，终有机会步入一个修身养性、习练书法的平台。对我来说，这是一件很愉悦，也是求之不得的事。须知，书法、绘画等许多艺术门类是十分注重艺术传承的。它和文学有所不同。老实说，要想在书艺上有所长进，除了个人的天赋和勤奋之外，还确实需要一种真诚和谦虚的心态，既要远学古人，又要近学名家。学古人，就是坚持临帖入古，不放弃从经典中汲取营养。但入古不能泥古，还要从古帖中走出来，创造自己的艺术天地。这个过程中，就需要向名家求教了，要从身边寻找与自己审美情趣相近的行家里手，从字法、笔法、章法和墨法等诸多方面细心揣摩，观其所长，取其精华，补己之短。

其实，那时新疆书坛的一些行家里手就在我的身边。邱零先生与我同住北门春风巷的一个小院，他曾给过我很多鼓励和帮助。他不仅针对我的学书路子进行过具体指点，还把一些书家的联系方式告诉我，嘱我上门学艺。

在这些老书家当中，我的首选当然是闵荫南先生。他的书风遒劲典雅，朴拙老辣，道法自然，散发着浓郁的文人书卷气。这正是我所欣赏，并为之追求的。文人书法在我们这个文化国度里有着深厚的根基，古代的文人无一不是天天跟笔墨打交道的。行文即留下诸多墨迹，其中优秀的便流传下来，代代相传，成为人们学习和欣赏的经典。这个传统一直延续到近现代，包括鲁迅、胡适、郁达夫、郭沫若、茅盾、钱钟书、叶圣陶等,他们既是文学大家,又是书法名家。只是到了当代,由于书写工具的变换,书与文有了分离倾向,这种形式与内容的剥离,实是书法史上的不幸。

但不可否认,有些当代书家仍坚持自身的文化修养,崇尚“字外”的功夫。我所接触的书家中,闵荫南先生即是其中的一位。他不仅在书画方面有深厚的造诣,诗词修养也是值得称道的。我很欣赏他以自己的室名“芦花别馆”结集的诗选《回望》,那只是他的诗词的一部分,虽然不是公开出版,但依然值得捧读。这本小册子里的诗作,无论是写景叙事、怀旧寄情,还是书赠好友、画作题跋,都不难看出他的文学功底。那一吟一咏、一唱一和,都是有感而发、言简意赅的短章。有些近似打油诗之作,亦庄亦谐,不拘一格,也足以让我们深切感受到作者开阔、浪漫的情怀。

如今的一些书家,离开古诗词,似不能进行创作。而闵荫南先生则不然,他常常是诗、书、画联袂创作,珠联璧合,浑然一体。所营造的是一个诗情画意、妙趣天成的境界。这绝非一日之功,而是需要深厚的学养来支撑的。

这与他个人的经历可能有很大关系。他出生于齐鲁滕州的一个书香门第,祖父、父亲都是知书达礼的饱学之士。家族基因对他的影响,无疑是刻骨铭心的。学生时代,他聪颖好学,十七岁就以优异成绩被保送到久负盛名的曲阜师范大学深造,毕业后又直接从事教育工作。不幸的是,因为他有一个在台湾供职的父亲,在那特殊年代,他无论如何都无法摆脱“出身”所带来的厄运。特别是“文革”烈火一燃起,即便他再俯首帖耳,也不可避免地要被打入另册。出于一种求生的本能,他便携妻直奔遥远的新疆。到了新疆,他又把目光投向最偏僻的天山深处，在一个名为艾维尔沟的煤矿当了一名工人。

一介书生的他，进了煤矿，将接受怎样的严酷考验，是不言而喻的。他先在矿区喂猪，后进煤井挖煤。一辆小车，终日奔波在崎岖不平、烟尘弥漫的矿道上，每天不知要洒多少汗水。

苦不堪言的日子煎熬了十年，直到改革开放，他才获得了新的生命。后来在教育岗位上，从普通教师到一校之长，他为教书育人贡献了青春年华。但他始终没有放弃自己所钟爱的书画艺术。写写画画成全了他改变人生际遇的梦想。

经历了漫长岁月的修炼，他的书画作品最终登上艺术的殿堂，在一次又一次的全国书画大展中屡屡获奖，声名鹊起。我很同意一位艺术评论家对闵荫南从艺道路的概括：如果说他早期所受到的父辈影响和学校教育成就了他的“学”，那么后来所遭遇的坎坷和不幸则成就了他的“养”。一个有成就的艺术家，是离不开学养的滋润的。闵荫南的学养成为他步入艺术殿堂不可或缺的内驱力。

也许是一种偏爱，抑或是他的书法确有一种特殊的魅力，多年以来，我无论走到何处，不管是展厅、画廊，还是楼宇殿堂、亭榭园林等各种不同的场合，只要发现闵先生的作品，我都会驻足观赏品味，并和身边的同行者热议一番。观赏他的作品，的确是一种艺术享受。

直到如今，他每天发在微信朋友圈里的书画小品，我都一一点赞。大约有四五年光景了，我每天清晨打开微信，仿佛一眼就能看到他挥毫泼墨的身影。他全身心地浸淫在自己的书画世界中，可谓胸无杂陈，心静如禅。

他每天发在微信里面的书画作品，一般情况下，总是两组八幅的组合，如期而至，幅幅精美，百看不厌。可见，“活到老，学到老”不是一句空话，而是他每天的必修课。一个已经进入耄耋之年的老书家，至今仍在孜孜不倦地为升华书画的境界而不懈地追求，这种老骥伏枥、永不停步的品格是何等可贵。所谓废纸三千、秃笔成堆，并非夸张。难怪他的书画作品历经时间的淘洗而经久不衰。

尽管也有人不喜欢他的字，说他的草书看不懂，也不知好在哪里。但我想说，闵先生的书法绝不能以是否能看得懂来衡量它的价值。何况他的草书并非是那种草得难以辨识的怪字，看多了，就会从他的一笔一画，包括每一个提按顿挫和牵丝映带中，品味出他是如何从古贤那里借鉴和汲取了精华，守正创新，自成一家，从而达到今天的高度。尤其是他的草隶书，可谓气势苍茫，铁骨铮铮，极富金石之气，不禁令人震撼。

我主张书法家的作品要雅俗共赏，即使是草书，甚至包括大草，也要尽量让一些喜欢书法的普通民众能看懂。一时看不懂，随着欣赏水平的提高，最终还是会喜欢的。其实，由看不懂到喜欢，是许多人曾经经历过的一个艺术启蒙和提高审美能力的过程。我们既不要讥笑那些看不惯草书的门外汉，更不应为了迎合而降低草书的品格。

作为书法的一种书体，草书体现了书法的最高境界，而闵荫南的草书创作，已经步入了艺术的高峰。从他用笔运墨的娴熟、举重若轻、毫不造作的自然挥洒，都让人觉得，他的字仿佛不是写出来的，而是从心底流淌或喷发出来的。

这样说，似乎有点玄妙。其实，当书法一旦进入超凡脱俗的境界，确实是只能意会而不可言传的。这是一个书家走向成熟的重要标志。有人说，学书欲成，须经历三个层面的跨越。我很赞同这种观点。临书起步，打牢基本功，是第一个层面；在此基础上，去伪存真，融会贯通，并将个人的兴趣、情感、性格融入其中，逐渐形成鲜明的艺术风格，此为第二个层面。最后一个层面就是书法的高级阶段了。写字已不再是精心的筹划和熟练的技艺表演，而是依靠自己的悟性和文化积淀，将人生阅历、哲学思考和天地精华融汇于笔端，落墨无声，呼之欲出。这样的作品，才堪称是具有审美价值的佳作。

但因学养和天赋的局限，有些书家只能徜徉在第一或第二阶段，一辈子都无法跨入精神层面。这是一段难以登攀的阶梯。而闵荫南的书法艺术，已经徜徉于精神的层面，进入了自由王国。而且他的书法颇有儒雅之风、高古之意，别具一格，不可复制。

作为一个书法艺术的爱好者，我一直视书法为大海。观海听涛，看得越多，越觉得大海深不可测，妙不可言。尽管我特欣赏闵荫南先生的书法，但并没有去直接登门打扰。我想站在书坛的门外，默默地注视，当个看客，或更有情趣。这和读帖一样，仍不失为一种学习方式。

直到后来，我有幸被新疆维吾尔自治区人民政府聘为文史馆馆员，才终于和闵先生有了较多的接触机会。他是文史馆的老资格馆员，书艺、人品均为人所称道。而他始终是一副谦和之态，低调做人不显摆。记得，那次文史馆在昆仑宾馆召开年会，午休时间我俩同居一室，聊得很投机。我说，我睡觉打鼾很厉害的，不会影响你吧？他笑了，那不是难得的催眠曲吗？老吴，你尽管放心地施展你的才华吧……

一个小幽默,拉近了两个人的距离。熟悉之后,我发现他这个人很随和、很有趣,很好相处。

他有很多书友、朋友,每与他们相遇,总是勾肩搭背,热情洋溢,笑逐颜开。中国素有文人相轻之弊,而他与诸友却相互尊重,亲如兄弟。他和书画家龙清廉、邹光霖被尊称为“新疆书画界三老”。他们经历不同,年龄相近,进入古稀之年,都很放松,说话不再拐弯抹角。偶尔碰到一起,互相调侃,什么玩笑都开,像老顽童。尤其是与龙清廉,更是不分彼此,嬉笑打闹是家常便饭。有次会展之前,闵荫南从外面进到休息室,正要落座,阿龙悄悄撤掉他身后的椅子,把他搞了个仰面朝天,引来众人大笑。这个恶作剧确有点过分,但老闵不愠不火,只是尴尬地笑笑。他们仿佛忘记了自己的年龄,像返老还童了一般。他们喜欢在一起搓麻将,谈天说地,插科打诨,饮酒赋诗。酒后,阿龙给闵荫南四句诗:“玉石其身荫南君,满腹经纶吐馥芬。经得磨难身骨硬,仰看昆仑万里云。”闵荫南步其韵回应道:“到处逢人苦誉君,质朴情真溢清芬。千锤百炼骨头硬,人生织就七彩云。”

老友们过生日,闵荫南受邀必赋诗赠字。王洛宾过八十大寿时,他作画赠诗祝贺:“一路采风过玉门,柳枝清韵入流云。国人未许此公老,八秩重开岁月新。”

我想,只有沉浸在艺术世界的文人墨客,才有这样的雅兴。如今,这种只重亲情友情、毫无功利的雅集,已不多见了。

闵荫南的朋友中,很多是他的粉丝。许多年轻人喜欢和他交往,尊他为师。这对他不仅是发自内心的敬重,更蕴含着对他的书画艺术的钦佩和崇拜。我发现,不少人都有这种聚在他的门下习书学画的强烈愿望。

其实，作为一个新时代的艺术家，闵荫南早就意识到自己应该为传承优秀传统文化做一些力所能及的事情。他的想法和一些喜欢书法艺术的年轻人不谋而合。许多书法爱好者纷纷向他靠近，渴望与他结为师徒。多年来，几乎每年都有几名学子聚在他的门下。他心甘情愿地要做他们的引路人和铺路者。

现在活跃在新疆书坛的一些中青年书法家，包括李枝荣、陈黎、范钦生、王砚充、孙涛、李长忠、荆戈等，都曾得到过他的恩泽和言传身教，书艺都有显著进展。

我曾有幸几次受邀参加过闵先生的收徒拜师会。老实说，这种仪式，我还是第一次见识。不是随便说说，而是按照中国传统的习俗，郑重其事地举行拜师仪式。我想这绝不是故作姿态，而是对传统的一种珍重、对承诺的一种互相认同。闵先生曾经做过多年的教育工作，深知自己应该有一种社会责任，让更多的致力于书法艺术的青年学子们尽快学有所成。

作为一个见证人，我曾多次看到他声情并茂地为新疆艺术学院书法学院的学子和书法爱好者讲授中国书法的视频。他谈古论今，引经据典，循循善诱，让人受益匪浅。

我很钦佩他的这种精神。在当时的气氛感染下，我曾多次向他表达欲加入拜师的行列，但都被他婉言拒绝了。他不愿接收我这个较他年长三岁的老人做学子，其情可谅。但我是真诚的。见贤思齐，人情所趋。若在余生之年，以他为榜样，做一颗撒播优秀传统文化的种子，亦不枉酷爱书法一场。

闵荫南先生今年八十五岁了。但在我的心目中，他仍然很年轻，很有活力。正如他在一首词的开篇所写的那样："老来得自由，向春风，敞开情怀……”

艺术之树常青，是人们对艺术的崇尚和期待。而“人书俱老”又何尝不是一种超凡脱俗的神奇境界呢？

“天行健，君子以自强不息；地势坤，君子以厚德载物。”我愿将《周易》中的这个经典之句送给闵荫南先生，并衷心祝愿他永葆青春，安康长寿！

亚欧大陆中心

杨献平

面对茫茫大野，一个人，一台车，怎么走都是对的，也都是错的。看起来四通八达的地方，迷惑性和谬误性越大。前往乌鲁木齐的路上，明显可以感觉到，车子在平阔的道路上有些吃力也有点癫狂，好像喝醉了酒的驾辕之马。我的一个不好的习惯是一上车就会睡觉，而且睡得很深。因此，我总是觉得，火车、汽车和飞机这类的交通工具，本质上有一些摇篮的意味。人在其中，虽然也由人驾驶，但钢铁和机器之间，还有座椅甚至床榻。人们在逐渐地远离大地和人间烟火，用一些更新鲜和省力的东西来替代。

从另一方面说，这好像不是进步。看到远处的楼宇、电线杆子、逐渐清晰的树木的时候，已近傍晚，落日在西边的地平线上进行再一次的谢幕演讲。它浑圆、巨大、热烈而又沧桑。它的陈词，肯定一次和一次不一样的。万物皆有过程,也终有结果。太阳和我们以及万物相同,每一天之后,人间乃至宇宙都会再变一个模样或者模式。唯一不变的是,我们都生活在日光的照耀之中,也都是它的哺育和收敛之物。

这是亚欧大陆的腹心地带,高原博大,天山北麓,准噶尔盆地以南,整体像是一片洼地上的绿洲。至少在一万年前,这里已经有了人类,甚至更早。但人类早期的历史至今比较模糊,猜测的永远与当时的情境有很大的出入。比如,尽管《尚书》《周天子传》等书籍对西北,尤其是昆仑等早有记载,并一再指称,黄河出自昆仑,而昆仑,也被称之为中华民族的祖山和祖脉,但在张骞之前,乌鲁木齐乃至整个新疆,对于中原大多数人来说却还是陌生的,也是混沌的。

张骞的伟大功绩就在于,他有意探索出了一条正确的道路,并且第一次以真人探险的方式,把先前混沌的西域打开了一条清晰的往行路线。这感觉,有些类似敲破鸡蛋壳似的天地开启,阴阳分晓。自此之后,西域向着中原洞天观晓日般敞开。匈奴及其大部落联盟分布情况,包括其生产和作战方式,也被西汉洞悉。由此,他们的最终失败便是必然的了。张骞的功绩,实际上比卫青、霍去病更为伟大。

夜幕之间,进入乌鲁木齐。这座城市,看起来要比兰州清净也干净一些,但建筑是灰白色的,上面结满了从准噶尔盆地吹来的黄尘,再加上各种颜料,使得一些建筑呈现出灰苍苍的景象。夜间吃的大盘鸡、拉条子、烤羊肉串等,土豆和洋葱是这里最常吃的东西了,还有西红柿。在夜里,凭楼远眺,博格达峰如在眼前,而蔓延的灯火,也不怎么密集。我一下子想起了纳兰性德的“夜深千帐灯”。

遥想当年，无论何时，这高原之地，都是如此这般。荒野之间，帐篷林立，油灯点缀也照亮了这里无数的夜晚。那些游牧者聚集在一起，在风中过着席地幕天的生活。水草与牲畜，再加上征战与迁徙，构成了他们在大地上最基本的生活方式。及至两汉和盛唐时期的乌鲁木齐，大抵是繁华的，城郭兴起，商旅云集。军人穿梭其间，难以界定的各色服饰犹如旷野里的花朵，既给人一种繁杂之感，也让人感到世界的神奇与新鲜。

晨阳升起，大地浑圆，城市随着日光徐徐展开，雪山在远处静穆。老子说："上善若水，水利万物而不争"，确乎准确。信步在大街上，植被多的是榆树、杨树。那些新鲜的叶子正当其时，使得高低不一的楼房和街道也显示出一派盎然的意趣来。对这样的情境，我丝毫不陌生，也觉得很亲切。大地，西北给人们以苍茫雄浑的整体印象，但其内部，尤其是细部也有着诸多的妖娆。

红山居然位于市中心。这大地的凸起，神奇的造化，充满了时间的意味，也昭示了造物的出其不意。在人民公园，看到还青着的胡杨树，以及纪晓岚等人当年流放此地的住所。其实，相对于这位文人的经历，左宗棠抬棺西征更令人热血澎湃。左公对于新疆，尤其是伊犁，乃至整个中国国土的完整之功勋，堪称不世之功。从河西走廊到新疆的柳树，无论是否真的出自左宗棠西征大军，但都可当之无愧地称之为左公柳。

在人民公园里喝三炮台、吃烤羊肉、喝啤酒，也是惬意的生活。只是，坐在阴凉里不一会儿就冷，而日光下又太热。这种温度的两极，其实也应当是新疆的一种地域文化秉性。三炮台这种茶饮，地域特点也非常明显，其中的枸杞产自宁夏中卫、杏子遍布河西走廊、茶叶陇南一带较多。我也觉得，每到西北，如果不坐下来喝一杯三炮台，那就是一个无法弥补的遗憾，也好像西北之行显得很虚妄，也无趣味。当地的朋友说，新疆这样的地方，没有两个月时间，是极难了解和走遍的。以乌鲁木齐为中心，张骞的道路继续延展。它是无疆的，也是无尽的。重要的不是道路，而是这条道路可以抵达任何地方，也可以到达地球的两极。亚欧大陆的腹心，也是人类早期文明和文化输送、交流、碰撞的集散地。因此，在古老的丝绸之路上，诸多人事皆成云烟，其中最有趣也最持久的，当然是乌鲁木齐，乃至整个陆上丝绸之路，在遥远年代曾经创造过的那些灿烂无比的文明和文化，以及它现在正在承担和拓展的丰富与遥远。

在亚欧大陆的腹心，我一直有一个冥冥中的感觉，那就是，一个人站在大地的心脏之上，所有的体察和眺望似乎都是一览无遗的，也确实令人粗疏、忽略和忘记在这博大苍茫之间的细微颤动与美好优雅。比如夜灯下各种烧烤店，以及吃烧烤的人，坐在街边兜售馕的人，还有卖鲜花、各种玉制品的人，饭店里喝酒的和静静地看书的男女，还有乌鲁木齐四周无数的农场、海子和草甸，牲畜们的悠闲，弹唱和舞蹈的人们的欢乐与惆怅。他们以静默的山冈为背景，也以悄然流动的河流为琴弦，用自己的生命，在这片土地上，弹拨着悠远的梦想。

梦想应当成为我们每个人的信仰。它关于和平、仁慈、美好、合作、创造等美好的因素。无论何时何地，到怎样的年代，人类的生活如何天翻地覆，只要我们还在这坚实而广博的大地上生活，那么，万千之中，最生动的景观还是人，是我们的同类，我们的兄弟姐妹。而诸多自然景物的存在，则使得我们在这个世界上无论何时都不觉得孤单。也会觉得，生是一种无上的荣耀。在生的过程中，所做所想的，也都充满玄机和力量。

半截老城墙及其他

周军成

半截老城墙

早年的这个城市，北门跟前的城墙下是一个医院，在医院之前是个帮会，再之前是个土地庙。再之前的之前，谁也不知道是什么了。

记忆或者历史这玩意儿就是这么先是变得模糊，模糊上一阵子也就没了，就像天上飘过来的一片云彩，转眼之间就会被风吹跑。

医院最早是盛世才建的，原先就在北门，后来（二十世纪五十年代）搬到了友谊乡，友谊乡的名字后来变成“反修”，现在叫“友好”。我在里头工作过二十多年。当过护士、写过院史、看守过图书。这些记忆也许用不了多久，也会越来越淡，无法分辨。

当然，现在的医院已经不是那个医院了，快七十年过去了，那个医院的旧影子，已经被一些逝去的人带走了，今天的太阳光下，你找不到多少旧事。那些被风吹旧的日子，如果刻在某面墙上，也已经风化脱落了，更何况那段墙已经没了，就更不用说别的了。

一张黄得已经有些模糊的照片，我在十年前见过。一个土台子上，站着许多扛着坎土曼和十字镐的人，他们在挖着那个土台子。那是个尘土和汗水弥漫的劳动场景，里头的人都是医院的工作人员。那也许是1951年，也许是1952年？现在已经弄不清楚了，人们站在北门的城门楼上，拆除这个旧时代的遗迹。跟前的城墙在之前已经被拆掉了，因为这城墙已经没用了。把一个没有用的东西摆在面前，对勤劳而务实的人们来说无疑是不敬的。

二十世纪七十年代，我家就住在离北门不远的东风电影院跟前，窗子后面残留着一截子城墙，从东风电影院一直延伸到党校跟前。现在可以说是延伸到文庙跟前，因为那时间我们不知道这地方是个庙，只知道里头混杂地住着很多人家。我有个外号叫“小地主”的同学，家就在里头。那截子老城墙和那年月的阳光、冰雪及童年组成的记忆已经模糊了。至于在上头打架、斗“鸡”、打髀石、比谁尿得远的种种往事也似乎不真实了，因为那截子城墙已经不在了。我有时甚至怀疑它是不是曾经就没在那里待过，只是我的一种幻觉，或者我的回忆迷路了？如果它曾经在那里，只是那时间我不知道这截城墙多年以后变成的也只是回忆而已。

城墙消失的理由也许是配不上这个城市了。在早年，城墙灰头土脸，城市也灰头土脸，都那么灰头土脸谁也不会嫌谁。后来城市现代化了，一座座高楼快快地就长了出来，楼房一片连一片地一直伸进远处的墓地里头。这时候的城墙看上去就像城市脸上凸起的一道伤疤或者污垢。一个人的脸上如果有道疤痕或者擦不掉的脏东西,那人可能会觉得有些丢人,不愿意见人,更何况一个城市。城墙夹在楼宇里,对现代化的城市可能是一个羞辱。也许城墙自己也感到羞愧了,也想塌掉,只是还没塌的时候就被人拆了。

大片的楼房起来以后,人们都很忙,没时间去想以前的事情。住在楼里的人更不会去想自己是住在早年的城墙上,还是乱坟冈上,因为想这个没什么意义。

邓丽君的《小城故事》传进来的那年,城墙还在。当然,这个城市不是个小城,也没有小城里的故事。城墙上有没有故事谁也不知道。小时候,我们在城墙上只捡到一些子弹壳,没有捡到故事。

我想,对城墙的记忆可能不止我一个人有,很多人都有。其实,这回忆有时是无聊的,正如我的这些无聊的文字。

有时间来看看

多年前的一个夏天,我的一个朋友在舞厅,为了一个女子,被人捅了一刀子。

那是一个干燥的夏天,很多天里没有一片云从这个城市的上空飘过,就更不要说雨水了。空气中没有一丝水汽,我们几个枯干影子,在城市东面的墓地里乱摆着。这是东山公墓,望不到尽头的坟墓让人不自觉地想起历史之类的东西。而历史与我们可能没什么关系,有关系的是我们死去的朋友。我们要为他挖一个墓穴出来。

这里没有绿树,所能见的,只是一些稀疏而枯黄的草,像一个个将要脱尽头发的老妇人。蜥蜴在其中爬行,无影无踪的风穿过这里,像痛苦的呻吟。

我想,死亡的确是可怕的,特别是当你没有一块好墓地的时候。我可怜的朋友,这里没有一棵树陪伴你,即使一棵落光叶子的枯树也没有。

因为我的瘦弱,只挖了那么几下,十字镐便传到他们手里。我闲了下来,便在密集的坟墓间转悠着。

不远的地方,坐着一个中年男人,手里卷着莫合烟。我想找个人说说话,就走了过去。

"借你的火用用。"其实我口袋里有火,我没话找话,我指了指他身旁的墓碑问,"你的啥人?"

"朋友。"我看见一瓶伊力大曲,已经被喝掉了几口,他的嘴里有股酒味。

"喝点。"他先在墓碑前倒了一点,然后把瓶子递给我。我喝了一口。

"你来看他?"我说。

他"嗯"了一声。

"我看这墓时间长了。"我说。

"十年了,十年前他死的。车祸。我也是开车的,在阿克苏。来乌鲁木齐我就来这儿,陪他坐会儿,喝点。"他说话认真。他的朋友似乎就坐在他身旁。

"哎,其实我来这里坐坐,心里就感到舒服点。他小子喜欢喝,我不行,喝不过他。他就是喝酒喝死的。我俩都开着车,快到乌鲁木齐的时候,我们把车停下来坐在路边喝,我说他不行了,不能再喝了,他说'你都没事,我能不行?'结果快到乌鲁木齐的时候,他就把车撞到电线杆子上了。我把他埋在这儿。”

“你常来这儿?”

“这回有半年了,有点对不起他!不过没出差的机会,也没办法。不知道这小子能不能原谅我。这么长时间没来看他,他可能挺闷的。”

“你这人仗义,够朋友。”我说。

“其实,来乌鲁木齐也没别的事情。陪他坐坐我心里舒服。再说,他活着的时候,在乌鲁木齐就不认识谁,埋在他周围的这些人他肯定也不认识,他挺孤单的。”

我又喝了口酒,说:“他有你这个朋友,算他的福气!谁有你这样的朋友都是福气。”

“其实没啥,我只是坐坐,陪陪他。”

当那瓶酒快完的时候,他说:“我该走了,坐了四个小时了。”他把剩下的酒洒在坟地上,溅起一些尘土。他拍拍屁股上的土,走了。

我看见了他的背影。他很结实,是一个很结实的汉子。他在这些坟墓之间晃动着渐渐远去。

我想多年以后,如果我能在这块地底下埋着,有人能常来此坐坐,即使一句话不说,一瓶酒不带,只是在我跟前坐着,用手拍拍我的墓碑,像现在拍着我的肩膀那样,我会感到很幸福的!当然不是在清明节,清明节太热闹了。

被乌云跟踪的下午

我们被乌云跟踪着,就像罪犯被警察跟踪着那样。即使今天,我已经从一个啥都不懂的娃娃变成一个老汉,也没忘掉那些乌云们。那时间离现在太远了,远得让人觉着就像谎言。

按说9月1日那天开学,那是1975年的9月1日。我们没有进到校门里头,说是开学时间推后了。透过学校的栅栏门,看见操场上堆满了麦草,据说是从学校农场运回来的。我想,如果那些麦草被谁弄点火进去,那么整个学校就不在了。操场边上"造反楼"在冬天被烧掉的时候,我们有一个星期就没上课。如果学校不在了,我们可能就不用上课了,那该有多好啊!这种阴暗的想法我想不光我一个人有。不知道学校是不是已经猜到了我们的想法,才不让我们进去的。

我们几个同学站在校门口看着那堆麦草,都有种幸福的感觉,因为今天不用上课。

不知道从哪里来了些风,似乎从地底下来的,带着尖利的叫声,像鬼或者什么的呻吟。我们不约而同地身子都颤抖了几下。这一阵子,尘土、树叶和麦草漫过我们的头顶,向身后的人民广场走去。我们学校的跟前就是用来进行各类庆祝活动的广场。那些风嘶鸣着在广场上盘旋了一阵之后就不见了。至于哪去了,谁也不知道。风走了,留下的东西比如烂报纸、泥土、瓜子皮、糖纸之类的,和一次伟大的庆祝活动结束后没什么两样,只是少了一些乱哄哄的脚步和叽叽喳喳话语的回声。

这时候,我看了看天空,蓝得有点幽深,就像深渊那样。可天边,应该是西北边吧,一坨子不大的黑云,像躲在角落的狗,伺机走出来。可我看了一会儿,它没动。

"我们去红卫兵水库吧?"有人建议,我和"黑老鸦"及一群人都没有反对。

我们十来个人穿过被风肆虐后的广场,就像踏进某段历史的废墟那样。我感到有些不好,至于为啥不好我也说不清楚,因为我看见那坨子黑云出来了。我说:“会不会下雨?刚才那阵风……”我看没人理我,并且他们都奇怪地看着我,我再不敢说什么了。

我想我们挤上1路公共汽车之后,那朵云也跟着我们来了。如果那朵云是我们的影子,倒也没什么,按说人应该被自己的影子跟着。可跟踪我们的那朵黑云,保不准就是别的什么,我被我的想法弄怕了。

在一片沙地上,我们被阳光晒得晕晕乎乎。我们并排坐在岸边的沙地上,开始脱衣服。在我们一个个脱得精光,并排向水里走去的时候,那朵黑云已经跟来了,而那穿过广场后便不知去向的风也好像跟着来了。它不知道在哪里被耽搁了一阵儿,比我们晚到了一些时候。

我看见我们的影子在水中摇晃起来,就知道那阵风跟来了。当然,还有那朵云。

我想起那朵云,并抬头看见了它。我似乎感到它被我发现后感到有些恼怒,对我“吼”了一声,之后便轻蔑地看着我。我想他们应该听到那朵黑云的声音,可他们没有听到,继续向水里走着。

那朵云就在我们头顶不往前走了。这时候,天边一朵一朵的云,都向这边飞蹿过来,似乎得到什么号令似的。所有赶来的云,汇涌在我们头顶的那朵黑云跟前。云越聚越多,天越来越暗。可在我们身体渐渐变黑的那一刻,前面却阳光明媚,鳞光闪闪。水库里有不少狗鱼,可我觉得,整片的水域只是一条鱼,一条巨大的鱼的嘴张开了。

这时候,天空被齐齐地割开了,覆盖我们的是乌云,而前方却是灿烂的阳光。

“我说,我们上去吧,天不对劲。”没人理我,也没人往天上看。

就在这时候,我的同学“黑老鸦”就不见了。大家都在喊着他的名字,没人答应。在我们个个脸色苍白、恐慌颤抖的时候,头顶的乌云突然不见了。

“黑老鸦”就这么死了。我不知道与那些乌云有没有关系。第二天在水库的另一面找到了他被泡肿的身体的时候,我想起那些乌云……

现在的水库已经改成“公园”了。我所说的这些,遥远得真有点像谎言。

乌鲁木齐之冬

陈　漠

每年秋冬时节,当我的蜜蜂们给我做出足够的蜂蜜之后,我就收拾好蜂场的行李拉着醇香无比的蜂蜜回乌鲁木齐过冬了。

几十年,我的每个冬天都是在这里度过的。我一边想办法把蜂蜜送卖到千家万户,一边安享我温暖的时光。我发现,我是如此深切而不可动摇地爱上了乌鲁木齐的冬天。

最早看到的是我熟悉的街道两侧的榆树或橡树。好像昨天还在发芽,而今天,这些尚未完全长大的树叶已经随风飘落了。季节变化之快让所有人都有些惶恐不安和措手不及。

光秃秃的树,像一只只冻僵的手,向高处伸着,无声地诉说仓促轮回之中的满腹委屈和隐痛。

我知道,正是这些列立两厢的树,像忠诚而清瘦的门童,伸出它们干净有力的手,迎接我回家呢!

也正是乌鲁木齐的这些长也长不大的树,以及它们羸弱的身躯,还有落叶遍地、满目萧瑟的景象,使我产生了一种面向亲人的欢喜与悲悯。我恨不得跟每棵大树小树拥抱。我从它们身上看到了我父亲的影子、我的影子和我儿子的影子。

我把蜂蜜安顿好,吃一碗酸奶、一块馕,又喝了一大碗妻子炖的牛尾巴和恰玛古汤,就出门了。

走在街上,看到每个人都亲切无比啊!我想告诉乌鲁木齐人:我是一个养蜂人,我又在外地度过了整个夏天,我回来了。你们每晚入睡前喝的那杯牛奶里所搭兑的醇香蜂蜜,就是我的蜜蜂给酿造的。我想给每个人做点好事,比如帮孩子们背沉重的书包,帮老人提一提他们手中的菜篮子或清油,比如在公交车上给妇女们让座,比如在大雪之后的街坡上帮拾垃圾的老人往上推车等。

傍晚,白茫茫的雾气笼罩了城市。由于全城都没有铺修自行车道和摩托车道,下班或放学的人群全部涌向公交车站,以及朝出租车挥手。南门、北门、光明路、红山、西虹路、友好路、八楼……人们手提文件袋或食品袋站在公交车站台上,鼻孔和嘴里呼出一两尺长的白气——这似乎向旁人和自己证明着一种生命的能量与温暖,以及每个人无限的期盼。橘黄色的路灯奋力拨开迷雾,朝人们头顶或面容上泼洒柔美的光辉。街道上,一些细碎的雪花首先被擦亮了。它们在我们脚底下泛射出清晰又清洁的光,钻石一般晶莹璀璨着,仿佛在提醒我们留意城市中的另一个幽深又明媚的生命世界。

踏行其上,脚底下类似老鼠磨牙的踏雪声好像在告诉我们:“你还活着,你的生命依然坚强有力。”

白雾,寒风中萧瑟的树,穿面包服、黑大衣、皮夹克的行色匆匆的人群,孤独凄美的灯光,人们呼出的生命的雾气,旧公寓楼斑驳的墙壁……这一切构成了典型的乌鲁木齐冬天意象,构成一种铺天盖地的忧伤,深埋心头,挥之不去。

我知道,这就是我的乌鲁木齐呀!这是我喜欢的乌鲁木齐,是我梦魂牵系的家。而这种忧伤而浪漫的情感,与乌鲁木齐乃至整个新疆的大地气质相吻合。走在寒冷的冬天夜晚的乌鲁木齐某条幽深而昏暗的街道上,我甚至不时会产生一种错觉,以为自己正走在陀思妥耶夫斯基或巴乌斯托夫斯基笔下的某条莫斯科巷道里。

把衣服的领子竖起来,或者用围巾裹住耳朵,在铺满花砖的人行道上行走,在傍晚行色匆忙的人群中行走,我感到一种莫名的喜悦与温暖,我在内心深处为这些陌生的同城人的生活信心而感动。我是他们中的一员,我就是他们,我随着他们每一个人的心跳而跳动。无论男人或女人,我有一种深深的甘苦与共之感,也有一种多色人群、多元文化融合之后的认同感和归属感。换句话说,我愿意跟这些陌生的邻居一起并肩行走,愿意和他们在一起,并成为他们。

路过南门人民剧场、新疆博物馆和新疆国际大巴扎这样的一千零一夜中的场景及某户人家的雕花院门的时候,我会忍不住停住脚步,多看几眼。我知道,这里蕴藏着大美和大境界,这些地方需要思想与仰望。

我们继续往前走。我们孤独而宁静。夜晚的大片黑暗很快会接纳我们,平抚我们,纵容我们。我们,我们的街道,我们的眼泪、呼吸和笑,我们的每一件东西都会被黑夜淹没。要不了多久,我们就可以在路的尽头拐进一幢房子里,那是我们的家,是我疗伤止痛的地方,也是我出发和到达的地方。这个地方有温暖如春的暖气,有天山雪峰上流淌而至的冰川水,也有我精心收藏的各类书籍。好像只要换上拖鞋,平躺在床上,我就可以做失落的传奇梦和繁华梦了。我们可以安享属于我们的时光,过我们安静又平淡的小日子——此时此刻,东方人和西方人的眼睛都看不见我们。贫穷和不幸只有每个人自己来咀嚼和忍受。

我喜欢乌鲁木齐之冬甚于夏天的另一个不算太大的理由是:冬天,城市回归到了它本来的面目。大街小巷安谧下来,人们步入正常的生活轨道和习性之中。

冬天一到,冰封的大地很自然地阻止了那些人的翻挖欲望及可能。城市恢复了原有的平和与宁静。城市承载着人们的生活愿望也放大着人们的愿望。人与城市的和谐关系被嫁接得恰如其分。

喜欢乌鲁木齐的冬天的重要原因是雪。

大雪飘飞的日子,我像一只屋子里的困兽,但却甘愿做一只困兽。望着窗外成团的雪片漫天飘落,望着这种童话般的安详静谧与圣洁,望着被我所体会和过上了的好日子,我觉得自己就是这世界上最幸运的人了。我被某种清洁的喜悦所笼罩。整个上午或下午,我情不自禁地在屋子里走来走去,高兴得啥事也做不成。我的心里装满了幸福,以及某种莫名的期待。

我认为,这是上天恩赐给我们的享乐的日子,是神性的时刻。老天爷有意让人们停住忙碌的脚步,啥也不要干了。停下来,悉心体会我们应有的光阴和生活。那么,我们怎么能够辜负上天的一片好意呀!我们必须把日子过得生动响亮起来。我就坐下来,给远方的朋友写信。我要在大雪落定以后,步行到邮局,把这封信发出去。或者约请朋友到人民电影院附近的红茶坊及北门的仙踪林西餐馆喝茶聊天。这是上天安排给我们的特殊时刻,最适合的事情就是探亲访友,约会喝酒,以及倾心长谈。这是令人无法荒废的时候。同时,也是让我们可以肆无忌惮地挥霍并虚度的时刻。

雪,这些整齐的六角形图案——大地的使者。它们是如此的精美、整洁、轻柔和吉祥,也是如此的宽容、隐忍与高贵。它们源于寒冷,却给大地带来温暖。它们携裹着充足的水,却以干爽而圣洁的姿态到来。它们纤尘不染,却无怨无悔地扑向污垢并包容所有的不洁。它们从萧条的冬季降落,却孕育并预示着来年的丰收。它们把那些高级的愿望和神圣的光芒持续输送给大地,并驱散了隐匿在我们体内、禁锢及吞噬着我们灵性的东西,使我们不再世故和麻木,使每一个生命复活和放大。于是,维吾尔族兄弟们开始下雪书、喝穆塞莱斯、吃手抓肉,蒙古族人给来访的客人们敬酒献哈达,哈萨克族人在冬窝子里唱起谎歌,所有的孩子们开始堆雪人、打雪仗,以及坐狗拉爬犁。

迄今为止,在人类美好愿望中发生的一切事情,都是以雪为坐标进行的。假若冬天没有雪,就像大海里没有鱼,森林里没有鸟,土地上没有庄稼,女人没有生孩子。假若乌鲁木齐没有雪,那它肯定就不是乌鲁木齐了。偶尔的雪灾是天空过于盛情的结果。我极其痛恨那些污染了我们的城市空气和我们的呼吸道的人，但对天空加持给我们的大雪却心存感激。大雪使乌鲁木齐的大气污染获得短期内的抑制。

一场又一场的大雪，使乌鲁木齐人获得了短暂的间歇式的惊喜、洁净与安宁。

最美好的时刻还在每场大雪落定之后。

仿佛听到一声神秘的口哨似的，出租车、私家车、公交车及公务用车——一律就近停靠在街边。停雪就是命令。两小时内，所有店铺、单位、机关、学校，必须各自清扫掉门前及马路上的积雪。每个乌鲁木齐人都知道：街上戒严了！这种时候，全城人只做一件事：扫雪。

时光一下子停下来！这是一件何其迷人和有趣的事情啊！再要紧的事也不办了。人们戴上手套和帽子，肩扛铁锹、镢头、扫帚或簸箕，列队浩浩荡荡走出一幢幢黑乎乎的办公大楼，开始一年中唯一一次或几次的集体性的扫雪劳动。

事实上，我们每个乌鲁木齐人都甚为喜欢这种少有的集体劳动，喜欢这种有些强制性的集体狂欢。一方面，对于久坐办公室的人来说，适度的体力劳动可以舒筋活血，放松身体。另一方面，清理刚刚飘落的新雪，有一种打雪仗的喜悦，以及那种迫近凶险的甜美气息。扫雪劳动有点像集体性游戏。第三点也许更为重要，即我们一年四季都各忙各的生活，即使同一个单位，大家也互不来往，每个人只在自己的小屋子及工作隔档里忙自己的事，少有交流和交往。但下雪之后就不同了。大家为了一个共同的目标走出大楼，来到新雪满地的天空下，每个人都如此新鲜、生动、欣喜和亲切，像一个个刚出笼的馒头,飘散着独特的热气和清香。

令我们这些年轻小伙子喜不自禁的还在于:许多平时难得一见的美女们也倾巢出动了。她们来到我们身边,跟我们一起一铁锹一铁锹地铲雪。我们广告公司老总徐庄的漂亮女秘书每天车接车送,一般人极难真切看见。此刻,她正卖力地干活,好像成心把自己的健康气息和迷人身材展现出来让我们近距离观看。另一些青春貌美的维吾尔族女同事的面孔被冻得又红又白。她们活力四射地干着活,爽朗的性格和清脆的笑声使四周冰冷的空气也活跃与温暖起来。

这时,雪成为一种载体和理由,强迫我们每个人新鲜出炉,并连成一个整体。雪让我们团结在一起,并产生一种同舟共济、生死相依的宿命感。交通瘫痪,一切其他工作停止,时间被切断……仿佛我们与世界的联系都中止了!我们开始齐心协力地工作。我们进入一种短暂的特殊氛围当中,仿佛每个人都有机会体会到一种奇特的人生。此刻的乌鲁木齐像个边远的村庄。我们寻思着共同的命运,以便与辉煌的日子靠得更近。我们挥舞手中的铁锹砍剁个不停,整个城市都淹没在成千上万个铲雪剁冰声构成的汪洋大海之中。

乌鲁木齐每年约有七八个月属于冬季气候,有雪的冬季约有半年时间。曾长期居住乌鲁木齐的诗人北野说:“正是漫长冬季的严寒培养了我们每天清晨冲洗冷水浴的清洁精神;而加了酥油的滚烫的奶茶不仅使我们浑身发热,而且使我们歌喉嘹亮;馕、烤包子、抓饭和过油肉拌面,这些最实在朴素的食物使我们身强力壮;辽阔的大地供我们学习长途跋涉、磨炼筋骨和意志;而鼓声和黄铜唢呐,把鸽子送上天空,也把人间的欢爱带到每个人心中……冬天和冰雪还是另外一层意义上吉祥的象征:雪提示我们某种低温的必要性,提示我们保持冷静,提示我们爱护大自然,提示我们珍惜一年四季的轮回。”

很多人迫不及待地期盼过年,期盼五一、十一的假期,期盼婚期和涨工资的日子的早日到来,孩子们也焦急地盼望暑假,而我则盼望着一场又一场大雪弥漫的日子的到来。我觉得,每个有雪的日子都是我的节日。我很多美好的想象和诗意的事情都发生在下雪天。

眼下,乌鲁木齐冬季的空气质量正在逐步改善。也许正是因为要持续在冬天的乌鲁木齐生活,才使得我一天比一天更强烈地喜欢上了这个忧郁、冷峻而浪漫的城市。

我承认,或许正是圣洁的雪、本分的生活气息和豁达的生命态度,孕育并滋养了乌鲁木齐清洁、忧伤又独特的灵魂。

首府诗兄

郭志凌

自从克拉玛依市有了火车站和飞机场，我就再没去乌鲁木齐坐火车，乘飞机了。掐指算算，不知不觉就过了十年。唉！时光真的不经花，还不能储存。

我曾在石油管道的项目上兼职，业主会把基地设在乌鲁木齐。开会、汇报、签字，我都会在首府的翼龙大酒店住上几日，会给自己留出时间，见一见文学界的朋友。这里面第一个要见的，就是黄兄。

如果不是牵挂乌鲁木齐的文友，一般不会在首府过多停留，更谈不上过夜。同克拉玛依市相比，首府的确大得太多。我是个路盲，如果不是乘车，你告诉我街道和路牌，我肯定迷路。唯一熟悉的大楼就是位于红山的新疆文联大厦。那里有新疆作协、《西部》《民族文汇》和《新疆艺术》杂志社的办公室和编辑部。跟许多老朋友见面，都要聊到午饭结束才会离开。

我和黄兄结识于上世纪八十年代。那时,我刚开始写诗,纯粹的文学新人。除了克拉玛依市几位老一辈作家和诗人,新疆的名人和我基本无缘。神交的除了新边塞诗的三位大咖,在刊物和报纸上见得最多的就是黄兄了。没想到一个偶然的机会,在克拉玛依这个小地方,因为文学的一个活动与黄兄见了面。那时的他气宇非凡,铮亮的大背头没见到一丝凌乱,镜片后可见的眼睛是睿智和自信。估计那时他的腰肌就受到损伤,行走的步幅缓慢,还时不时地抚一下腰。我和他的缘分来自伊力特曲酒。二十几岁刚入社会,我和他酒量不相上下。几瓶酒下去,我们的原始本性逐步显现,谁也不装了。推杯换盏间,把老师的称谓卸掉了,换成老哥……记得那天他很开心,酒桌上我几次提到他的诗,都被他挡回去:“兄弟相见,只喝酒,不谈诗。”他的把控能力很强,尽管已经微醺,他还是提议早点结束,说是临睡前有个手谈的习惯,不下两盘睡不踏实。我象棋都很蹩脚,何况围棋。说不得,只有陪他下几盘。一来二去,下到天亮。后来,黄兄专程或是路过克拉玛依,酒可以不喝,棋是非下不可。我只好买几袋小菜,一个杯子轮着倒。酒倒没把我喝醉,黑白胶着之间,晃得我几次都要从椅子上歪倒。

原以为黄兄是石油子弟(到石油单位就说自己是石油人,见了兵团的友人就认真地称自己是兵团人)。他在南疆泽普石油学校做了几年教师(虽然是石油编制,估计一滴石油都没有沾身)。那时,他的诗歌就写得非常好,新生代诗人里,他的势头很猛。那个年代虽然信息不发达,但单位的图书馆建得都很好,书籍、杂志、报纸都很全。有阵子我翻报刊看文艺副刊,多次看到他的名字。

二十世纪九十年代初，克拉玛依市作协和《中国西部文学》《绿风》在独山子组织一个笔会。黄兄当仁不让地在被邀请行列。笔会来了几个新疆文坛的大腕，我感觉最像大腕的还是他。短短一周的笔会，男男女女的文学青年都围着他转，看得烟瘾很大的《绿风》编辑、诗人贺海涛都有了微词。笔会结束前，按照惯例，会从笔会里选一些稿子发表。果不其然，只有黄兄的组诗《烟色马》被《绿风》选了。我们几个只是在郭维东老师的关照下，在《中国西部文学》发了个小辑。

因为文学，乌鲁木齐和克拉玛依的两个年轻人开始了长达近四十年的情感维系。因为文学，乌鲁木齐和克拉玛依三百多公里的里程也不叫距离。

记得2003年，我在托克逊县工作，往返克拉玛依市都要在乌鲁木齐市逗留，但几次都没见到黄兄。那时，他负责《明星时代》杂志，经常去北京。突如其来的非典疫情把他困在北京。恰巧《诗刊》出一套诗集，我也荣幸入围。高兴之余，总觉得诗集该有个像样的名字，我绞尽脑汁都想不出来。这时又想起黄兄，他的词汇就装在他矜持的脑海里，随用随取，用之不竭。打了几个电话，总算听到他慵懒的声音："《诗刊》社要帮我出一本诗集，我起不好名字，你帮我起一个呗！"看在我这些年好不容易出一本诗集的分上，他答应了我的要求，让我把电子版稿子发到他邮箱里。临近傍晚，接到他的电话，说读完我的诗歌，有一个名字比较符合诗集的内容：《前倾的风》。编辑说这个名字起得有意境，比我的诗好！估计还是诗集名字的原因，我的诗集获得2003年度《诗刊》社诗歌艺术文库"优秀诗集奖"，让我嘚瑟了好一阵子，开始有了一种做"诗人"的感觉，说话和走路的派头都有了黄兄范儿。

黄兄看着我在诗歌路上踉踉跄跄，艰难前行，就把自己递给我，像递一根结实的手杖。他告诉我，除了诗歌，要多读一些其他方面的书籍，多一点知识的积累和储备。大量阅读，大量练笔，量变就会产生质变。介绍我认识很多疆内疆外文学圈的朋友，从相交到相知，我学到了很多以前学不到的东西。

2010年，我们想出一套诗集，委托周军成来设计、编辑。黄兄把这部套书取名为《三峰驼》。我们的意识中，骆驼只有单峰和双峰，何来三峰呢？听了黄兄的解释，我们茅塞顿开，更为黄兄的序所倾倒。

序中写道："……三峰驼是三个边地诗人的象征与写照。三峰：一峰中储满了苦难的饲草，一峰中塞进了现实与未来的纠结，一峰中全是铁血柔情。三峰昂然勃立，雄视阔步，岂止是一般意义上耐渴耐寒的骆驼，简直就是艺术世界充满神性的橐驼。三个已逾不惑之年的男人，虽有着不尽相同的人生经历，但却有着较为接近的诗歌追求，在诗歌的荒原上都已踉跄跋涉了近三十年……也许是执拗与愚顽所致，秉承了诗歌最本质的东西，三个眼镜，两个胡子，三个壮汉，两个秃瓢，不俊不丑，不聪不傻，一眼望去，全是粗粗拉拉的西部汉子。三峰驼，三人也。"

后来，黄兄的诗写的少了，取而代之的是大量深邃直达心底的散文见诸报端。而我，一直像一个走不出围栏的吃草的羯羊，坚守自己的领地，除了写诗，还是写诗。而我的第四本诗集的名字依旧是黄兄起的——《钟声的指向》，五个字，把我送进鲁院，走进《诗刊》。

尽管我们还一直保持联系，见面的机会却不多。

十年后的一天，由新疆图书馆主办"天生我'疼'必有用——从全民阅读到《疼痛史》"分享会，我清晨驱车从克拉玛依专程到乌鲁木齐分享。尽管黄兄英气的脸上少了青春的点缀，可诗人的气质像从不离身的光环。我想，多年的文学积淀，是他有意无意间自带光环的魅力所在。

哈，注定我这辈子是你的兄弟。命运即使开玩笑，也会善待我们。

这次见面，我总想用目光搀扶你。交往这么久，才知道我兄一直忍着疼痛，用微笑做着掩饰。男人没有女人那么贴心，我就知道拉你喝酒、畅谈，却不知你不愿败了我的好意，始终在咬牙硬撑。

还是让我用你《三峰驼》序中的文字，给这篇文章做个结尾吧："......但诗兄弟三人同心勠力，用诗歌道出了西部生活几十年——那些投影在心壁上的最值得珍存的情愫。"

乌鲁木齐有个达坂城

艾贝保·热合曼

早先,提及达坂城这个名字,印象中就是达坂城镇那一方天地。后来到县上工作,才知道达坂城实际上是乌鲁木齐县一个派出区(另一个为安宁渠区)。除去达坂城镇,还有四乡一场,即东沟乡、西沟乡、柴窝堡乡、阿克苏乡和高崖子牧场。仿佛一个扇面,由西向北往东依次排开,群山连绵、沟壑纵横、土地肥沃、牛羊成群,正如歌中所唱:自古以来人人都说,达坂城是个好地方……

达坂城镇:大豆香、杏花艳、湿地牛羊壮

当时,达坂城区公所驻地,距乌鲁木齐建国路县人民政府所在地八十五公里,区境内西邻大湾和托里乡,东、南与吐鲁番市、托克逊县交界,北接芦草沟

乡和阜康市、吉木萨尔县。

达坂城镇为古丝绸之路新北道和南北疆之间交通要冲。小时候听爷爷讲，达坂城镇原来是一个驿站，南来北往的人到了这里，都要停下来休整，住一个晚上。后来即便交通发达，出行都乘汽车，达坂城镇依旧是必停无疑的一站。吃一顿正宗回民家常饭，买一些土特产油炸大豆，顺便检查一下车辆。路两边都是车，自由市场进出都是人，一派繁荣热闹景象。

说到达坂城的大豆，第一次品尝还是孩提时代。当时，邻居家一个亲戚带来一包生大豆，说要掺和着沙子炒才好吃。邻居家照着炒了，确实又脆又香。后来因为工作关系，经常去达坂城，吃大豆的机会自然多了。除去干炒的，还有油炸的。发展到后来，花样不断翻新。从口味上讲，有麻辣的、孜然的、五香的；从外形看，有去皮和不去皮的，还有一种只留中间一圈皮，美其名曰“金腰带”，直吊人胃口。

达坂城镇树多，水也多。一片一片树林子，黑压压地把达坂城镇包个严实。榆树和白杨最多，还有就是杏树。春暖花开时节，就像一团一团粉红色太阳伞，点缀于林木丛中、房前屋后，煞是好看。

兰新线以东，312国道以西，是一片望不到边的湿地，水草肥美，牛羊成群。一团一团水洼，碧蓝碧蓝，倒映着蓝天白云和连绵起伏的山脉。不时看到有骑手跨上骏马，扬着鞭子，驰骋纵横于畜群之间。白的羊群，像哈达一样散开成一条长带。红的牛群，缎子一般来回飘荡，风景画卷似的，让人流连忘返。还有就是那些水鸟，自由繁衍生息于此，尤其是黄鸭，嘎嘎叫着从头顶飞过，在人的心海荡起涟漪。

如今再到达坂城，已是今非昔比。不仅吐—乌—大高速公路从身边经过，一座高架桥让古镇见证高铁的风驰电掣。原先低矮破落的建筑，早已被一座座现代化楼房所代替，街道整洁、宽阔，林木繁茂、葱郁，山坡上那座醒目的仿古烽火台，昭示着达坂城新型旅游业的蓬勃发展。

东沟乡：油菜花和虹鳟鱼

东沟乡位居天山博格达峰南坡下，离达坂城镇十八公里。东沟乡这个名字，是以地处西沟乡以东而得名，下辖七个行政村。最近的是苇子村，最远的是高崖子村。

高崖子村离东沟乡人民政府还有十多公里路程。乡人民政府两边当时只有一些土木结构的房子，打开办公室后窗，就是河坝。一河轰隆作响的流水，泛着白色浪花，从满是鹅卵石的河床上急速向下游流去，最后流进后沟，顺势奔向托克逊县境内。春天，从乡人民政府走向田间地头，满眼都是黄灿灿的油菜花，蜜蜂"嗡嗡"颤动翅膀，尽情采着花蜜，蝴蝶五颜六色上下翻飞、追逐，鸟语花香，令人陶醉。

因为山多、沟多、水多，东沟乡宜农也宜牧，农业主产小麦，特产蚕豆，也种植胡萝卜。有个优良品种叫"新黑田五寸参"，是从日本引进的，是神内胡萝卜汁原料，农民种了增加经济效益。现在还种植温室大棚蔬菜，算是农业一大进步。

从东沟乡往北走不远处，向左一拐，就是东沟乡有名的虹鳟鱼场。进得院子，赫然映入眼帘的是几个长长的水泥池子中自然流动的活水。水中游动着密密麻麻的虹鳟鱼，顺手抓一把鱼饲料撒向水里，就听得"噼噼啪啪"一阵响动,虹鳟鱼争着抢着跃出水面,尾巴激起水花,一下子把人的衣服都打湿了。

虹鳟鱼原产北美洲太平洋沿岸,喜栖于清澈无污染的冷水中,以食鱼虾为主,为高寒冷水鱼类,生存条件要求高,属娇贵鱼种。鱼身优美匀称,因身体一侧有清晰彩虹样痕迹,故名“虹鳟鱼”。当时,乌鲁木齐只有东沟乡才有虹鳟鱼。因为味道鲜美,物以稀为贵。尽管价格不菲,依然供不应求。

西沟乡:穿越博格达由此出发,一日经历四季风景

西沟乡地处达坂城镇东北山沟,因沟呈南北走向,且与东面一条大山沟相对而得名。由达坂城镇出发向东不远处,就是一个道路岔口,向东去往东沟乡、阿克苏乡和高崖子牧场,往北则是西沟乡。

西沟乡位于天山博格达峰南坡,境内地势起伏。据当地老人讲,这里是古代翻越博格达峰主要通道,有南天池自然风景区。二十世纪九十年代中期,达坂城区曾组织过一次穿越博格达峰活动。人们带着行囊、帐篷和干粮,骑马跟着向导,浩浩荡荡向南天池进发。虽说一路艰辛,却饱览大自然神奇风光。从山下到山上,一日经历四个季节,不虚此行。

到了西沟乡,站在任何一个地方,都能感受到天山的巍峨和变幻莫测。尤其是高耸入云的博格达峰,一会儿白雪皑皑,耀眼夺目,一会儿又云雾缭绕,若隐若现,仿佛“犹抱琵琶半遮面”的美少女,神秘得很。

水资源是西沟乡一大财富,滋养着万亩良田、草场和林木,以农业为主,同样以小麦和蚕豆种植居多,但也有着相当规模的养殖业。无论是在泉泉

湖，还是到了沙梁子和雷家沟，几乎家家都有圈舍和草垛，多的能养一大群羊、牛、马。

柴窝堡乡:“巨大的风扇，把风都吹到乌鲁木齐去了”

达坂城区柴窝堡乡，顾名思义就在柴窝堡。向西是柴窝堡湖，往东是白杨沟村，中间一条312国道和铁路。这是达坂城距乌鲁木齐最近的一个乡。柴窝堡周围以前除了柴窝堡乡，还有柴窝堡渔场和林场。

湖里有鱼，吃鱼宴是一大特色。路边还有著名的柴窝堡辣子鸡一条街。到了周末和节假日，人们纷至沓来，络绎不绝，吃得嘴里刮风，头上冒汗，心里却特别惬意。

再就是一眼望不到边的风能发电机组，像巨大风扇在半空旋转。有吐鲁番人开玩笑说:“难怪夏天吐鲁番热得就像馕坑，原来这么多大风扇把风都吹到乌鲁木齐去了!”

柴窝堡乡就有个村叫白杨沟村，坐落于高速公路以东的山沟里。顺着柏油路一直向东，呈现在眼前的是一望无垠的半荒漠草场。一群一群绒山羊，犹如一片片白色的云彩散落其中，悠闲自得，飘忽不定。而那高大的骆驼，忽而昂首挺胸，驻足四望;忽而一溜烟纵情奔跑，驼峰不停摇晃着，憨态逗人。越是纵深，越能体验山的巍峨和气派。一座座高耸入云的皑皑雪峰，好像饱经沧桑的白发老人，岿然屹立于苍茫大地，高山仰止、波澜壮阔，让我们这些芸芸众生肃然起敬。

白杨沟村盛产各种矿藏，其中尤以石灰石最为著名。走进白杨沟村，远远看见半山腰一片片白色痕迹,那就是最好的见证。有了自己的企业,手中就有了白花花的钞票。加之擅长放养绒山羊,到了刮绒季节,各路收购商纷至沓来,生活水平就有所提高。

以住房为例,当时就有不少人家盖起了砖木结构的房子,而且其他牧区学校都为没有浴室发愁的时候,白杨沟村学校率先建造了浴室,赢得一片赞许。一到冬天,吃菜成了问题,就有人家学会了腌制咸菜和酸菜。吃着余香满口的熏马肉,就着脆生生的咸菜和酸菜,别人不羡慕才怪呢!

如今再到柴窝堡白杨沟,更是一派生机勃勃的景象。道路上一辆接一辆的大卡车来回穿梭,一排排的新式民居错落有致。除了小餐馆、修理铺和杂货店,还有人在水草丰盈的大山深处开起了旅游度假村。每逢双休和节假日,就有城里人携家带口到此一游,平添新的风景。

经 三 路

刘力坤

乌鲁木齐市经三路是爷爷发家的地方。民国年间,半条街都是黄家财产,有烧坊大院、油坊大院。在大十字还有一座与人合开的茶楼。

高祖父当年随左宗棠的部队从湖南湘乡市一路西征,来到新疆。收复新疆后,高祖父与同乡八位拜把子兄弟留了下来。起初在三道坝镇种稻米,因与湘阴人争地争水闹矛盾,一气之下,八兄弟来到阜康市九龙街。这里是当年他们驻扎营房的地方,当时就看上这里地广水丰,人烟稀少。

高祖父虽在八兄弟中排行老八,人称黄老八,可他军职最高,是位哨官。人也机敏、胆大,敢打敢拼,浑身充满了湖南人的蛮霸气息。兄弟们以他为中心,择地修建了“七星拱月”的八座庄园,形成犄角之势,互为照应。

经两代人奋斗，到曾祖父，黄家已是九龙街一带的大户人家，家大业大，德高望重。曾祖父被老百姓推选为地方龙官，分水派水，管理协调农田浇水灌溉大事。

两代人积累了一定的家底儿，黄家开起了烧坊，酿酒、酿醋。曾祖父有三个儿子，老大带着长工短工种地，老二管煤窑和牧业，老三脑瓜子灵，脾气大，有湖南人标新立异、不走寻常路的秉性，主营烧坊，几年时间把黄家酒远销到奇台、八里坤。

黄家庄子南面有八十亩熟地，种麦子、葵花。河尾下湖地有一百亩，种苞米、高粱、豆类。四宫河的高山雪水从庄子边流过，水好，高粱多，自然酿出好酒。远近闻名后，黄三爷不安心只在九龙街这么个小地方，他要去迪化(今乌鲁木齐)，到省城发展。

1947年10月，秋日清澈的阳光照在经三路边一行白杨树上。高高的白杨满头金黄，片片秋叶在秋风的吹动下，如一枚枚金币，在晨风中翻动。

三十七岁的黄三爷身着深蓝绸缎长袍，外罩暗红团花嵌金边马褂，头戴深蓝绣花“六合一”瓜皮帽，帽正嵌一块正圆形金包边和田玉。那块温润的子玉，在秋阳里闪着低调而奢华的光泽。他满面笑容地站在簇新的院门口，拱手迎接前来恭贺开业的亲朋好友、各路商家同行。

黄三爷的新宅坐落在经三路上，占两个地号。正房坐北向南，大门朝西，正对着经三路路口。走进院里，北边一排一明两暗的四套住宅，飞檐翘角，雕梁画栋，甚是气派。正宅东拐出两间坐东向西的堆房。大门两边倒座一排酒作坊，南边带两间拐把子仓房，盛烧酒的原料。整个院落呈北东—西南“L”型对角，与周围商户家的院子布局不同。这是黄三爷的独创。他相信风水。

一百零八响六挂红鞭炮在大门前摆为六个“6”字，图的就是六六大顺，开业大吉。黄三爷大字不识几个，能歪歪扭扭地画出自己的名字：黄禄。心算却比账房先生还快，数码子认得清，记得牢。然而，这些“缺斤短两”的文化知识，都不能妨碍他信鬼信神信命但不认命的个性。他爹百般阻挠他进省城，他则无比向往省城的繁华热闹，一心想走进省城的商圈。他喜欢在大小十字的商铺晃悠、戏院里看戏、茶楼里和同行及太太们聊天、搓麻将，见识新鲜玩意儿，也喜欢在大小西门买东西。九龙街的小媳妇大姑娘看他买的铁皮花卡子、俄商的贴花玻璃杯子，眼睛都看直了，追着他问长问短，问东问西，他很享受迪化的花花世界带给他的新奇和众人的追捧、羡慕。

经三路是条新拓展的路。几年前，黄三爷就看到了这里的发展前景。这里是迪化城西门外自然形成的作坊、手艺人聚集区。韩家的酱醋坊、杨家的石匠铺子、周家的豆腐坊，养大车搞运输的罗家等商户都集中在这里。还有做律师的白居士，收拾得干净利落、穿得洋气的方老师，留着长胡子、耳边梳两条细辫子的“神算子”，开砂锅店的王老汉，做铁皮活的手艺人也住在这里。

当年黄三爷就买下了两个地号。当时，迪化的一个房地号长八丈，宽五丈，黄三爷的院子相当于现在的八百七十平方米。

刚买地皮子时，黄三爷还差一点和家里人闹翻。一家人商量时，父亲、大哥反对，二哥犹犹豫豫，摇摆不定。父亲担心世道不太平，在外闯不安宁，指着黄三爷的鼻子骂道，你有日天的本事？社会动乱，大环境不好，人也只能是大河中的一片叶子，随波逐流。弄不好，不但挣不上钱，还亏了本，舍了财，连命都可能搭上。

一辈子种地的大哥，脸黑红，嘴唇抖动着，想说又没有说。从他满脸的怒气和闪烁不定的眼神就知道他坚决反对。

二哥搓着手掌心不紧不慢地说，从这几年看，卖酒的钱比卖粮食多，比卖毛、肠衣、牲口的多，是个挣钱的好买卖。可就怕社会不太平，到城里去势单力薄不保险。

黄三爷急了，人家的烧坊、醋坊、豆腐坊、铁匠铺子都开得红红火火，天天见钱，轮到我咋就开不成了？我不相信，社会不太平还只对我们一家。烧酒挣钱，谁心里都明白，不抓住这么好的机会发财，都是勺子(傻瓜)，脑子让驴踢了。

爷父四人谈不拢，都劝黄三爷好好地过日子，就不要胡折腾了。黄三爷哪里是个省油的灯，放下狠话：迪化的房地号我买定了！不行，分家，把我的那一份分出来，我拿我的去买。

一向和黄三爷亲近的二哥和稀泥，劝他不要要二杆子，爹在呢，分啥家呢？一家子农牧商合力才能过好日子。没有粮食没有炭，烧啥酒呢？他们算了笔账，黄家酒量能增加一倍，收入就是卖粮的六倍，开烧坊的确是发财的好路子。省城市场大，销量大，能挣钱，可以考虑置地盖烧坊。二爷倒向了他这边。

最终还是爹说了算。老龙官捻着胡须，沉吟了一阵子，缓缓地说：摊子不要铺得太大，挣钱就像滚雪球，自己滚起来，越滚越大。边走边看，挣多少钱，干多大事。

经过一番博弈，黄三爷终于买了两块紧挨着的地，建起了黄家烧坊。

韩掌柜身着黑缎长袍，外罩紫缎红衬里马褂，提着双层礼盒来贺喜了。罗掌柜跑运输，新鲜玩意儿多，拿着一块精致的银盾，盾牌中间錾刻富贵牡丹，左右两侧刻着黄禄和罗炳章，受礼、赠礼人的名字。银盾架在红木雕花底板撑架上，银光闪闪，引得人们都来观看。罗掌柜捋着两撇八字胡得意地看着一群没见过世面的人。他养着两辆汽车，专跑兰州拉货，有时去奇台贩运，途经阜康市九龙街，常到黄家歇脚吃饭，和黄三爷有多年的生意交往。

罗掌柜知道黄三爷开烧坊，半年前到兰州进货时，就在银匠铺定制了这份特殊的贺礼。果然出奇效，黄三爷甚为喜欢，笑眯眯的三角眼揪成了缝儿，翻过来倒过去地细看、细摸，爱不释手。

经三路一条街的商铺、手艺人都请了，黄三爷的烧坊风风光光地开业了。烧酒的家当小了，满足不了生产需要。他跑到南梁地区俄国商人的铺子里买了两对大天锅、地锅。沙俄的铁器还真好，又大又重，两个人抬起来都得可力子抬。四个锅耳子像兔耳朵，四个指头刚好卡进去，耳边缘还有条凸起的棱线，大拇指捏在锅耳上面，也有个凹面，上下都有挡挂，即使抬一锅酒糟出大力，也不怕滑手脱落。

黄家烧坊搬到迪化经三路后发展很快，九龙街一百亩下湖地全种成了高粱。原料充裕了，黄三爷开足马力大生产，烧坊干活的就有六个人。

黄三奶能干、隐忍、护家，把一大家子操持得井然有序。她一个人做十几个人的饭，从早忙到晚，锅灶上干净利落，叼空儿还到烧坊搭把手。天棚地砖的正房，啥时候走进去清水方砖擦洗得清清亮亮，八仙桌上纤尘不染，房子收拾得窗明几净。

两三年时间,黄三爷就将家业增加了一倍。烧坊院子里又修了两排房子,买了辆大车。经三路的东头又置了块地,准备开个油坊。他发现城里人吃油稀缺,九龙街种的葵花多,家户都有富余的,何不开个油坊榨油卖?此时,他爹已经过世,自己有想法,也不用再征求谁的意见。可他还是象征性地给两位哥哥说了说,毕竟葵花还得他们种,他们收。

“存钱不如买金子,存金子不如买地置房子。”黄三爷从小就听父亲絮叨,这一理财观念直入内心。一日,黄三爷搂着小儿子睡觉,天麻麻亮时,做了个清清楚楚的梦。他儿子长成大小伙子,和自己像一个模子刻出来的。儿子结婚了,生了两个孙子。两个孙子像杨柳青年画上的胖娃娃一样可爱,张着小手问他要东西。梦忽然醒了,三爷愣怔着挤眼睛,弄不清是真还是梦,但他确信将来会有两个和梦里一样的孙子。

黄三爷心里乐开了花儿,他抚摸儿子的头说,今天就给我的两个孙子买金子去。

迪化最有名的金店是裕兴金店。黄三爷来到金店,心里已经琢磨好了买一对一模一样的戒指。他和太太们在茶楼喝茶玩牌时,就看上了马市做皮货生意的张太太手上的金戒指,黄澄澄、亮晶晶的,说是在裕兴金店买的。

黄三爷进店门,伙计知道来买主儿了,赶紧请出掌柜。掌柜把黄三爷请到会客厅,上了茶,让伙计把店里有的金戒指端上来,请三爷挑选。

长方形白搪瓷盘子底铺着黑金丝绒布,各样金戒指摆在黑绒布上,更加闪闪发亮。三爷挨个儿看、摸了一遍,最后相中了一对蛇肚活口戒。戒圈圆润,弧度饱满,蛇肚上雕刻精美的“二龙戏珠”花纹。龙身扭成三道弯儿,龙目圆睁,形成光点。龙尾呈彗星状。龙身上细细的龙鳞錾刻细致。戒指底是竖向细条,上面还悬着几朵云纹,正好浮在龙身的扭弯处。最抢眼的还是二龙戏的那颗宝珠,圆而大,凸起在两条龙的四根龙须环抱中。大珠子一周还有一圈拱卫的小珠子,让人有种众星捧月的尊主地位感。黄三爷就喜欢这种感觉,在大小的聚会中,他总爱出风头,成为众人关注的中心。这戒指的纹样正合他的心意。

黄三爷掂了掂戒指的斤重,掌柜赶忙说,重7.8克,是上上足金。三爷好眼力,摆弄着戒指,看到指环内还刻着一圈字。他大字不识几个,问掌柜写的啥?掌柜拿起放大镜,一字一字地指给他看。起头小方框里横刻"迪化"二字。紧挨着长方框里刻"裕兴"二字。随后较大的长方框里竖刻"加炼"二字。接着四个字"上上足金",没有加框。最后是个像弓脖子的蛇一样的图案,掌柜说是裕兴金店的图标。

黄三爷很满足。花纹合心,重量合意,活开口,还不挑粗细,指头粗了放大些,细了捏小些。也不知道将来孙媳妇指头长得咋样?想到这儿,黄三爷禁不住又笑了。他爽快地掏出银圆,把将来的好事情都买回来了。

我嫁到黄家的定情物就是这枚爷爷留下的"二龙戏珠"戒指。在博物馆工作的我,看到指环内的铭文,就知道是文物级的老货,没舍得戴,压箱底了。可惜黄三爷已过世,没有机会印证他的梦境和现实的差别。

到关金票子毛掉时,黄三爷已经存了美国黑金条四块,金镯子两对,金箍子两对,金耳环四对。他觉得他把三代人用的金首饰都存下了,子孙争气,就流传下去。遇世道乱了,卖掉还能活命。

民国三十七年,迪化出台了个政策,酒不能私人卖了,政府要统购统销。

黄三爷算了一笔账，按政府的统购价，利润太薄了，不划算。他想把烧坊卖了，专门经营油坊。

油坊的院子比酒坊还大，在经三路的东头，建有三十间房子，是个标准的四合院。上房、厢房主人用，倒座和东西厢房的一部分是榨油作坊和工人起居生活用房。

这时候社会更加动乱，钱毛了，不值钱了，一沓子关金票子才能买一袋洋芋。打砸抢掠、杀人放火时有发生，黄三爷觉得城里不安生了，动了回乡下的念头。二哥来说，乡下也不安宁，土匪抢掠不断，牲畜和粮食都被抢光了，把老百姓整得东躲西藏。

土匪手里有枪，动不动还杀人放火，家毁人亡。骑五军到处抓兵，进了庄户人家也是见啥拿啥，明抢着呢，日子苦得很。

黄三爷思前想后，觉得还是城里好过点儿，叮咛黄三奶把金子分开藏，金条包好装到瓦罐儿里，埋到院子里的花缸下面。戒指、耳环串成一串儿，藏在缝纫机的机箱里。囤下的成批成批的丝绸分散在几个房子，藏在被褥垛子里。存下的几十罐茶叶在上房的茶柜里摆着，很招眼，三奶愁得没地方藏。

一天上午，黄三爷领着工人到仓房沟拉葵花籽儿去了，酒大师上街买东西去了。黄三奶一边做衣服，一边照看两个儿子。大儿子八岁，小儿子六岁，正是淘气的时候，炕上地下蹿腾着。三奶拎起笤帚，刚准备教训俩小子，忽然闯进来两个大汉，脸上都抹着锅灰，认不清面目。

两大汉进门后把门反扣上了。惊魂不定的黄三奶突然明白，是强盗！脑子第一反应是伸手把缝纫机箱的那一串金货一下子扔到了碎布篮子里，顺手埋在碎布中。

强盗们查看两边套房里有没有人,没有看见黄三奶的迅疾动作,可三奶脸都吓白了。刚强的她强作镇定,大声呵斥,你们是啥人?干啥呢?大个子、头发卷的强盗说,把钱拿出来!金银财宝拿出来!要不就把你们娘儿仨整死。

强盗们把黄三奶双手反剪着绑在柱子上,把两个孩子抓住抱到炕上,压到被垛子下面,一层一层地把被褥捂上。一个强盗还把炕桌子、地上的八仙桌压在上面。翻腾被垛子时看到藏的绸缎,强盗们眼发光,惊呼藏着这么多好东西!

控制住孩子,强盗们反过来审问黄三奶金子藏在哪里?三奶颤抖着说,没有金子!那个一直没有说话的小个子强盗说,不可能!三爷经常跑裕兴金店,谁不知道,你们黄家金子多得很!三奶觉得这个声音听过,脑子迅速搜索着,忽然想起山西巷子贩金子、贩烟土的马会。虽然他把脸抹得黑黑的,头上还缠了黑布,可他的声音错不了。黄三奶眼尖耳尖,只要见过一面,多年后再见,她还能从脸面、身架、说话的声气中认出。

黄三奶大喊一声:你是山西巷子的马会!小个子猛抬头,向后退了两步,摆手摇头说:不是的,不是的!快把嘴堵住。大个子强盗向缝纫机走去,想从碎布篮子里抓碎布堵嘴。三奶急了,把腿一伸,大个子一个趔趄,小个子喊:炕上一把子棉线,塞到嘴里,把嘴堵住。

黄三奶急中生智,大声吓唬道:三爷马上回来了,你跑不掉,马会!小个子强盗抬眼惊慌地望向院门,气急败坏地说:赶紧说,金子藏在啥地方?不说,我就烧红火铲,烫你的沟子(屁股)!小个子举着火铲塞进炉膛里。

贩大烟的都是又狠又毒的坏㞞。三奶早几年就给三爷提过醒,不要和这些人来往。三爷哪里是听人劝的主儿,老子天下第一,谁也不怕。十多年积压的怨恨,酸水一样涌向喉咙,黄三奶咽了口唾沫。大个子拿着一把棉线过来,老虎钳子一样硬而有力的大手一下捏住了她的下颌骨,就要填。黄三奶从牙缝里挤出两个字:金子……等一下,让她说,小个子制止道。

三奶情急中又想出一招,说城里不太平,金子三爷拿到九龙街老家了。

两个强盗对望着,大个子说拿绸子,拿茶叶,也是钱。贼人把十几匹绸缎包着背走了。把茶叶抢走了,茶叶罐儿摔得破碎满地。临出门,小个子还把中堂上摆的紫檀木雕的金蟾掠走了。

中午时分,酒大师回来了,看到这幅情景,吓了一大跳,赶紧给三奶解绑,掏出嘴里的棉线。三奶一边大口呼吸,一边指着炕上的被垛子。人们赶紧把被褥掀开,两个娃娃小脸儿憋得通红,惊吓得两眼瓷瞪,浑身淌汗,水里捞出来的一般。

黄三爷回来听到此事,怒火顿起,提着流星锤,领着工人追到山西巷。马会的老婆领着两个娃娃在家,说马会到伊犁去了,走了都半个月了。三爷看瘦骨嶙峋的女人和两个眼巴巴的娃娃,叹了口气,领着人回来了,就当舍财免灾吧!

社会动荡不安,遭了歹人抢劫,黄三爷发家置业的想法变动了。摊子太大,经营费心费力,还赚不上钱,他决意卖烧坊的院子。

韩掌柜家势力大,掌柜的大哥在政府当参议。黄三爷给韩少爷说了意欲卖院子的想法,少爷也有买院子的打算。两天后,韩家大少爷来说,他们看了地方,想买。

临到卖时,三爷又舍不得了,这毕竟是他到迪化建的第一个家园。想来想去,他想了个折中的办法,从西房边隔一道墙,东边卖给韩家,自己只留西大门脸和倒座烧酒坊。

1955年的秋天,公私合营的政策终于落到了黄三爷的头上。黄三爷翻来覆去想了三天三夜,终于决定啥也不要了,离开乌鲁木齐回到九龙街乡下去。

在远方，与一棵白杨相认

田蓉红

我出生那年，父亲在院子里种下一棵白杨。我是父亲的第三个女儿，那棵树是院子里的第三棵白杨。感谢父亲！有时候，他生活得更像是个诗人，行吟在庄稼的韵脚里，用他的方式给我们保留一些诗意的记忆。

我们和树一起在田野里生长，树伸展着自己的枝丫，我们各自伸展着自己的梦想。

我在十七岁的梦里，一直寻找一条可以穿越田野的路。

那时候，我站在姐姐身后的麦田里，手里攥着一把燕麦。这些混在麦苗中的植物，耗去了我们放学后的大半时光。麦浪淹没了姐姐低俯着的身子，汗水蜇疼了我的眼睛。无尽的炎热和无尽的麦田，让年少的我逃离的渴望清晰而热烈。

十七岁那年秋天，因为一纸录取通知书，我终于可以理直气壮地离开田野了。在母亲帮我收拾行李的日子，我无数次想象远方那个叫乌鲁木齐的地方，不知道它会以怎样的方式接纳一个从田野里出走的孩子。

从村庄去往火车站，需要乘车越过东天山，走到山的那一边。缥缈在山顶的云朵、盘旋蜿蜒的山路和前方未知的遇见，足以让第一次出远门的我新奇而开心。

父亲坐在我身边，手放在双腿上，胳膊紧贴着的地方放着为我准备好的学费和生活费。临出门的前夜，母亲在他裤子内侧缝制了一个口袋，那是她能想到的最安全的方式。父亲一路把胳膊紧紧贴在那里，好像只有时刻感知它们的存在，他才能觉得踏实。

在哈密人头攒动的火车站，我和父亲站在站台上，加入和无数人一起等待的行列。我不知道别人在等待什么，只知道我等待的是另一种生活的开始。一列列车进站，许多人下来和家人团聚，许多人和家人分别，然后再挤上去，等待着离开。

父亲带着我挤上火车，车轮与铁轨撞击后隆隆的声音一路西去。那单调的声音于我是悦耳的，它会载着我离田野越来越远。

靠着一张在乌鲁木齐火车站购买的地图和无数次询问，很少出远门的父亲终于把我送进了北京路上的那所学校。学校门口有一家“担担面”馆，松了一口气的父亲问完价格，替我要了一份。我看见父亲背过身，从那个秘密的“保险箱”里抽出十元钱。问他为什么只要一份，他说“看着辣，我吃不惯”。

我没再说什么。那种“辣”是十七岁的我在乌鲁木齐一个小面馆里初遇的味道，也懂得“吃不惯”是一个节俭的父亲安抚一个孩子时能想到的最好的借口。后来，在很多文学作品里看到类似的场景时，心里都会想起那个学校门口的小面馆，想起坐在我对面的父亲若无其事看着窗外的侧脸。

父亲安顿好了我，在学校的门口头也不回地上了公交车，走了。我站在那里，看那辆驶去的公车，看父亲看不见的影子——他把女儿交代给了一个陌生的城市，就这么走了，回到他的田野里去了。

在和这座城市相处的日子里，我第一次住集体宿舍，第一次提着饭盒穿过操场去食堂打饭，第一次和来自四海八荒的同学们相处，听天南地北的口音，第一次在周末坐着2路汽车去游荡。永远拥挤的2路车窗外有鳞次栉比的高楼和川流不息的人群。风从楼栋间穿过，再从车窗的缝隙吹过别人的身影，吹过我。

这从远方抵达的风，已经过滤了田野里的气息，但它吹过树林时带动树叶沙沙作响的声音，却是我熟悉的。学校所在的北京路上，距离校园不远的地方有一个很大的植物园，那里高高低低长满了我认识和不认识的植物。当我在一个周末的下午第一次走进它时，遮天蔽日的绿和清爽的凉意，让我瞬间欢喜。

周末时光，也会跟同学们结伴去铁路局，去小西门、大西门，去红山公园，旁观都市的热闹和繁华。但植物园，是我一个人的秘密空间。细细窄窄的石子路，蛊惑着我的脚步一路前行。我抬头一一辨认那些高大的树木，在那么多的树种里，我只认得白杨。因为认得，所以亲切。

很多个夕阳西下的傍晚，我靠在树干上，膝头摊开的书本被风有意无意地翻动。我抬头看着那些树叶，像看着属于我的那棵白杨。闭上眼，小厨房的炊烟就在那些树叶上缭绕。我等着母亲叫我吃饭，等了很久，慢慢睡着。

除了植物园，喜欢去的地方还有学校外面那个小小的书店。柔和的灯光下，少言的店主很多时候都在看书，偶尔抬眼看看我们。我坐在角落里，一本本翻看那些书中的故事和人物。在我看完一本《余纯顺孤身徒步走西藏》后，忍不住买下了它。二十五元钱是我当时半个月的伙食费，买下它的时候，我心里想着遥远的麦子，想着父亲觉得辣的那碗面，可最终还是没有忍住。那是我为自己的"喜欢"第一次执拗。

余纯顺的游记清楚地记录着他的脚步。行走天涯的那些日子，是他生命里最快乐的日子。罗布泊吞噬了他，他的快乐由此终结。威猛的汉子在倒下的时候，脸向着东方，也许不甘，也许留恋。我清楚地记得自己阅读那些文字时洒下的泪水——人生需要一种信仰。他倒在了他的信仰里，但是他的信仰影响了我。我敬佩那样的跋涉，即使在荒漠里，即使孤身一人。

离开田野的日子，我在乌鲁木齐灯火璀璨的街头想念田野，想念田野纯净的星空、想念田野上劳作的父母，想念我们的房屋、房屋前父亲为我们种下的白杨、白杨下刨食追逐的鸡狗。想念土壤里属于我们家的那些虫子，还有属于田野的我的童年。那时候，我怀疑当初那样坚决地想离开，也许就是为了给自己留下一个想念的理由。

在一个风雪提前到来的秋天，我曾站在父亲旁边，看风吹乱他的头发，吹红他的眼睛。风雪中即将成熟的庄稼一改往日的平静，用惊涛骇浪的气势吞没了我的父亲。那时候，父亲看着庄稼的眼神是疼惜的。我拉着父亲的手，回家。成熟的麦粒在风雪中争相跌落进土地，那些跌落的声音让父亲一次次回头。可是，他在把我留在这个城市离去时，却不多看我一眼。

很多年后，我把存了很多年的委屈说给母亲，母亲看着我，告诉我，父亲不回头，是不愿意看见我一个人站在那里的孤单的身影。

我低下头，把眼泪流在面前的饭碗里，一粒咽不下去的米，硌得我咽喉疼痛。这个世上，最懂父亲的人也就是母亲了。

离开田野，我在乌鲁木齐转了一个圈，又回到了我的村庄，拿着我的毕业证，提着我的行李，低着我的头。在我意气风发离开田野的时候，我没有想到，我的第一份工作依然与田野密切相关。

我在田野上不开心地工作。上了三年的学，我的工作无关乎学到的内容。提着行李，再次准备离开时，母亲哭了。她懂得父亲，却不懂得女儿，不懂得我关于离开田野的梦想，不懂得我的骄傲和脆弱，只懂得把我留在她身边，不放心再把一个孤独的我扔到陌生的城市里去。

在我和母亲无言对峙的那些日子里，父亲有时候会站在他种的白杨树下，沉默着不说一句话。或者拿一把大剪刀，剪去那些旁逸的枝丫。那棵属于我的白杨已经很高了，长得无忧无虑。被父亲剪去枝丫的地方，留在树干上的痂像一个个眼睛。我的目光与那些眼睛对视，在我们彼此的视线里，没有交换的默契。白杨把根扎在田野里，只是为了枝繁叶茂。我的根也在田野里，我的叶子却一直梦想着远行。

我最终还是留下来了。母亲头上的白发，泄露了一个母亲无力的牵挂。在下村工作的那些日子里，我学会了骑摩托车。乡村的道路是宽广的，足以让我有胆量快速前进。那种风驰电掣的感觉像是要把我甩出田野。有时候，我想，要是沿着一条路一直走下去，会不会把我一直带向北京路，带回北京路上的校园，带回课堂，让我的梦想重新扎根。

我开始在文字里远行,到达我到达不了的地方。当我把第一张印有我名字的报纸拿给父亲时,父亲把它拿到阳光下,眯着眼睛,看了一遍又一遍。父亲给予我的鼓励都在他的眼神里。我看着父亲,看见了他心底深处作为一个父亲的骄傲。我愿意永远做个让父亲骄傲的女儿,我开始投入地工作。

我最初的工作,是向村里的男人和女人宣传计划生育政策。田野上,每一户大门都不设防地向我敞开着,我可以坐在她们的桌边,吃她们的饭,喝她们的水,聊她们的生活。有时候,她们肆无忌惮的笑话也让会我尴尬,还有人问我,这么年轻的女孩子为什么要做这样的工作呢?她们所说的这样的工作,是指一个与生育有关的工作。在乡村,人们的想象都是无限自由的,而生育是一个敏感的话题。那句无心的问话,又一次让我渴望与田野拉开距离。

埋在心里的渴望在无法实现的时候更像一种煎熬。我唯一能减轻煎熬的办法就把头埋在书本里,在书本里度过我的春夏秋冬。

春天来了,田野的泥土有了潮湿的味道。孩子们在野地里放风筝,几根芨芨草扎起的风筝给了他们极大的快乐。我坐在地头,拿着书本,看着他们快乐的神情。春天,真是个满含希望、蓬勃向上的季节。我拍拍土,站起来。土地把它的热情通过双脚传递到我周身,我感受到了来自土地善意的鼓动。孩子们的风筝飞过我头顶的天空,在地上投下像鸟一样飞翔的影子。那时候,我期待自己能拥有一双翅膀,可以自由地飞翔成一只鸟儿。

梦想就像那只简陋的风筝,风筝的线系在乡村的大地上。就因为有了那根线的牵挂和力量,我的梦想才能逐渐飞起来。回过头,我生命里最适宜做梦的十年时光都行走在田野上。正是那些风雨无阻的行走,让我更多地读懂了土地的深情和厚重，我的文字在不知不觉间浸透了泥土的味道。那些通过文字心心相印的朋友告诉我，你的文字里总有乡村的影子。我说，因为我的根就扎在乡村的泥土里。

我的根扎在乡村的泥土里，我的梦想却是一座城市不知不觉中给予我的。在我青春的岁月里，这个叫乌鲁木齐的城市第一次为我打开了田野之外的另一扇门和另一种生活，它教会我独立，给予我见识，让我懂得责任和追逐梦想的快乐。

一个无风的下午，当我坐在植物园的一棵白杨树下时，仿佛看到了坐在家乡白杨树下的另一个我。那是宽广人间里，我和我在同一个太阳下的重合，一个背靠大地，一个目视远方。

这些年，因为文字，因为工作，我多次走进乌鲁木齐，或者绕经乌鲁木齐走向其他城市。成年后的远行，变得随性又随意。可是，每次在站台上候车的时候，还是忍不住想起跟在父亲身后第一次出远门的我。站在城市的天桥上，也会忍不住俯瞰车水马龙中那些匆匆奔走的身影，想辨别那些行走的人群里，有多少父亲带着孩子，在一个陌生的城市忐忑而执着地去他们想去的地方。

我再去植物园，那些白杨愈加高大。我抬头看它们时，远去的时光在树叶间纷纷聚拢。它们或许早已不认得我了，不知道这个站在树下的女子来这里捡拾一路丢失的岁月。来这里，想让两棵相距千里的白杨隔空相认。

北　门

朱劲楠

对于那些已经远去的人和事我总是念念不忘或者耿耿于怀，这是衰老的先兆吧！顺子中午来电话说晚上聚聚。用战友来介绍我们之间的关系好像有些生分和客套，我们实际的关系要比泛泛的战友称谓近得多。我住城北，顺子住北门。高峰拥堵时段，从城北到北门，乘地铁是最快捷的选择。

乌鲁木齐这座城始建于清乾隆二十三年。多年后，干打垒的夯土城墙已灰飞烟灭，但城门作为地名却能穿越时空一直被完整保存下来的地方比比皆是，南门、北门、东门、西门的地名遍布神州大地。它们是城市的记忆，也是生活在这座城市里的人们共有的属性。

我的故乡也有个北门。它是小城从酣睡中最早醒来的地方。据老人讲，北门当年也有过千峰骆驼进、百辆大车出的排场。但到我记事的时候,北门只是个交易活畜的地方。天还未亮,驴马牛羊、买家卖家、贩子掮客们就聚集在北门路口开启一天的生计。贩子只是瞟一眼牲畜便可估摸出牲口的价钱,然后出一个让牲畜主人卖了心疼不卖又怕错过的价格。掮客一手托两家,买家谈不下来的价格交给他。两只手很神秘地互相伸入对方的袖筒子里捏来捏去,直到互相从对方的袖筒里抽出来才有结果。有时候也不用玩袖筒子捏手指的把戏,买卖双方都伸一个手掌出价格,出一次价格互相拍一次巴掌,还一次价格也拍一次。拍来拍去,每一次响亮的巴掌声都像是最终的决心,或一拍即合,或一拍两散。等到整个小城醒来时,北门反而安静了,只剩下一些牲畜的零星粪便。

乌鲁木齐的北门是市内交通枢纽。北门转盘连接着解放北路、健康路、青年路、新民路、光明路。湖南人谢彬1917年著的《新疆游记》中描述:“过北门。经乾州会馆。值演戏,士女环观如赌;有七八处积人成堆,则皆赌博、说书、搬把戏之类所在。此间下级社会之情状,毕现于斯。”由此可见,民国初期,北门一带多为社会底层居民。

二十世纪五六十年代黑白老照片中的北门是破旧的北门。凌乱低矮的平房,坑坑洼洼的土路,唯一能证明它是现在北门的就是建于1954年的八一剧场。这座庄重大气、带有苏式风格的建筑在“灰头土脸”的建筑中格外醒目。

从地铁站出来天已经麻麻黑。我朝着自认为正确的方向走一阵子才发现自己好像走错了。这个错误如果换作其他地方,比如南门、大西门、小西门都情有可原,但竟然在北门走错了路,我不禁在心里骂自己猪脑子。问了对面来的陌生人,他竟然朝着相反的方向一指,这错得有点太离谱了吧!

一路朝着目的地走,一路四下张望,到处都是陌生的建筑。我诧异北门竟然在我眼皮子底下悄无声息地发生了这么大的变化。这时,我才意识到我曾经熟悉的那个北门早就不复存在了。虽然生活在这座城市里,但出门坐车、入户进电梯的生活让我似乎已经很久没有留意这个城市了。岂止是这座城市,仔细想想,我甚至连对门邻居是做什么的都不知道。走在北门的高楼大厦间,我也越发蒙了头。

如果将时光镜头摇回到三十多年前,我能把北门附近有几根电线杆子都给你说清楚。对于我来讲,那时候的北门既是起点也是终点,而将我和北门连接起来的是由北门发往水磨沟的4路车。

我和北门的关系是在二十世纪八十年代末建立的。我所在的部队驻扎在距水磨沟七八公里的山沟里。那时,去市里需要步行到水磨沟,然后乘4路车到北门。七八公里路对于年轻的战士来讲实在不算什么。

记忆中的4路车从水磨沟到北门,走走停停,摇摇晃晃途经好多站点,要走一个小时。我已经想不起那些途经的小站,只记得虹桥、搪瓷厂、三汽配等几个大站。人生何尝不是这样,活着活着就简化成了大纪年表,童年、少年、青年、中年、老年,其间的细节早就隐没在了滚滚红尘中。

如果说城市是一幅画,北门在我的心里一定是军绿色的。二十世纪八九十年代北门标志性的建筑是北门环岛内伫立着的手握钢枪的解放军战士铜像。它是1985年庆祝新疆维吾尔自治区成立三十周年时由名家创作完成的。雕塑基座上刻有文字,大意是纪念1949年人民解放军解放新疆。除此之外,伫立在这片地界的八一剧场、军区大院、后勤部大院、司令部大院都是清一色的国防绿。

这其中，我对青年路上临街的军人服务社更熟悉一些。一进一出两扇门的军人服务社是水磨石地面，光洁的地面用色块装饰出几何形图案。木头框架玻璃柜台里摆着日用百货、食品。柜台背后一长溜货架上成沓成摞地摆放着军用民用的针织品、服装、鞋帽。我们通常都是在这里买一袋淡蓝色或者粉红色的海鸥牌洗头膏和一块檀香皂，然后拐进隔壁的澡堂，一元钱开一个单间，然后几个人一起洗。单间不限人数限时间。稀里哗啦洗完，将东西收进黄挎包，下面的就是逛街的时间了。

军人服务社斜对面是北门群艺馆。群艺馆是个热闹地方，我曾在群艺馆门口碰到过闲逛的陈佩斯和朱时茂。那时，在春晚吃面条、卖阿里巴巴烤羊肉串的陈佩斯正处在巅峰。群艺馆前一大群人围着他们看稀奇，路过的公交车上有人将半拉身子从车窗中伸出来大声喊：二子、二子。这是陈佩斯在电影《夕照街》中扮演的角色，拜拜了您呐！这句至今被套用的台词就出自这部影片。陈佩斯见有人唤他就远远地挥挥手，笑嘻嘻的京腔京韵地说了一声：嘿！这小子。浓眉大眼的朱时茂还是那样一本正经地耸着肩膀，端着架子。现在想想，那时候热闹的还不仅仅是群艺馆，整个乌鲁木齐都很热闹。啥叫热闹？人多，人多就热闹。

比群艺馆更热闹的是北门的文艺路市场。老乌鲁木齐人都习惯将文艺路市场称为北门市场。一条直线、绷着纤维板的文艺路市场这头连着北门，那头接着人民电影院。市场从早到晚都像赶巴扎一样热闹，拌面馆、牛肉面馆、饺子馆、羊肉泡馍馆、烤肉槽子、馕铺子、服装档、布匹摊位等，应有尽有。

你要再找比文艺路市场热闹的地方,那就是全乌鲁木齐最热闹、最聚人气的人民电影院了。但对于军人来讲,从北门青年路这边到人民电影院去,绕过转盘,经过八一剧场是个坎。抓军人风纪的军区摩托连经常在此出没,但凡是军容不整者将会有被“抓”的风险。不戴领章帽徽、战士穿皮鞋、私改军装、留长发都是被抓对象。某次疏忽大意,我们几个穿便装混迹于路人当中的战士被火眼金睛的纠察逮了个正着。哗啦啦,八一剧场的铁栅门一拉开,我们就被带进了剧场前的空地上。被摩托连带走可不是好玩的事情,顶着太阳踢几天正步、走队列是小事,回到连队挨处分可是大事。

我们几个被抓的兵站在八一剧场前的空地里一筹莫展。不光是我们几个,其他部队被抓的战友们也三个一群、五个一堆,一脸愁苦地站在那里。就在这时,顺子就出现在了栅栏外面。他在栅栏外给我使眼色。在点头摇头、挑眉毛、丢眼神的无声交流下,天天一起吃喝拉撒睡的我们自然心领神会。就见顺子趁着栅栏里纠察少的空当,佯装路过,走到栅栏门口时,很隐蔽地将挂着门的铁扣摘下,然后将大门顺势推开一条缝。说时迟,那时快,我们想都没来得及想,甩开训练有素的步伐飞一般地朝铁门外奔去。让我意想不到的是,其他兄弟部队的人见我们一跑,也跟着撒丫子就跑,人数不多的纠察哪里拦得住。一时间,八一剧场前乱作一团。

奔出八一剧场大门,我们就一头扎进了旁边人潮人海的文艺路市场此起彼伏的吆喝声中。穿过饭馆烤肉摊,跑过服装、布匹档口,经过出售海鲜的摊点,再往前就到了全乌鲁木齐最热闹的地方——和平都会、人民饭店、人民电影院。

年轻时贪玩,几乎每次都要玩到得赶最后一班4路车时才肯回部队。

二十世纪八十年代高峰期的公交车里要多挤就有多挤。认识她就是在4路车的末班车上。如果是背靠背地挤到一起也就错过了,面对面挤在一起就叫邂逅。

我们挨得太近,近到能闻到她身上雪花膏的味道。以我当时的人生阅历,除了掩饰慌张,实在是不知道近距离面对一个陌生女孩如何开口。没有了空间距离,两颗年轻的心也缩短了距离,挤着挤着就搭上话了。她说她很少坐4路车,今天是和同事去搪瓷厂聚会,而和她一起上车的另外两个同事早被挤得看不见人影了。我说,只差几步没追上前面那趟车。她笑着点头说太巧了！我心里说,缘分哪,多亏没追上前面那班车。拿着票夹子的售票员大声喊着:“马上到搪瓷厂了,要下车的往门口换。”我才鼓足勇气说,你叫什么名字,能不能留个电话。

水磨沟的街灯是橘黄色的,很有老旧的味道,适合当回忆的背景。一向对数字迟钝的我生怕把电话号码忘了,深一脚浅一脚摸黑往部队走的路上,一路上背着张美丽留给我的电话号码……

张美丽的商店就在新民路口一转弯的青年路上。这也是二十多年前那一封封寄到山沟军营里的来信的起始地。

部队终归是部队,有纪律约束,也不是谁想请假外出就外出的。回到部队没两天,我终于按捺不住跑进总机房找顺子。顺子一听哥们认识了市里的美女,说这等好事可耽误不得。插了外线,拨通了我提供的电话号码。对方说稍等,隔着电话都能听见搁电话和出门的脚步声。没过两分钟就听见张美丽气喘吁吁的声音。她在那端惊讶地说,哦,原来是你啊！这次通话,她给我留了个通信地址。

那年初冬，写信让我充实，让我有了寄托。部队寄信是免费的，只需要拓上部队三角形的红戳，所以你可以随心所欲地写，给家人，给朋友，给同学，给心上人，想写几封就写几封。信寄出后，接下来就是等待和盼望。我盼望水磨沟邮局的那辆邮电绿的三轮摩托出现在视线里，那里面有从北门寄来的信。除了写信，我还用收集的五四式手枪弹壳点灯熬油，费工费力地做了一个台灯。我写信给张美丽说，希望她在我做的台灯下给我写信或者读我的来信。

她在信中说：不知道你是否听过《大约在冬季》，反正我听完哭了。当我将她的信小心地揣入衣兜走进连部娱乐室时，电视屏幕上齐秦正在唱：你问我何时归故里 / 我也轻声地问自己 / 不是在此时 / 不知在何时 / 我想大约会是在冬季……刹那间，心里最柔软的部分被触碰。晚上，我打着手电筒将她的信又看了一遍，那一刻觉得自己好想念她。再给她回信时我就问她要照片，她说等见面后再给你。我在给她的信中夹带了一张照片，照片中的我穿着坦克服，戴着坦克帽，表情严肃。我的身后是一辆六九式主战坦克。

心里揣着事情让我坐立不安。我对顺子说，周末一起去北门找张美丽。顺子说，总机房请不上假，我说你想想办法。顺子说：你小子是不是胆怯拉我壮胆？我挥挥手说：你不去算了，我自己去。

等到了周末，顺子换了便装来找我，说已经请好假了。我特意换上了擦得锃亮的在军人服务社买的六九式三接头皮鞋。战士穿皮鞋是有风险的，但我一厢情愿地认为，为了给张美丽留个好印象，这个冒险值了。出门前，我特意把弹壳做的台灯装进黄挎包。

我和顺子步行到水磨沟4路车站时，我却打了退堂鼓。顺子说，好不容易才请了假。我说那就去水磨沟市场请你吃烤肉。顺子拿出陕西愣娃的脾气说我是软蛋。现在想想，我当时是前思后想顾虑太多把自己想胆怯了。

她来信说，上班时总是朝外面张望，总觉得我会来，并说她父母都是军人，能理解部队是有纪律约束的。理解这词在当时非常流行。现在我们已经改说换位思考了。信中夹了一张她的照片。照片里的她穿着一件白色的高领毛衣笑吟吟地看着我。

我给顺子说张美丽父母也是军人时，顺子说：她父母少说也五十多了吧？这个岁数在军区应该是不小的干部吧？至少团级以上。我说那你好好巴结一下她，让她爸给你转志愿兵。

当思念积攒到一定程度时，我就有了足够的勇气去见她。然而就在这个时候，似乎是一夜之间部队的气氛就变了，一道战备命令下来，各连待命，取消一切请假外出。

那段时间，不能去北门的我整日急得像热锅上的蚂蚁，焦躁不安，夜不能寐，困如斗兽。年关将至，我终于等来了去北门的机会。连队出公差，派我们连去军区后勤打扫积雪。我暗自高兴，终于可以去北门，去见张美丽了。军车驶入后勤大院，每个班负责清扫一段路边的积雪。我们班分到的那段路正好能看见马路对面的蓝天商店。乌鲁木齐路边的积雪厚，我一边铲雪，一边朝马路对面张望。

雪即将打扫完时，我小声对班长说想请假。班长面露难色说，这个假我哪能批？你去找排长吧！排长一口就回绝了我。我改口把十分钟压缩到五分钟，排长还是斩钉截铁地拒绝了。我狠狠地挥舞着铁锹，把所有的怨气和不满都发泄在了地面的冰雪上。与此同时，我也深感无能为力。作为一名战士，我觉得自己太渺小了，个人强烈的愿望和诉求在集体面前只能忽略不计。打扫完积雪，我们迅速列队，一二三整齐报数，清点完人数按队列上车。

军车呼啸着从青年路返回，眼巴巴地望着蓝天商店，我恨不能大喊一声“张美丽”。

某个早晨，全营集合。营长表情严肃地宣布，因国际形势的变化、国内形势的需要，军区在距乌鲁木齐市三百公里外的某地重组一个团，我们独立营将抽调一个连过去。革命战士一块砖，哪里需要哪里搬，希望大家服从命令，听从调动。

顺子得知我被抽调走时没好气地说，你眉毛头发都剃掉时我就猜到了这个结果。动身的前一天，我终于请了假，黄挎包里装了台灯步行到水磨沟，然后坐上4路车到北门。进了蓝天商店，扫了一眼一字排开的柜台里那几个营业员，竟然没有张美丽。在柜台前转了一圈后，我确定里面没有她就问营业员，回答说她家里有事请假了。

写到这里，其实我想把这段情感经历写得苦情一点、跌宕起伏一点。也许是时间相隔太久，后来的经历冲淡覆盖了曾经的刻骨铭心。也许是波澜不惊，平庸的现实生活本身就拼凑不出太多的跌宕起伏。

我把一封信和包了里三层外三层的台灯交给顺子，叮嘱说必须亲手交给张美丽。顺子说，你就放心吧，你的事就是我的事。第二天我就背着铺盖卷，穿着六五式军大衣登上西去的大轿子车，去了那个偏远而艰苦得几乎与世隔绝的地方。

我鬼使神差、莫名其妙地梦到了一串阿拉伯数字。更奇怪的是，梦虽然是支离破碎的，但醒来后那组数字却记得清清楚楚。走进浴室，我将这行莫名其妙的数字写在浴室的镜面上。等冲了澡出来，镜面一片水雾。

寒冬腊月，新组建部队的艰苦生活一言难尽。生活及训练的苦都能忍受，但思念之苦却让我寝食难安。我做梦都想去乌鲁木齐，去北门。差不多一个月能收到一封张美丽的来信。她在信中说,我给我爸说了,让他找人把你调回来。后来她的信就越来越少,直到杳无信息。

顺子给我来信说,他从总机班出来学了驾训,之后又进了小车班给营长开车。一年之后,我复员回了小城,开启了我平庸单调的上班族生活。顺子则继续留在乌鲁木齐,留在部队超期服役,这是转志愿兵的信号。

某日,我脑海里又出现了一组数字。我想了想,可能是曾经用过又废弃的诸如银行卡、QQ号及其他各种用途的号码、密码,因此也就并没有当回事。但这组号码却顽固地占据我的脑海。我猛然想起,这不就是那组我梦到并写在镜子上变成一片水雾的数字吗?

我以为这个梦就和其他曾经做过的梦一样会被时间挥发殆尽。就像你曾经遇到过的那些人那些事,无论当时如何刻骨铭心,最后都会变得平平淡淡。从在4路车里偶遇张美丽之后,我再没有见过她。她和顺子结婚那天我在阿尔金荒原野外作业。老司机开着老解放车,放着田震的《野花》:山上的野花为谁开又为谁败/静静地等待是否能有人采摘……在歌声里,我望着远山,忽而想到,如果当初继续留在乌鲁木齐又会是个啥情况?

如今的城市已经没有让你徒步七八公里到公交站的路程。公交车由北门出发,顺着四通八达的城市公交网络,全方位抵达所覆盖区域的各个角落。而坐车的人——现在坐车的人也都是已经不再写信的人。

我把这组谜一般的数字告诉了办公室的人。大家都好奇心满满地各种提示和猜测破译密码。过了好半天,对面坐的大姐说,这应该是很早以前天山区北门那片的电话号码。

乌鲁木齐札记

杨梅莹

一

从上海返回乌鲁木齐。

飞机落地那一刻,我整个人都不好了。晕机。难受的滋味,没法在我现有的文字里寻一个恰当的比喻。一边是胃里翻江倒海大汗淋漓,一边是浑身发冷透心凉。我把自己裹进宽大的风衣,在赤膊短装的夏天正午既可笑又滑稽。并且,酱红色加长风衣,在人群里显得尤为扎眼。

我不轻易晕机或晕车,只有身体有恙才有。也并不是什么大病,只是头疼或感冒。

这次,导致我晕机的原因,应该是昨天中午在寝室休息时吹了空调染上风寒。

顾不得仪表,故作不了风雅,唯一的念头是赶快搭车回家。健康是个好东西，一个人若生了病，所有的美好都只能成为传说。

走出机场，刺眼的阳光如烧红的铁锥齐刷刷直射下来。还好，候车排队的人不是很多，很快轮到我。先前，若不是我硬着头皮厚颜无耻加塞，应该还有三四个人在我前头。但是，没办法，事出有因。我用身体出了状况宽恕自己的不道德行为，尽力表现出我生病的状态，博得理解。

不过，没人跳出来指责我。好像他们知道我病得不轻，默许我的不守规矩。

乌鲁木齐人包容大方，若不是太过分，基本没人计较些鸡毛蒜皮的小事，更不会去动粗。这是真的，绝非杜撰。在乌鲁木齐没听见在公交车上为抢座位发生冲突的事件，更没人为了几角钱、几块钱吵架骂街的，至少是在我的知晓范围内没有。

有一年，父亲从七百多公里外的哈巴河来乌鲁木齐进货。他跟母亲经营一家规模不大的小卖部，现在叫超市。父亲大多乘夜班车来，既省时间，又省住宿费。对一个农民式的小商人来讲，时间并不昂贵，何况家里还有母亲照应，他只是心疼钱。父亲是不缺钱的，只是，他喜欢用这种方式生活。

那时候，我家不像现在，在乌鲁木齐没家没房，父亲来乌鲁木齐连落脚的地方也没有。

在碾子沟下车，父亲坐公交车去小西门批发市场。车上没空位，他准备找个他认为比较合适的位置站着。一位姑娘起身给我爸让了座。这一让，感动了我父亲半辈子。在他的感召下，我真想知道当年那位姑娘是谁，以报为父让座之善举。

“乌鲁木齐人真好，而且，还不排外。”他刚说完这话的时候，我还有点蒙。让座，是尊老爱幼的具体表现，怎么跟排外扯上关系了呢？

通常情况下，父亲讲话是跳跃式的，看似并无逻辑关系的几件事，他拼一块儿讲，东一榔头西一棒子，云里雾里。但是，我懂。

怕我不相信，父亲又列举了好几件事来肯定他的观点，都是他亲身经历。现在能记清的有两件，一件是他陪母亲在自治区人民医院治病。二十世纪九十年代初期，医院为病人提供的生活设施不完善，外地人看病会有诸多不便。同病房的病友是乌鲁木齐本地人，她给予父亲母亲很多帮助。譬如，把家里送来的餐食分给父亲母亲，经医生允许带他们去家里洗澡之类的。母亲出院，父亲又给她家捎来哈巴河特产。一来二往，他们成了朋友。

另一件事是2016年，父亲从兄弟省市探亲回新疆，路过乌鲁木齐，在大姐家小住几日。在街上遛弯，见一西瓜摊，便过去。一农民工模样的中年男人正在西瓜堆里挑西瓜，挑了半天选了一个最小的。父亲提醒他，这种青皮墨纹的西瓜，小瓜没有大瓜好吃，越大越沙甜。中年男人朝父亲笑笑，没说话。他把西瓜交给摊主过称。付钱的时候，才知道中年男人手里只有十块钱，不够瓜钱，缺两块五。摊主手一挥，低声说不要了。父亲夸赞摊主大气。末了，他又对我说，后悔自己没给中年男人买个大西瓜。人若不是到了难处，一个男人怎能这么尴尬？

父亲对乌鲁木齐的评价，是他多年积攒的精华之见，毋庸置疑。小卖部生意算好，每年，他要来乌鲁木齐进多次货，对这座城市的褒贬最有发言权。一个外地人，一个乡下人，一个局外人，对一座城的感受应该是最真切、最真实的。

二

一辆蓝色出租车缓缓地、稳稳地停在我跟前，后备箱被打开。司机没下车。在上海收获了些书，行李箱比去时多了分量。幸好，它是拉杆式的，我拖着它走还算顺利。

我拉着行李箱朝车后去，心里盼望司机能下来帮我。不是我搬不动，是觉得众目睽睽之下一女子使蛮力属实不雅。但是，他始终没下来。在事实面前，我的那分矫情荡然无存，只能自个儿把行李箱搬进后备箱。能要求司机做什么？不能。自己的事情，人家帮你是情分，不帮是本分，这是永恒不变的真理。

放好行李箱，上车坐在后排。主副驾跟后排隔了一道防护栏。我坐的是副驾驶后面的座位。告诉司机我家住的小区。司机没说话，一边开车，一边拨拉手机。他大概是在导航，我想。

刚才一通忙活，热得浑身是汗，我脱掉风衣抱在怀里。摇下车窗玻璃，暖暖的风吹进来，乱了我的长发。车里并不热，开了空调。只是，我喜欢自然风吹在脸上痒酥酥的感觉，那是融入自然的一种惬意享受。离开这座城市一个月之久，从春寒料峭到夏日炎炎，只是一个车转身的工夫。乌鲁木齐没有季节过渡，春天来得特别晚，好像是从夏天开始，又在夏天结束。

去上海前一天，是5月5日，乌鲁木齐天气尚冷，我穿件羊绒大衣，尚不够御寒。那会儿，树木初绽新叶，青翠欲滴鲜亮如玉，不似眼前这般苍绿。

忽然，我意识到我的身体完全复原，神清气爽，别无他恙。没吃一粒药，没吃一口饭，甚至，没喝一口水，一刻钟前还痛不欲生的我竟然奇迹般地好了。是乌鲁木齐的土地有如此神奇疗效？还是这里的阳光和干燥的西北风治愈了我？我不知道。但是，我的确好了。犹如蔫掉的秧苗被灌溉了水，直愣愣地来了精气神。不知道，这个比喻恰不恰当，可我就是有这种强烈的感觉。

北宋诗人苏轼在《次韵子由种菜久旱不生》里写下："时绕麦田求野荠，强为僧舍煮山羹。"想念家乡美食的诗句。久思成疾，或许，我也这样，毕竟身体是不会说谎的。

上海作协对新疆作家学员从餐宿到学习，安排得细致入微，不但让我们开了眼界提高了文学素养，也让我们尝遍上海美食佳肴。前三五日尚觉新鲜，再往后，有同学就时不时发出想吃新疆拌面的声音，引起共鸣。有说到乌鲁木齐下飞机，直接去吃拌面，而且要吃过油肉拌面；也有说一份面不够，要加面。至于加几个，众说纷纭，最多的要加五个。我们说那不是要撑死吗？说的人便列举出某年某月吃过五个拌面的实证。还有人补充说，吃拌面一定要配几瓣大蒜，要不吃拌面就缺了灵魂。

下部

乌鲁木齐的烟火人间

我与一座城的半个世纪

李佩红

我对乌鲁木齐是有感情的。

键盘敲打标题几个字时，我的情感翻涌上来，如突然披散的光影碎片，半个世纪的经历、发生在自己或别人身上的事、短暂的驻留、一闪而过的瞬间，复杂、混乱，浮上心头。

我在岁月中成长、变老，城市在时光中扩展、变化，我与它始终处在熟悉又陌生的边缘。我一次次抵达、游走在它的细部，汲取力量和养料，它给予我温暖和慰藉，又不免妒忌、隔膜，平淡而长久地游离着，直到有一天我死去，它仍将活下去，永远地活下去，如庞大纷繁的蜂巢并不在意一只工蜂的存在与否。想到这儿，怎能不让人暗自神伤。

1

几乎没有一位新疆人，一生中不与乌鲁木齐产生交集或关联的。

新疆首府乌鲁木齐坚如磐石的中心地位，在政治、经济、文化、艺术、交通、医疗等各个领域领先于疆内其他地区，吸引着有各种各样需求的人，围绕它形成的巨大磁场，日月轮回，不停转动着、变化着。于是，处在不同空间的人相遇了，又分离了，沿着各自的轨道深入生活。即便从没去过乌鲁木齐的新疆人，也会接收到首府发出的政策指令和重大消息，维持着一个地区的正常运转。从这个层面上说，每一个新疆人根本绕不开这座城。

最初进入这座城停在半个世纪前。那年八岁的我作为石油留守儿童被父亲接回克拉玛依。其实，早在六年之前，我是从这座城的火车站前往山东日照的。当时的我太小，压根没记忆。

陌生刺激了大脑皮层，记忆深刻而有趣。那是个盛夏，父亲肩背布包，一只手牵着我，一只手抱着小弟，夹在形形色色的人流中涌出车站。阳光刺目，记得我抬头眯眼望向天空，碧空深远，若不是有几缕云挂在上面，真的有些怕，像望着老家村中间的老井，久了会把我吸进去一样。目光收回到广场上，地上三五成群地坐着人，身边堆着大大小小的行李包裹，五颜六色，杂乱热烈。人在人堆里川流，我的眼睛咬住一个个与我从前见过的完全不同的面孔，浓眉、深目、隆鼻，男人头发浓密、妇女的长裙如夕照流水，变幻着不同的色彩（后知彩裙是艾德莱斯绸做的），扩音喇叭里"叽里咕噜"一句听不懂的声音撞击我的耳膜，既新鲜又刺激。绿西瓜、黄甜瓜、红苹果，还有路边摇曳的花，无不张扬着浓艳的色彩，眼里框出一幅幅堪比凡·高的画，流动着令人着迷的热烈，与一路经过的含蓄灰暗色调多么不同，非常契合孩子们对世界单纯的想象。这是一座城在我大脑留下的最初印象。

我们从乌鲁木齐火车站坐2路公交车到新疆石油管理局办事处所在地明园，计划乘新疆石油管理局专发的班车，一路朝西北方向的克拉玛依油田前进。

明园门前的西瓜摊堆成小山，每个绿皮瓜从两头拉出一道道暗色弧线，眼睛看着就舒服。卖西瓜老汉坐在西瓜旁一块小毯子上，用不太流利的普通话吆喝："西瓜、大大的西瓜，不甜不要钱，不熟不要钱哎——"他把"哎"的尾声拖得又高又长，像小提琴拉出的快乐颤音。

"天热，吃个西瓜吧！"父亲领着我和小弟走到西瓜摊前，我这才知道，原来穿绿条纹衣服的瓜，叫西瓜。在我认知里有南瓜、冬瓜、黄瓜，现在多了一种西瓜。以为瓜来自不同方向，问父亲北瓜啥样，父亲笑着说我是傻丫头。不瞒您说，这个问题困惑了我很多年。

挑西瓜父亲实在不行，左挑右选，一刀两半，半生不熟的白瓤祖露出来，父亲一脸沮丧。西瓜一角钱一公斤，不贵，但花了冤枉钱，有上当受骗的感觉。父亲生气地拉着我和小弟的手就走，老汉的声音追了过来："哎，要尔达希(同志)，你肚子不要胀(生气)，这个算我的，不要钱，我给你挑一个最甜的。"父亲半信半疑地转过头，见老汉真的在招手，拧成疙瘩的眉头舒展开来，我们重新回到西瓜摊位。老汉边挑边对父亲说："选西瓜要皮肤光光的，亮亮的，用手拍拍，里面水吗快涨破的嘭嘭声，脆脆的太好吃得很。"父亲被他的诙谐逗乐了。老汉选好西瓜，先用刀在瓜的一端切下一层薄片，把刀在薄皮上来回蹭几下，旋即手起刀落，西瓜颤动着弹开两个对应的红日。围着一圈绿边的鲜红瓜瓤间嵌着一粒粒星星般黝黑的瓜籽,甜甜的汁水滴在小桌上。

那是我长到八岁半看到和吃到的第一个西瓜。沙沙甜甜的瓜汁在往后的岁月中,时常不经意间在大脑里闪现。父亲去世多年,那幅永远不变的温情画面里的父亲依旧那么年轻,我还是那么小——真想回到从前,父女再次相聚。时光无情,忍不住泪目。

2

乌鲁木齐市和克拉玛依市,一座装着我的影子,一座装着我成长中的肉身,在岁月中各自静好。

居中心地位的乌鲁木齐不知疲倦地从新疆以外运送开采石油所需的生产、生活物资,大到钻机、汽车、机床、设备,小到针头线脑,源源不断地运抵克拉玛依市,为克拉玛依注入活力。

乌鲁木齐有飞机场、火车站,可以随时去新疆之外的任何一个地方,直通北京、上海等大城市。与克拉玛依相比,乌鲁木齐有高至八层的楼房,有宽阔的北京路,有宏伟的大桥,有美丽的公园,有红山宝塔,是三四万克拉玛依人羡慕、嫉妒、心向往之的大城市。二十世纪七十年代,我家同院居住的李伯伯的大儿子带对象回家。姑娘长得漂亮洋气,李婶逢人就介绍“乌鲁木齐姑娘”。说这话的时候,她的眼角眉梢溢着骄傲和喜意。

二十世纪七十年代的钻井队,经常有人受伤或死亡。有一次,一位工人大面积烧伤,要用直升机送到乌鲁木齐的医院治疗。没几个见过飞机的克拉玛依人,听说飞机将在友谊馆广场降落,几乎倾巢出动,比过节还热闹。直升机终于来了,它的样子像蝈蝈的身体安装了四只蜻蜓的翅膀。飞机掠过友谊馆墨绿色屋顶落在了广场上,飞速旋转的螺旋桨把广场上的尘土吹到半空,旋风吹得人睁不开眼睛,层层人群如麦浪向后倒退。直升机落地的刹那,围观的人欢呼起来。那是友谊馆唯一一次作为机场使用,也是我第一次看见飞机。伤员运走了,结局如何我不清楚,我只记得一架飞机带给我的快乐。人们对新事物的好奇,远比对一个与己无关的人的死活关心要多。这是生命的残忍,也是生命的慈悲。若非如此,人会因无法承受生命之重而痛苦甚至死亡。

克拉玛依医院小、条件有限,医术有限,每每遇到疑难杂症,克拉玛依人脑海中跳出第一个念头就是转院,转到乌鲁木齐医学院。乌鲁木齐医学院是全疆人心中医术最高超的,直到今天仍旧如此。那个年代,天高路远,有的病人中途便离开了人世,最后的眼神永远落不到那座生命的希望之城。

这些都是别人的故事,我生命中隐秘的部分疼痛也留在这座城。

家里唯一爱我的人——父亲,中年早逝。第一次深切体会到生命脆弱无常的我抑郁了,一种厌世的情绪紧紧地包裹着我,生命坍塌出一个洞,深不见底,呼呼地冒着凉气,和那个寒冷的冬季合谋吸榨我的热量。快要溺死的我,急需热血和力量填补身体的黑洞。我从领了结婚证但因父亲去世没办婚礼的丈夫身上榨取能量。不久我怀孕了,没有准生证的俩人很害怕。在二十世纪八十年代,若被发现,受处分、扣工资是轻,脸面往哪儿搁?不得已,我和丈夫请假到乌鲁木齐。我丈夫胆小到不敢陪我去医院,我失望透顶。朋友陪着我去医院,一根冰冷的金属棒伸入我的身体,接着是几乎窒息的疼。从半昏厥中起身,血顺着两腿汩汩地流。从医院出来走到西大桥上,冰冷的泪在三月仍旧刺骨的风中乱飞,止也止不住。我清楚,心理的伤害多于身体。低头向桥下看,一阵眩晕,真想翻身下去结束毫无意义的生命。可是,虚弱的身体被朋友搀扶着。我们沉默地走着,来到朋友家,和新婚不久的朋友挤在一间很小的公寓楼里住了三天,从此建立起了一生的情谊。后来,我有了现在长大成人的儿子,忘记了曾经的伤痛。但每次来乌鲁木齐,会不自觉地躲避西大桥,生怕唤醒内伤的那个触点。一回眸,望见二十五岁的自己,眼窝蓄满忧伤和飞身而下的欲念。有次看了一个纪录片,医生用金属棒刺向胎儿的时候,仅有核桃大小的胎儿居然不断躲避。如此小的生命也知道危险正在靠近,那一刻,我再次泪目。我曾用一个生命交换另一个生命,这是残忍的现实,但我并不后悔。

2008年冬天,母亲患上红皮病。克拉玛依的医生面对这种首次遇见的罕见病症束手无策,下了病危通知书,让我们做好处理后事的准备。春节将至,不忍舍弃母亲生命的我们,把最后的希望投向乌鲁木齐。那天,大雪纷飞,母亲一路笑啊笑,说她到乌鲁木齐就有救了。皮肤科的惠主任极为负责,拼尽全力把母亲从死亡线上拽了回来。对此,我们全家深怀感恩之情。过了几年,春节前,小弟去医院看望惠主任。电话打不通,小弟去皮肤科,才知道她患肺癌去世半年了。“这么好的人、这么年轻,怎么说走就走了?”八十岁的母亲说到她就抹眼泪。有次与惠主任聊天,我说你医术这么高,为何不去兄弟省市。惠主任笑着说:“这样的机会年年都有,不少兄弟省市大医院高薪聘请,可父母在这儿、家在这儿、孩子在这儿,哪儿也不想去。”

往后的几十年里,我自己前后三次手术都在新疆肿瘤医院进行。乌鲁木齐的朋友们来看望我、陪伴我，脆弱的心在病痛中一次次得到安慰。隐于城市中的点点温情，怎能让我对这座城市不生感情。

3

我非常熟悉乌鲁木齐老城区，尤其是北京路沿线和明园、大小西门附近。二十世纪九十年代后，乌鲁木齐像是刚从长梦中苏醒，开始大兴土木，到处都是火热的建筑工地，全国各地的人大量涌入新疆，乌鲁木齐妖魔山一带搭建起许多小板房，外观破烂，里面住满打工者。他们人人揣着发财梦，活跃在城市各个缝隙里，有摆小摊的、开小饭馆的、拉货的、建筑楼房的，批发服装、百货、鱼鲜、蔬菜瓜果的，算命的、讨饭的，甚至骗子也充斥其中。每一位青年人都被时代勃勃的生命力推举着向上，快速登高或快速坠落。那是一座城飞速发展的时代，鱼龙混杂的时代，开放自由的时代，焕发着力量和活力的时代，也是食物由单调加快多样、物资从贫乏逐渐丰富、生活摆脱穷困向好转变的时代。

那时，我被单位派到乌鲁木齐的新疆石油学院短期培训两个半月。平日在学院食堂吃饭，一到周日就放飞自我。近处有明园大门对面二招和三招前门、现在的美美步行街，远点的有五一电影院门前的广场、人民电影院门前，全是各色摆小摊的人。从前听都没听说过的食物一齐涌现，“百花齐放，百家争鸣”。核桃、巴旦木、葡萄干、桃干、杏干、无花果干花花绿绿，琳琅满目。早上有早市、晚上有夜市，烤肉的烟气，抓饭、包子和馕的香味在空气中弥漫，男人女人高高低低的叫卖声此起彼伏，烟火聚起的涡流荡着俗世的快乐与满足。那段时间,各种食物被我吃了个遍,突破了很多第一次。第一次吃粉汤、第一次吃羊杂碎、第一次吃汤饺……一段至今怀念的时光很快过去。此后,我离开新疆克拉玛依市,移居南疆库尔勒市。不久,婚姻遭遇滑铁卢,事业也跌入谷底,里外一团糟。当时,全社会兴起文凭热,我报考了新疆石油学院工商管理专业,重返乌鲁木齐。我上学的目的只是为了逃避。两年时间,乌鲁木齐的新老朋友不时来看我,周末陪我逛街、尝各种小吃,我的灵魂游荡在城市,试图寻找依托、得到救赎。

我最爱逛小西门批发市场。批发市场面对城市最繁忙的河滩公路,曾经是群众饭店。群众饭店大多是南方人在做批发生意,一个房间四张床,一张床就是一个批发摊位。他们白天做老板,与来自天山南北的客户讨价还价,送货发货。房间不大,门对着门,过道黑黢黢的,水泥地面因走的人太多,有的地方磨得油光发亮,有的地方坑坑洼洼。每个昏暗的房间里堆着小山似的货物,最多的是袜子、日用百货和廉价服装。做生意的多操南方口音,吃住都在里面,没有多余空地,有的人干脆躺在货物上睡觉。在全民“下海”的年代,他们是最先跳下去的一批、市场大潮里的勇者。去年,采访新疆四川商会总会副会长何庆平,他就是1992年从四川来到乌鲁木齐,靠在群众饭店蹬三轮车送货起家的企业家。十七岁的何庆平来到乌鲁木齐第二天,就跟着哥哥在群众饭店蹬三轮车送货,用双脚蹬前景。一辆三轮车,一颗炽热的心,一身日渐增长的力气!送一次货运费十五元到三十元不等。当时,一个大学生一月的工资才百余元。何庆平一个月一千多元的收入,绝对是一笔巨款。尽管每天挥汗如雨,却干劲十足。稍有积蓄,何庆平购进了两箱皮鞋,在中山路一带摆摊,三轮车成了他的移动摊位。他一边招徕顾客，一边眼观六路，提防随时出现的城管人员。看到城管人员，就迅速收起鞋子，蹬着三轮车就跑。“五一”夜市开张，付不起摊位租金，他只能在偏僻的角落里蹭摊位。为了能够把鞋子卖得更好，何庆平每日穿梭在群众饭店狭窄的充满油烟味的过道里。

我们都是时代大潮翻涌上来的浪花。我们各取所需，也许我与他曾在群众饭店的过道擦肩而过。当时，来自天山南北的年轻人，个个或拖或背几个硕大的蛇皮口袋，从一间屋出来又钻进另一间屋。我混杂其中，有时买几双袜子，有时买双鞋，大多时候啥也不买，闲转悠。摩肩接踵的人，杂乱的气味，五花八门的货物和金钱无尽的动力，奔腾着尘世的活力。有一次，我手拎着刚买的十双丝袜从群众饭店走出来，马上跟过来两个姑娘问我价钱，我脑子一热故意多报了五角钱，没想到她立刻提出要买两双。我解释我不是卖东西的，两个姑娘认准了我，非要买我手里的袜子。走几步路工夫赚了一元钱。没有创造价值，转一次手，便轻而易举地收获，我脸红心跳，像做了贼。这件事颠覆了我多年对“投机倒把”的概念。那一刻，我明白自己根本不是做生意的料。这次经历被我写成一篇小文《第一次“下海”》，发表在公司的小报上，还获了个小奖，得了几十元奖励金，心里感觉很踏实。

4

世界上的每一座城，无不经历从无到有、从小到大的过程，变化应是自然缓慢的，留出空白容人慢慢消化。乌鲁木齐的蜕变和全国所有的城市步调一致，像从梦中醒来，还没等人们完全清醒，城市开始加速，“慢”成了落后的、遭鄙夷的词。城市大规模改造、扩建的风势强劲而有力，驶入快车道的乌鲁木齐变化之大令我瞠目结舌。高层建筑如雨后春笋拔地而起，城市高架穿云破雾，地铁线一建再建，城市不断扩张，这座仅二百五十多年历史的城市，“南控北扩、西延东进”的触角延伸到二工乡、七道湾乡、达坂城区、东西两沟、阿克苏乡和柴窝堡乡，将米泉县揽入麾下，面积从新中国成立时的十二点四平方公里发展到一点四万平方公里，并在每年以七平方公里的速度增大；人口从新中国成立时的十多万增长到四百多万。上通天山、下接沙漠、北达青格达湖、西至白鸟湖新区，经天纬地，南北纵横，昭示着新疆最大城市的赫然伟势。面对它，我变得有些手足无措。朋友四散而居，想约个饭局、见面变得有了难度，个体在城市日显微渺。我只能在保留下来的老邮电局、五一电影院、人民公园、人民电影院、明园苏式小楼这些熟悉的老建筑中找寻这座城残存的闪光鳞片。

我是个怀旧的人，一切旧的东西都让我着迷，那个旧的“优美的牧场”引发我的遐思。曾在一张老照片上看到一群光屁股小孩子，在红山脚下宽阔的乌鲁木齐河玩水嬉戏，河面宽广，河水清澈。那代怀念“水曲山限四五家，夕阳烟火隔芦花”的乌鲁木齐人早已不再。我的床头放着《阅微草堂笔记》，闲来翻几页。纪晓岚在书中详细记录了他在新疆两年经历过的或道听途说的奇闻轶事。这些故事如天山明月，使冷峻沉重刻板的历史增添了些许人间温情。

不断扩容的城市，正在失去一些感性的、朴素的、代表生命本质的东西。想想，也不必担心。城市还是人多的好，城市因人而荣，一座城，有了人、有了友情、有了爱和日常所需，所求何哉。城市若无活人气息顶着，很快便败了朽了。千年前生活在楼兰、米兰、精绝、营盘的人……也不会想到繁华的城和温暖的家转眼消失了,像马尔克斯笔下的马孔多镇。

年轮在越伸越远的脚下扩展,与乌鲁木齐的交往更加频繁。路过、学习、开会、工作、看病……每一次到来都有充分的理由,每一次离开都朝着家的方向,大多来也匆匆、去也匆匆。城市膨胀越来越重,而我变轻变薄。游走在城市的一小块皮肤上,即便载着一座城的半个世纪,依然那么微不足道。

被唤醒的山

姜继先

暮色四合，乘车向曾经的博乐站而去。火车临近翌日零点才发车，时间尚早，因为车站距离我所居住的博乐市，有四十多公里的路程——有人说，这是全国以城市取名但又距离城市最远的车站——不得不早早出发。

在北疆铁路延伸工程没有完工、新的博乐火车站尚未投入运营之前，这是我乘火车去乌鲁木齐市的一种常态。

更让人想不通的是，夜间开行的这个车次，五百公里的路，要行驶整整一夜。其实，这列火车是先进的，双层空调车，设计速度应该不低。为了满足整夜行驶的需要，像是要让火车歇脚休息似的，还会在某个车站长时间停留。

速度是市场经济环境中一个关键词，“时间就是金钱”“时间就是效益”的观念深入人心。在这种背景下,火车却有意降低速度、消耗时间,确实让人费解。

我的怀疑和不解什么也改变不了,是走是停只能听由火车的固执。所以,火车启动,像是一条蛇开始爬行。

妖魔山,在我眼里就是乌鲁木齐的一个疮疤。

因为相关经历和听闻,妖魔山给我的印象很差。

许多年来,这座山在我心里就是一座沉沉昏睡的山,缺乏生机,荒寂萧然。

我虽然算不上智慧仁德之人,但历来对山敬重。每到一地,只要有山必定要去攀登游览一番,北京的香山、安徽的黄山、浙江的普陀山、河南的云台山、河北的天桂山……都留有我的足迹,更不要说新疆的山了。为什么单单妖魔山让我从心底里抵触,仅仅是因为山名不雅、环境不好吗?可是,不雅名号的山如“黑山头”“蜘蛛山”就在博尔塔拉境内,我生活工作在这里,经常和这些山相遇,也没有如此反感过。“黑山头”寸草不生,所谓环境也无从说起。何故?我无法回答自己。也许只有一点可以作出解释,那就是心理感受。省会、首府城市当是一方地域的招牌,应当是山水含笑、美不胜收才对。

近二三十年来,浮云苍狗,时空变化,很多想象中的事物变成了现实,高速公路贯通,动车组开行,原先以为地处偏远的博乐能通航,只是不着边际的幻象。2010年7月,博乐还真通了飞机。从此,人们的出行有了多项选择。有一次,去乌鲁木齐我选择公路出行。将进入市区时,要穿过一个公路隧道。穿行隧道之前,远远看到一座山,郁郁葱葱,突然间对这座山产生怀疑,问这是什么山。听我这样问,司机和同行者都面露讥嘲:雅山呀,怎么连这都不知道。“雅山”?我只知道乌鲁木齐有红山、红光山、妖魔山,还真不了解有什么“雅山”。见我一脸的困惑,他们又说,“雅山”是雅玛里克山的简称,也就是人们常说的妖魔山。

我有点不相信自己的耳朵了,这是妖魔山,怎么可能?

2022年6月底,我去乌鲁木齐参加兵团文联召开的一个会议。时逢周末,散会后在首府逗留了两日,和儿孙团聚,以享天伦。儿子提议去“雅山”走走。山上休闲游览的人并不多。路两边植满了各种树木,有榆树、柳树、杨树、樟子松、小叶白蜡,还有时不时出现的一两株野生红柳,大多的树木我是叫不上名字的。所有这些树混种在一起,高高低低,参差错落,枝繁叶茂,绿荫如盖,生机勃勃。道路旁被栽植上风景树,树下空地种上小型灌木和花草,且把灌木丛修剪成各种造型,赏心悦目,有的花还没有开败,姹紫嫣红,随风摇曳。

山风徐来,蝶飞鸟鸣。入云高塔牵引着我的视线,思绪也如潮水般涨起。万物皆有灵,这座山一定也是有灵性的。从大地上凸出来,形成山脉后,便被无边的荒寂包围着,看不到繁荣葱茏让它绝望,便睡了过去。其实,山上一棵棵树木栽上,一片片花草种下,它还是有感知的,但它始终对高岸深谷、日新月异抱有成见,生为侏儒怎么可能还会有新的高度?直到有一天,山上传出啾啾鸟鸣、袅袅乐音和人们的欢声笑语,它终于被唤醒了——满山翠绿、花姿摇动、天朗气清、惠风和畅,不由得让它惊叹:真所谓换了人间。

游览了雅玛里克山的第二天,我返回博乐,乘坐的是动车。列车一路风驰电掣,四个小时就到了。其实,没必要耿耿于怀原先车行整夜的刻意,调度安排使然嘛!不论怎样,对速度的追求从来未变。动车在奔跑,车外的景物也像在奔跑,整个世界都在奔跑……

爱上一座城

魏红花

隐约的风，清阔的天。乌鲁木齐的春天拎着阔大的裙摆姗姗来迟，踉跄中带着些许迟疑。明明一派春和景明，却又细细碎碎飘起了雪花。杏花桃花雪花锦簇满枝，别有一番风情。行行列列的绿树草坪及灌木，组成了宁静而有力量的波浪，一浪高过一浪地汹涌出万顷碧波。越来越多的鸟儿，被春的喜悦和热烈鼓舞，饱满清脆地引吭高歌。

2023年4月，表妹香玉把乌鲁木齐的春之韵分享到朋友圈，每个角度都拍摄得颇有亮点，我为她善于发现生活的美而点赞。在经营好一方眼镜店的同时，香玉还是个摄影发烧友，繁忙的工作之余最爱拍身边的美食美景和美人。

十年前，香玉经我引荐，从甘肃老家来乌鲁木齐落脚。那时的她，经历了一段失败的婚姻，带着满身伤痛逃离了家乡,在乌鲁木齐市友好百盛找到一份卖化妆品的工作,并和一块上班的小姐妹合租了一套小屋。香玉是勤快人,任何时候都把居所收拾得窗明几净。她没有想到,这个城市对如她一样的打工妹热情友好,经理待她亦如姐妹。她对我说,这座城包容和友善,让她有了家的感觉。

每日清晨上班,香玉都会驻足西大桥近观远眺。万丈金光洒在生机勃勃的早晨,人流车流信息流财富流交汇在一起,恰似一幅流动的画,看不厌看不够。拿着手机,她不止一次地拍摄它们,拍下它们的昨天今天,拍下它们的春夏秋冬。因为寂寞,她把对这个城市的爱装在了影像里,拍一朵花、一棵树、一块石、灵动的鸟、公园里舞剑的老者和夕阳下散步的情侣……

翻看着她的作品,我不禁心头震动。工作近三十年,我曾无数次赴乌鲁木齐出差或学习,但来如风去如影,从不曾留意过这座城市之美。她何以能听到万物在角落里的窃窃私语。香玉的脸上洋溢着动人的光彩:“只要爱上这座城,就觉得它处处皆是风景。”

彼时,她二十六岁,只有初中文化程度。

草根摄影群里,香玉渐渐成了活跃的联络人。雪山冰峰和林海碧松倒映湖面,湛蓝的湖水里住着一群群肥白的云,被视为“天空之镜”的天池如天山明珠般熠熠生辉。第一次相约到天池拍照,香玉兴奋不已,东奔西跑找角度,却不小心撞上了迎面走来的男子,香玉的手机“啪”的一声直线坠地。她心疼地捡起手机,屏幕碎了怎么拍片?她顿时红了眼眶。男子安慰说:“没事儿,我就是修手机的,这事交给我。”香玉连连道谢后,方知男子是摄友约来同看天池美景的。仅一面之缘,她遇见了电光石火的爱情。那一年,她二十七岁。

家在库尔勒农村的军高中毕业就出来闯世界了，三十二岁未婚的他遇见香玉那一刻再也难以忘怀。知道香玉酷爱随手拍，便省吃俭用，悄悄给她买了4000元的华为旗舰品牌手机。他把修好的手机和新手机一并给她送去，香玉无论如何也不要。他急了，冒冒失失地说出了埋在心底的爱。香玉不理会，径直进了上班的商场。虽然那时她每月只有两千元的工资，但她不愿无缘无故受人恩惠。

从此，军启动了穷追不舍模式。他常常开着国产奇瑞汽车带香玉去乌鲁木齐的各景点拍照片，边走边聊，彼此之间有了更深入的了解。在乌鲁木齐文化中心，站在由大剧院、音乐厅、图书馆、博物馆、规划馆、美术馆六个单体建筑和观景花蕊塔组成的一朵雪莲花前，香玉发出了啧啧的赞叹。她从没有见过盛开的雪莲，而眼前这朵巨型雪莲花在落日的余晖中披上了一层薄金碎银，无论从哪个角度取景都美不胜收。香玉边拍片边慨叹："我何时能在高大上的首府城市拥有自己的小窝啊？"军那双眼睛放出真诚热切的光芒："和我在一起吧，我有能力给你一个家。"香玉被他的气势所感染，突然产生了一种特别的能量，觉得跟着他，未来必会鲜花怒放，霞光万丈。

夏色渐敛，秋韵升腾。郁郁葱葱中增添了火红和金黄。军在乌鲁木齐生活了十五年，比香玉更熟悉这座城。利用假期，他带香玉去天山大峡谷、水磨沟风景区、植物园、红山公园等地。这一次，香玉接受了他买的新手机，一路上拍个不停，粉扑扑的脸上洋溢着幸福的笑，对军流露出了一种可以托付终身的依赖。

秀美的湖光水色、壮丽的雪山险峰、叠翠的辽阔草原、苍莽的原始森林、幽怨的谷底溪流……香玉被天山大峡谷的大美所惊艳。她的家乡多是山地丘陵,如此伟岸雄浑的景致从未见过。掬一把泉,饮千年水,一处处青山秀水闯入了香玉的镜头。

一机在手,就相当于拥有了一座装在口袋里的微型照相馆,随时随地想拍就拍,好生惬意啊！香玉让军看她手机里留存下来的美好瞬间,他对眼前这个独特的女子生出了无限爱怜。只要站在商场的柜台前,香玉中午根本没有吃饭的空闲,胃疼的老毛病频繁发作。一次,香玉弯腰给顾客取化妆品时突然胃疼难忍,豆大的汗珠落下,数九寒天,虚脱出一身冷汗。下班恰迎风雪天,当晚高烧39度。军丢下生意照顾了她三天,而她刚退烧就硬撑着上班了。香玉不想损失原本微薄的工资,那可是她的活命钱。军为此心疼得不得了。

军鼓励香玉辞职单干,等挣点钱买个高档照相机再配点装备,圆她一个摄影家的梦想。香玉本不是优柔寡断的女子,想好的事立说立办。她在军所在的天意达商场租了间小店验光配眼镜,而军,就在斜对面修手机卖手机。彼此一抬眼,目光交汇处尽显岁月静好。

那一年,香玉二十八岁。

满目晴柔,撷芳拾翠,初秋的水磨沟公园掩映在丛林中。箭亭前的人工湖中,摇曳的草色漾出了一道道深深浅浅的绿。仿古水车在水流的冲击下不疾不缓地旋转,时光的河流里涌动着爱的甘甜。他们还牵手参观了植物园的繁花盛景,暗自芬芳的园林深处,安宁寂静处是你侬我侬的情话。站在初秋的油画里拍片,总能拍出大片的虚幻感。

以蓝天为画布,以阳光为妙笔,天空正描绘着一幅幅与众不同的秋之况味。南山草场披上了金灿的黄,红山夕照披上了燃烧的红……认真走过城市的每一条街道，每一处场馆，每一景近在眼前的山水，这对恋人越发爱上了这座大气厚重的城。

二十九岁，香玉不要彩礼，不要三金，和军十指相扣，一路奔到当地民政局领了结婚证。

两人贷了点款，在美居苑买了一处八十平方米的楼房，小巧而温馨的家响起了锅碗瓢盆协奏曲。

坐在属于自己的书桌前，香玉把美好的瞬间做成美篇，再配之一串串文字。一草一木，一花一叶，一山一水，像一场场影片从眼前闪过，往事在记忆中一寸寸鲜活。她本是一个寻常女子，却因拥有善于发现美的眼睛，而活出了优雅的文化气息。军很支持妻的爱好。比起外面吃喝玩乐的热闹人，他更喜欢静若秋水的妻。在开拓事业方面，香玉也发扬了她精益专注的优点。无论严寒酷暑，她马不停蹄外拓业务，在真诚勤勉的努力下，她的眼镜店争取到了两家驾校的鼎力支持。

远在家乡的父母亲来看女儿女婿了。军和香玉陪着两位老人穿行在乌鲁木齐的大街小巷，大气壮观的五层立交桥高低错落，一条条宽阔的道路纵横交错，一座座楼宇拔地而起，一个个老旧小区旧貌换新颜，一处处绿地成为靓丽风景……他们还去游玩了极具民族风情的新疆国际大巴扎。市场上干果、服饰、精油、手工艺品等琳琅满目，手抓肉、大盘鸡、烤全羊等特色美食香飘十里，欢快酣畅的民族歌舞点燃了游客的激情，人们情不自禁地融入这欢乐的海洋载歌载舞。两位从黄土高原来的老人被女儿所在的城市迷得眼花缭乱。做梦也不曾想到，家中最不被重视的小女儿，居然有大出息了。

之后，香玉在老家的几位姐妹也追随她的步伐来乌鲁木齐打工。她们有干餐饮的，有卖服装的，有送外卖的，有干家政的，有当裁缝的。这个城市有了乡音，也有了越来越多的亲人，香玉的小窝成了家乡人的聚会点。每逢节日，她举杯邀明月的同时，也邀来众姐妹欢聚一堂。

城市如同一片森林，各种鸟儿从四面八方飞来筑巢。在城市的边缘，香玉和所有打工妹一样奋力振翅。在钢筋水泥的丛林里，她们没有名车华服，没有高朋满座，有的就是坚如苇草的生命力和吃苦耐劳的精神。成年人的生活，十有九难。她们常在大小西门选淘物美价廉的衣裳和皮包，然后打扮成都市丽人穿梭在办公楼或格子间，为活得更有尊严和体面拼尽全力。

终日奔波，是她们在这个城市生存下去的不二法门。也曾风餐露宿，也曾挥汗如雨，也曾遭人白眼，也曾带病前进，但这些女子深信，终有一天，她们会和这个城市融为一体。至于她们的下一代，则会如蒲公英一样，散落在这座城市的未来。而那不能预料的未来辽阔地铺展着，内里藏着说不清的喜悦和希冀。

记忆的枝头，慢慢酿造出它甜美的果实。数十年的共同打拼，香玉和军在寒冷与干燥中，把自己培育成一丛盛大的植物，用非凡的耐受力在城市里茁壮成长。如今，他们的女儿已经三岁了，这个胖嘟嘟的小可爱是他们所有的爱和暖。香玉的手机相册里，不断闪现出女儿带来的种种惊喜。

夏日，他们一家三口再度游天池。丛丛簇簇的繁花开在河谷、开在溪边、开在湖畔。那一湖碧水高悬半山，宛如一只玉盏被山峰的巨手高高擎起。浮屠塔铜铃随风撞击，发出阵阵悦耳的清响。关于西王母和周穆王的爱情传奇他们第一次从导游口中得知。原来，这里就是个天然盛产爱情的人间仙境，他们最初的遇见也是天意使然啊！

好动的女儿一会儿追蝴蝶一会儿追飞鸟,夫妻俩生怕孩子跌倒,气喘吁吁地紧紧相随。女儿追到花丛里停了下来,奶声奶气地说,这三朵花是爸爸妈妈和她。只见三朵小黄花热烈依偎在阳光下,像三张仰面的笑靥。香玉顿时生出了莫名的感动,一手抱着女儿,一手搂住丈夫,在三朵灿烂小花前自拍了全家福。她把照片发给我,并留下一行文字:“姐,为我祝福吧!感谢这座城收留了我,并给了我一个温暖的家。”我回复了她一个深情的拥抱,且送给她发自己内心的赞美:“生命的生机和可喜,是所有努力后的不被辜负。”

原来,爱上一座城,并非缘于这座城有多少艳压群芳的美景,而是因为过往岁月中承载着满满的爱和暖。

乌鲁木齐的烟火人间

申　玲

一

最近总被一些无缘由的幸福感充盈着。

我想可能是父母家和大妹一家都在乌鲁木齐买房定居,且和我家小区住得近,能经常团聚的缘故。

五一假期,大妹一大早微信我:“姐,我约了父母,在我家附近一个早餐店,咱们一起吃早餐吧!”

我家小区门口的公交车很方便,有二十多路公交,每一辆路过的公交车都可以坐到与大妹约定的那个地方。只有四站路,父母也早早赶到了约定的站台。

早餐很丰盛,一家人一边聊着天,一边品尝可口的小吃。

母亲感叹,乌鲁木齐公交车司机的素质真高啊,她和父亲只掏出老年证根本没刷公交卡，司机就让坐车。有时候，看到我们老年人，就是不掏老年证，司机也让上车。

父亲的关注点一直在物价上。自从来到乌鲁木齐，他每天在家里做三顿饭，只关心他们小区附近市场上柴米油盐的价格。他说，没想到这里的菜很便宜呢！这是父亲和原来生活的城市物价进行对比后发出的感叹。

我感叹道，没想到有一天我们全家能在乌鲁木齐团聚吃早餐，真幸福啊！

自从我们姊妹几个上大学离开父母，团聚在一起的次数屈指可数。后来，姊妹们各自工作成家，在不同的城市生活，团聚一次更不容易。

去年，父母和大妹在乌鲁木齐买房定居，我们姐妹终于有了方便的团聚之处。小妹在成都，每年放大假休年假，一个“飞的”就可以赶到乌鲁木齐。大妹从克拉玛依市坐动车也很快能赶过来，大妹夫去年调到乌鲁木齐工作后，大妹周末常来乌鲁木齐和妹夫团聚，我们一大家子在乌鲁木齐相聚的机会多了。

吃完早饭，我们去超市采购了一些东西回到大妹家。大妹又在手机上预定了她家附近的一家火锅自助午餐。大妹的女儿马上要去国外读研，回国一次也不容易，我女儿也正忙着在家里学习考试。两个小姑娘中午吃饭的时候才见上面，一见面就亲热地手拉着手。

看着其乐融融的一家人，母亲感慨地说，现在的生活太幸福了，尤其是我们全家能团聚在乌鲁木齐，随时都可以见面。看到你们子女忙事业，儿孙积极上进，这就是我们做老人的最大心愿。

二

我家小区对面是鲤鱼山公园。这是乌鲁木齐市最大的运动公园，绿树成荫，鲜花遍地，有篮球场、羽毛球场、门球场等，以及绿树掩映下成排的各类健身设施，还有几个跳广场舞的小广场，每天在公园里健身运动的人很多。我常常幻想，有一天退休了，一定会加入跳广场舞的队伍中。尽管到现在我一次也没有去跳过。休假的时候，我经常会去鲤鱼山公园散步健身。

小区门口有两个站台，二十多路公交车经过。虽然车辆如潮水相涌，却听不到汽车鸣笛声。小区里环境异常幽静。在家里睡觉，感觉像是住在农村。每天早晨几乎都是被窗外叽叽喳喳的鸟鸣声叫醒。从来没想到在大城市里，有这么幽静的居所。每次给朋友们说，隐居也可以在大城市啊，大隐隐于市，小隐隐于野。

越来越喜欢这个小区，是因为小区周围有很多便利场所。在小区后门外，有一个自由市场，里面有卖菜的、卖鱼的、卖肉的，还有好几家早餐店，各种各样的小吃店、杂货店，一家理发店门口挂着“男士理发五元”的牌子，门口有老人、小孩，还有中年男人排队等候理发。理好的人走出来，发型看着还挺时尚。只有深入城市最深处，才能看到真正的人间烟火。

今年春天，在我家小区附近的一个小巷里，我发现了一家网套店。我把家里的被褥网套全部翻新重弹。在春天微凉的晚上，睡在松软的被窝里，闻着被子里散发着阳光般温暖的味道，幸福感油然而生。对我而言，幸福就是一家人三餐四季健康平安。

三

我拍过很多次乌鲁木齐的天空。

尤其下过雨后,乌鲁木齐空气清新,天空湛蓝,白云朵朵,街头巷尾绿树成荫鸟语花香,让人流连忘返。越来越舒适的环境让生活在这座城市的居民幸福感越来越高。

去年冬天,去小区附近热力公司交暖气费。或许是职业习惯,我询问热力公司经理暖气的热水是用什么烧的。他说,乌鲁木齐的暖气早都开始用天然气烧了,很多年都不烧煤了。在热力公司旁边高高耸立的大烟筒附近,看不到一丝黑色煤炭的影子,也再见不到二十世纪冬天出门归来一鼻孔黑灰的场景了。热力公司的院子里,竟然是一个美食区,十几家美食网红店居然开在了热力公司大院。

每当有朋友说乌鲁木齐的空气污染严重时,我都对他们说,你多久没去乌鲁木齐了? 乌鲁木齐现在的公交车很多都换成了电动车,大街小巷马路上跑的很多也是无污染的电动车,冬天的锅炉也是天然气烧的,乌鲁木齐天蓝了水清了。在乌鲁木齐生活了一段时间,发现乌鲁木齐变得越来越宜居。

四

我是一个美食爱好者。每次去外地旅游,最大的爱好就是去吃当地的美食。我认为衡量一个城市宜居与否最简单的方法就是吃住行是否方便。

我在乌鲁木齐吃过的很多美食都靠朋友们推荐。我自己也常常在手机上搜索附近的美食。

乌鲁木齐有一家在网上很出名的广式早茶店，竟然就在我家的小区里。

小区附近新开了一家成都美蛙鱼店，店老板是从成都来的，做法特别新颖。当着我们的面，在我们的饭桌上做出了一锅热气腾腾、香飘四溢的美蛙鱼，让人食欲大增。

一个朋友介绍了她家附近的一家网红椒麻鸡店，提醒我不能赶在正中午去吃，那时候人太多根本没有座位。为了品尝美味，我们专门选在下午五点，错过最忙碌的中午吃饭时间。

四菜一汤的套餐，两罐小店自制的特色酸奶，椒麻鸡秀色诱人，馄饨独家风味，汤鲜味美，椒麻鸡量大味足，价钱适中，我俩饱餐后，一大半打包回家。我想，所谓的快意人生，就是和朋友们吃着美味畅聊人生。

只有体会过幸福的滋味，才会觉得辛苦拼搏、挣钱享受是如此值得。

五

我在乌鲁木齐有很多朋友。

文友老刘个子不高，但声音洪亮，诙谐有趣，义气豪爽。

他总爱约我去爬红山。到了红山顶，博格达峰雪景映入眼帘，老刘感慨地说，他第一次登红山写了一首《多想紧紧拉着你的手》。他竟然吟诵起来。

我和老刘是通过朋友介绍认识的。后来，他成为我们全家人的朋友。有一次，他在昌吉负责一个项目，我和大妹一家开车路过，他热情邀请我们在昌吉一聚。

老刘预定了一桌湘菜，美味可口。在饭桌上，老刘幽默风趣，热情大方。

虽然他和我的妹妹、妹夫第一次见面，但却像老朋友一样相处得亲切自然。大妹对我说："姐，你这个朋友老刘太好了，豪爽大气，真值得交往。"

一位和老刘也是朋友的女同学说："老刘虽然没有魁梧的身材，但有伟岸的人格。"

与同学小姜，上高中时同住一间宿舍，一起经历高考，一起携手奋斗，她成为一所大学的教授，我成为一名记者。我们有太多共同成长的经历，见证了彼此生命中所有的悲欢离合和喜怒哀乐。

工作以后，我们在不同城市，尽管不常见面，但是每次见面，任何话题，都心有灵犀。灵魂的默契，心灵的共鸣，让人如沐春风。

在乌鲁木齐，我有很多亲人，彼此守望相助；也有很多朋友，相交若饮醇醪，不觉自醉。我熟悉这座城市的风土人情，习惯了这里的饮食起居。在这座城市生活，我们感觉温暖而踏实。

大巴扎脚臂画家玛达娜

景忠霞

她只简单地讲了一句话:“因为我相信我可以做成!”“相信”这两个字是如此有力量。

——题记

街上的融雪湿漉漉的,在薄雾般朦胧的黑暗中闪亮,它让故人期待一杯浓浓的奶茶和一炉旺火。因此,融雪与奶茶旺火形成了对照,构成了一种和谐。不知怎么的,这种和谐似心领神会。远方飞鸽的哨子发出清亮的声音,一会儿回响在大巴扎的上空,一会儿又此起彼伏回荡在远方。哨声以一种奇特的、非常熟悉的方式与小贩的高调叫卖声混合在一起。

走进大巴扎神秘活泼的街铺,看见身着华丽服饰的“古丽”们在雾中欢笑,看见走在前面的搬运工的小花帽亮片晃动，闻到了大枣、杏干、桃干和新熟出的牛羊皮草发出的有益健康的气味儿，听到了脚踏石板时响起的古老浑厚的声音，抬头看见了彩色墙壁的风情，我们感受到了一切的满足。

听说玛达娜创作了许多绘画作品，在大巴扎“红”了，还被争相报道了。元旦第二天，我迫不及待约着跟玛达娜见面，去看她画画、看她一天的生活。

毫无意外，从小就用脚用口用胳膊代替手做事的玛达娜不但答应得爽快，而且真诚热情。

“请坐!”玛达娜一边说，一边客气地招招臂膊，示意我坐到她一旁。一身净洁素雅的衣裙，绝对带有一种城市人的情趣。面对陌生朋友也比我们这些故作自在的人还自在。或许是看出我们的不自在吧，玛达娜反而先告诉我们说:“没关系啦，可能塔城太冷了吧，我现在已经冻不上手啦!”我们反而被玛达娜逗笑了。“从小我就被看习惯了，别说你们觉得奇怪，我第一次发现自己跟别人不一样的时候，自己也觉得很奇怪……”玛达娜说完继续她的工作，工作时似乎真的忘了我们的存在。

玛达娜妈妈在我们拍摄的时候坚持不肯上镜头，说拍玛达娜就好了，说玛达娜今天能这么独立，都是靠玛达娜自己的努力。玛达纳说，妈妈不要客气了，然后一直感谢妈妈对她的贴心，把家里日用品摆得比较低，好方便她使用。不过玛达娜也开妈妈的玩笑，说微波炉的按钮明明坏了，也不拿去修理，却放了一把“梅花”起子当替代用品，好像故意让玛达娜在镜头前表演特技……风趣幽默哈萨克民族的优秀性格特征。

玛达娜出生于新疆塔城地区托里县一户普通农牧民家庭，三岁的时候，一次意外冻伤让她失去了双手。玛达娜说，上学时她最害怕的就是写字，因为拿笔对她来说是件十分困难的事。所以,从玛达娜懂事以来就自然而然地用脚用胳膊做事。玛达娜十岁才上小学,之前一直待在家里。自幼喜欢画画,两臂需要同时发力调整笔,肌肉就会酸痛,那时候只能咬咬牙坚持……“画画让我快乐,让我忘记烦恼,我就相信一定可以做到。”经过长时间练习,她提笔写字已经得心应手,就连做饭、化妆、洗衣也不在话下。

2015年,玛达娜初中毕业后,独自来到新疆残疾人职业中专学校,找到了现在的班主任李黎老师。“玛达娜背着一个双肩包来学校找到了我,说想学画画,想当我的学生。”玛达娜的班主任李黎老师说,当时她还有些犹豫,一是因为玛达娜的绘画基础薄弱,二是担心肢体残疾会让玛达娜学习起来更加吃力。但玛达娜的坚持让李黎动了心。

玛达娜的绘画多次获奖。她还专门去河北学习了木绘技艺,并顺利考取了木绘艺术职业能力资格证书,“这离我的梦想又进了一步。”玛达娜说。

“我带你去看看鸽子吧,我正在创作《鸽子》。”玛达娜说。我们走到商铺边缘。

一辆大卡车在避让一辆送餐的小货车时,发出低沉的长音。吓得鸽子飞了起来,在空中打转。它们落在大巴扎彩虹门的珍珠灰色和黑色的雕带上,像王一样。当一些鸽子扑打着翅膀再飞起来的时候,带浮雕的柱顶部有些地方似乎变活了,像雪片纷飞,那石头化成了翅膀……

人们喜欢玛达娜,因为她文静漂亮,胳膊虽然残疾但有魅力。声音柔和略带沙哑,不知怎的让人忘不掉,好像上苍用微妙的方式赋予了玛达娜一种天赋,可以让人记住她。

玛达娜最优秀之处在于,不把日常事物仅仅看作反应自己特性的镜子。

玛达娜具有想象力,灵魂具有影响力,而且玛达娜的想象力特别强。玛达娜还有真正的美感,这种美感与艺术没有多大关系,而是与玛达娜乐于观察的习惯有关。玛达娜乐于观察,发现煎锅周围有神奇的光环、垂柳和拖枪挂印的猫咪之间有相似之处,并有上苍赋予的幽默感。难怪玛达娜如此快活地生活着。

“因为从小跟家人在一起,他们也都很习惯我用脚来做事,也不会觉得奇怪。小时候我还没去外面跟邻居相处,还不曾接触过那些异样眼光的时候,我一直觉得我很正常啊!后来长大了,才感觉到别人那些异样的眼光。”

“我记得有一次,我在一面很大的镜子前面看自己。才知道,其实自己看起来真的是蛮奇怪的。”玛达娜平静地说着这一路走来的过程,但我们知道,那绝对不像玛达娜的语气这样轻松。

玛达娜的自然与豁达也表现在玛达娜的某些坚持上。像她化妆擦口红的时候就不让我们拍,说:“动作不好看,你们拍我好看的样子嘛……”完全是一派女孩子的娇羞。请想象一下,涂乳液、涂口红这样精巧的动作,玛达娜全部用脚协助大臂完成。

去之前,我与同伴说好,我们只做简单的旁观记录。可是,每当看见玛达娜遇到一些小困难时,同伴总本能地冲上去帮忙,忘了之前的约定,也顾不得镜头穿帮。玛达娜笑着说:“你看嘛,这个社会其实还蛮有爱心的啊!”玛达娜说,虽然身边永远少不了异样的眼光,但是也少不了许多贴心而且热情的帮助。

玛达娜会骑车。这是当初最让我感到不可思议的地方。玛达娜自己倒觉得没什么,玛达娜说当初自己也觉得这是一件不可能的任务。以前上学的时候,家人一定要跟着玛达娜,不然就是妈妈骑脚踏车载她去。那时候玛达娜就想,要是自己能骑车就好了。“你看我现在不就学会了吗。”

也许脚、口、胳膊……对玛达娜来说本身都是手,也是玛达娜自由行动和谋生的工具。所以,对脚她完全是以手相待,每天忙完家事或者工作后,一定将它洗得干干净净,而且替它抹上护“手”霜。

不过玛达娜也有隐忧,脚虽然可以取代手,但是上天对脊椎可不是这样设计的。玛达娜身体看起来柔软,可以媲美体操选手,但长期过度弯曲,脊椎有点变形了。“可是没有办法,谁叫我的手都长到脚上去了呢!”是的,玛达娜的手长在脚上,所以用脚养活自己。

瞧着这个小小的并不起眼的店铺,不禁泪水湿了双眼。这里不仅是玛达娜的小天地,同时也是许多残障朋友期待自由行动的梦想得以实现的无边天地……

邂　逅

毕化文

邂逅达坂城

乌鲁木齐的春天虽然姗姗来迟，但在一阵阵熏风吹拂下，天变暖了，花开放了。在这样惬意的日子，我和一些作家老师乘一辆中巴车前往达坂城区采风。

达坂城这个名字，我当兵来到南疆的某个军营时就知道了，而且就是从《达坂城的姑娘》这首歌里知道的。当我唱着“你要是嫁人不要嫁给别人，一定要嫁给我，带着你的妹妹，带着你的嫁妆，赶着那马车来”时，我这个来自河南农村的士兵，感受到了一种不一样的东西，在内心深处怦然跃动。

那时候，我在遥远的梨城，内心已牢牢记住了达坂城这个名字。

达坂城啊达坂城,你到底是个什么样的去处呢?

尽管歌词里也说了,“达坂城的石路硬又平啊,西瓜大又甜”,但我穷尽自己的想象,还是想不出个所以然来。

后来,我无论是坐火车到乌鲁木齐,还是乘汽车路过,都曾和达坂城不期而遇,甚至有一次还从车上下来,在路边的店里买了一大包油炸蚕豆和豌豆,但要说到对达坂城的印象,依然是浑浑然,无从说起。

车快速前进着,路边的美景像幻灯片似的变换着,倏忽一下,是玫红色的榆叶梅;倏忽一下,是紫红色的海棠花;倏忽一下,是一团团的白里带粉的梨花儿……

在诗情画意的时节采风,活动组织者真是选对了时候啊!

觅踪王洛宾

当人们吟唱着《达坂城的姑娘》时,歌声中的欢快与诙谐,带给人们别样的享受,深得喜爱。

据说,《达坂城的姑娘》原先仅是一首普通的新疆民歌。抗战时期,一支来自新疆的运送抗战物资的车队经过兰州。西北抗战剧团为司机们组织联谊会,正好王洛宾也在剧团里。当他听到一位维吾尔族司机演唱的一首名叫《达坂城》的新疆民歌后,被歌的旋律打动了。于是,他就去找维吾尔族的朋友卡德尔给他翻译那些歌词。之后,王洛宾依据自己的理解,经过反复推敲修改,终于,一首新歌诞生了。

在那个战火纷飞的年代,这首歌跟着王洛宾从兰州来到重庆,随后又有人把它传到了昆明，传到了缅甸、马来西亚及世界各地，兜兜转转之后，才又回到达坂城。

后来，王洛宾随解放军进军新疆。第一次到乌鲁木齐后，才从别人那儿知道，自己歌曲中的达坂城，只是一个住户不过二十几家、人口不到一百的小镇而已。

走在店铺林立的小镇上，各种特色小吃的招牌不屈不挠地挺立在那儿。一同采风的一位老师说：就是到了今天，达坂城的小吃，依然只归达坂城所有，别的地方没有。远在八十公里外的乌鲁木齐市民，为了满足味蕾的记忆，也只好在节假日里驾驶着车，呼朋唤友齐聚达坂城，一饱口福——这几乎成了一种特有的社会现象。

随着丝绸之路的兴起，达坂城以其优越的地理位置受人关注。2002年4月18日，达坂城正式成为乌鲁木齐市达坂城城区。历史上的达坂城，主要是指白水镇古城。以白水涧为界，两边各有一座城，东北面是古城，就是原来的达坂城古镇；西南面是新建的白水镇古城。人们风趣地说：达坂城古镇负责记录历史，而白水涧古镇负责重现历史。中间相连的，则是仿唐时的一座铁索桥。

达坂城是一座受到新疆格外保护的地方。尤其是随着国家对文化遗址的开发利用步伐加快，达坂城的原貌逐步得到恢复，很多仿古的二层小楼客栈、酒坊、店铺，以及民间手艺的根雕、泥塑、地方特色食品、手工地毯、艾德莱斯绸、鲜榨葡萄汁等，得以开发。走在“硬又平”的达坂城街道上，那空中飘散着的和着孜然味的肉香、面香，让你垂涎欲滴。

在我看来，王洛宾与达坂城，绝不仅仅是一种机缘巧合，其中就没有历史的定数吗？而王洛宾的成就，也与王洛宾和卓玛、黄静（黄玉兰），包括在离开王洛宾一年后自尽的三毛，没有一点因果？

一个没有王洛宾生活过的古镇里——虽然古镇中修建了一座"王洛宾纪念馆"，还建有一个王洛宾头戴宽檐帽、手执吉他的雕像，那只不过是他身后人们强加于他的——却处处传达着王洛宾的气息。这是何等的缘分呐！在我看来，一个在生活上与古镇达坂城毫无关联的王洛宾不在了，而在精神上与古镇达坂城共生共存的王洛宾，如早晨的旭日升腾起来！

湿地听鸟

无边的苇丛，仿佛还没有从冬眠中醒来。它们簇拥在一起，贪恋这长睡的美好。又好像攀肩护佑着水面即将出水的新芽，要在接下来的生长季制又造出一个成长的奇迹。

木制的栈道旁，榆树吐露榆钱，垂柳散发嫩绿，岸上的风景树，或繁花似锦，或春意盎然。

老师们三五成群，沿着码头朝着闪烁着银灰色的雪峰方向进发。

这水里应该有鱼吧？不知是谁，看着两边汩汩流动的溪水问道。

应该有的。一个声音回答说，这些都是地下泉水。

一个地方，一座城市，如果有了湿地，就像人有了一个有活力的肺，也一定会活得精彩，过得滋润。

柴窝堡湖国家湿地公园，在乌鲁木齐市的东南方向，距离乌鲁木齐市四十五公里，位于著名的天山博格达峰下。远处，蓝天之下的天山山脉像一条有力的臂膀,将柴窝堡湖和湿地紧紧地环抱滋养着。

栈道渐渐伸入湿地深处。灰蓝色的空旷的湖面上,微波荡漾,鹭鸟时而在水面浮游,时而飞离水面,雌雄追戏。几朵白云在空中飘动,给湖面留下斑驳的倒影。

我看到了迅疾游向苇丛深处的野鸭子。它们就是工作人员介绍的绿头鸭吧?个头要比别处的水鸭大了不少。是不是雄雌“从一而终”我不得而知,但我眼前的两只绿头鸭那相依相伴、情投意合、如影随形的做派,绝对不是作秀,表演给人们看的。这种人类才有的虚假,估计绿头鸭还没有学会。难怪双双殉情之后,梁山伯与祝英台化作飞蝶,远离了人间呢!

野苇永远是湿地的绝对“住户”,同时也是动物们的天然保护神。很多羞怯而胆小的“居民”在野苇的掩护下,在苇丛深处安居。它们筑巢、相依相偎,出双入对,孵蛋育子,尽情歌唱。

站在苇丛深处的栈道上,听那远一声、近一声、前一声、后一声、左一声、右一声的呢喃……诸般声音汇集成一首协奏曲。如果要取个名字,只有“天籁”最合适。

南山腹地的明珠

袁　莹

在雄亘三百万年的天山山脉中段北麓，有一片自古以来被称作耕凿弦诵之乡、歌舞游冶之地的神秘沃土。这里夏天群峰叠翠，飞瀑溅玉，是休闲避暑的圣地。冬季玉树琼枝，雪域茫茫，是开展冰雪运动的乐园。

这就是乌鲁木齐县水西沟镇的平西梁村，似镶嵌在南山怀抱里的一颗明珠。

我们来到的时候正是早晨。远山的积雪和裸露的山脊清晰可见，形成一幅自然的水墨画，村中榆树刚刚冒芽，榆钱密密匝匝挤在枝条上。村委会在村中偏西的位置。车进村庄时，我特地留意村容村貌，横平竖直的街道整洁干净，行人很少，估计村民都去田间地头劳作了。

村庄安静地卧在一片静谧中。比起市区的温

度，这个远离闹市四十公里、处于南山脚下的村庄温度低了很多。下车，风很大，略凉。村委院落很开阔，当中一个旗杆耸立着，给我们介绍的是一位小姑娘。宣传片《与智慧同行》的画面开始于雪山远景，从空中俯瞰，逐渐拉回到村庄整个面貌。

画面中，多年前的平西梁村，孤独落寞地沉睡在南山西边一片平整的山梁子上，故而得名平西梁村。

同所有贫瘠的西北乡村一样，该村地处山坡丘陵地带，地势较高，大部分耕地没有灌溉条件，村民一年四季靠天吃饭，半年种地半年闲，收入极其微薄。穷不恋家，富不远游。村干部看着赚不到钱、冬天围着火炉打扑克的村民，下定决心要从根本上改变一穷二白的面貌，促进村民增产增收。他们决定"腾笼换鸟"，利用居住地紧靠天山北麓的得天独厚的自然资源，将村民整体搬迁至山下，腾出山地招商引资。

搬迁后的村民盖房采取新农村建设资金补助一部分、村民自筹一部分的办法，统一规划、统一建设，建新居一百九十八套。

那些红顶白墙的房屋出现在人们视野的时候，给这个荒漠的山林涂上了喜庆的颜色。人们似乎看到了红红火火的日子在不远处招手。比起以往的居住条件，简直是太好了。

村民的整体搬迁和住房的统一建设，只是平西梁村发展的第一步。为拓宽村民增收渠道，村委会又开始了"筑巢引凤"，增强乡村旅游发展吸引力。运用丝绸之路国际度假区不断发展壮大的影响力和周边丰富的旅游资源，着力把旅游业作为全村发展的龙头产业。乡村的净化、绿化、美化、亮化工程提上了日程。旅游环境好了，硬件设施跟上了，引进工作也就顺利很多。在硬件投入上，建设团结巷、孝悌巷、孔子广场、陶艺馆、茶艺馆、围棋基地等，并将“昆仑之约”大型实景演绎中心落户村域，每场可容纳三千五百人观看演出。

平西梁村逐渐富裕起来，是旅游带来的红利。

村民闲置房屋很多，村委会便找懂民宿的专家论证，决定建设民宿村。经过五次村民大会、十五次村民代表会议，全村上下达成共识。通过“企业+支部+农户”引入深圳界汐旅游投资有限公司，将村里闲置下来的农宅整合后对外出租。整体打造规模化、多元化乡村旅游民宿集群，并借鉴星级酒店的管理方式，对民宿进行标准化管理、运营。

“民宿第一村”的定位有了，下一步要让民宿村热闹起来，客人多起来。平西梁村通过招商引资，计划打造一项包含游客接待、酒窖、酒吧、咖啡厅、娱乐设施等一体的民宿游客配套项目，更好地满足游客消费需求。依托民宿产业发展壮大，同时积极盘活山、水、田、园、林等各种资源，引进新型采摘园、大田景观、采摘基地等，初步形成生产聚集优势，让游客融入乡村，体验集休闲娱乐于一体的多元化旅游服务。

以前靠天吃饭的平西梁村，如今主导产业以农业、畜牧业、商业、服务业为主，其中通过招商引资引进新疆坤鑫泰农业发展有限公司，打造有机蔬菜采摘基地，在解决村民就业问题的同时，进一步升级优化平西梁村以采摘、餐饮、住宿、娱乐等于一体的旅游产业，让游客来了不想走、走了还想来，持续增加全村旅游经济收入。

生命真正的价值在于对精神世界的探索与实践，而拥有物质财富只是其中的一部分。

平西梁村再也不是过去以吃饱肚子为目标的状态了。物质跟上去了，回归精神上的追求，才是真正能够给人们带来内心满足感和长期幸福感的途径。怎样提高村民的文化修养、怎样让村民闲暇之余得到精神上的满足、怎样更加有序地服务村民？村干部开始动了脑筋。

扩建村级组织活动场所，打造群众活动中心、文体娱乐室、标准化篮球场，设立一站式服务大厅。新建成的昆仑书屋拥有万册图书和电子书，成了孩子们暑假的乐园。

我们共同憧憬着平西梁村的美好明天。

乌鲁木齐，一座我深爱的城市

韩栓柱

一个人如果喜欢上了一座城市，那么从此开始就有扯不断的缘，说不清的爱，道不完的故事，乃至一生都无法割舍的因果情怀……

我是十八岁的年纪带着自己的青春和热血、怀揣自己的理想与憧憬从晋南大地吕梁山下的一个小山村，坐了七天七夜的闷罐火车、三天的长途汽车走进新疆、走进军营的。眼睛一闭一睁，二十一世纪之初在塔城、阿勒泰地区边防生活战斗了二十九个春秋之后，幸运地调到新疆军区政治部创作室，来到了这座有温度的首府城市。

开始，由于军人的职业所限，除了要呼吸这座城市里的空气、欣赏这座城市的风景、衣食住行融入其怀抱之外，其余就像一个陌生孩子刚走进一个新家庭的感觉，说不上多热爱，也说不上多逆反。

真正打心底里喜欢并爱上这座城市,是从军人岗位上退休且因喜欢摄影而完全被这座城市接纳,敞开心扉的那一刻续写情缘的。掐指算来,到今天正好十二属相一个轮回。细细品味,前后贯穿三部恋曲。

《魅力乌鲁木齐》红娘牵线

2010年初春的一天,一个陌生的电话惊到了我:“喂,您是韩栓柱老师吗?”

“是,我是。”

“我是乌鲁木齐市摄影家协会刘元,今年我们协会要搞首届《魅力乌鲁木齐》摄影展并出画册,听陈辉老师说您有一组冰花作品不错,欢迎赐稿!”

因为对刘元不熟,开始还犹豫了一下,但又是陈辉老师介绍,便愉快地答应了。

说起这组冰花作品,我在乌鲁木齐连续拍了六个冬季。那时住在新疆军区大院里,老房子有装着单面玻璃的阳台。寒冬,气温降到零下20摄氏度左右,玻璃上结满了冰花。于是,我开始用负片、反转片精心创作,组照《玻璃上的风景》首次参加全国反转片十杰摄影大赛,就意外获得了《中国摄影》2006年度反转片摄影十杰第八名,还获得《人民摄影报》2006年“捷宝”国际风光摄影大赛三等奖。我的冰花作品当年被编入《魅力乌鲁木齐》后,便与乌鲁木齐市摄影家协会结下了不解之缘。

《魅力乌鲁木齐》是市摄影家协会的一张耀眼名片。除了每年征稿、展览、出画册之外,还要到关系比较好的兄弟省市巡回展,以此作为宣传大美新疆的平台和窗口。有了“红娘”的牵线，加之随后在乌鲁木齐职工摄影家协会换届中当选为主席、市摄影家协会换届中当选为副主席，我就名副其实地成为乌鲁木齐市文联下属专业协会的一员。

从“旁观者”到“家里人”，从参与者到组织者乃至《魅力新疆》的责任编辑，我对这座城市给予了更多关注的目光。哪里有变化？哪里变美了、长高了？我不仅用镜头开始记录，也用心去定格每一个瞬间，创作出能让大家记得住的乌鲁木齐美景。

2011年9月初，首届新疆亚欧博览会在乌鲁木齐会展中心举办。农历八月十五当天，我和几个影友背着几十公斤重的摄影器材和三脚架，好说歹说经过看护建筑工地管理人员的同意，气喘吁吁地爬上会展中心斜对面一栋十九层高住宅小区的楼顶，用宾得645相机在不同时间段拍摄了博格达峰“明月出天山”和夜幕降临华灯初上时的会展中心的场景。乌鲁木齐会展中心的建筑理念灵感就来自著名唐代诗人李白“明月出天山”的诗句，我把两张照片叠加合二为一浑然天成，作品《明月出天山》就这样创作成功了。其中加入我对这座城市的热恋和解读，是我个人思想和感情的真挚融入。

随后不久，这幅作品便成了代表乌鲁木齐城市的名片，在全国首届丝绸之路摄影大展中广受青睐。一位影友在影评中说：“韩栓柱老师借月咏怀，感人至深，借李白诗意境而用之，可谓化古之诗为今之影。《明月出天山》这幅作品元素较多，明月、天山、雾岚、城市、街景等，由上而下，依次排列，纷然有序，尤其是中间蓝调的雾岚既是分割又是连接，简约而凝重，增强了美感。整幅作品构图完美，色彩华丽、意蕴深刻，华灯与明月争辉，古典与现代相映。”2015年，新疆维吾尔自治区成立六十周年，此幅作品当之无愧再次被作为乌鲁木齐城市名片入选。

身心融入《我身边的变化》

2012年，对乌鲁木齐人来说是极不平凡的一年。自从年初市人民政府作出继续加大民生建设力度的决定和各项新的建设项目启动以来，变化中的城市新貌就决定了这一年的不平凡。

为了用手中的相机去记录这座城市的变化，我起早贪黑游走在每个街巷，从“田字”路建设到BRT公共交通专线；从城市园林建设到全面推进燃煤锅炉天然气供热改造工程；从社区单位化管理到首府整座城市亮化……大概七八个月时间，拍摄了近万张城市变化的影像资料，为乌鲁木齐市文联在9月举办的“2012我们身边的变化——乌鲁木齐民生及环境建设专题摄影展”和《作品集》提供了大量的活生生、有温度的照片。

那一年首府的变化，在我们每个人身边发生着，好像是悄然进行着，又好像是瞬间的巨变。这些美好的变化，既写在了天空和大地上，也写在了各族百姓的笑容里。很多城市居民看了展览，充分感受到我们身边的进步和发展，领悟到市委、市人民政府在关注民生方面所做出的努力和投入，认识到“只有努力才能改变，只要努力就能改变”的深刻内涵，从而激发出热爱伟大祖国、建设美好家园的信心和动力。

从那以后，关注城市发展、关心身边变化、记录城市变迁、留下珍贵史料成了我义不容辞的责任。尤其是“树上山、水进城、煤改气、天变蓝、地变绿、城变美”及每年抓好民生“十件实事”实施以来，只要是乌鲁木齐市文联组织的活动,我都积极参加,只要是乌鲁木齐市摄影家协会召集的采风创作活动,我一次不落:为基层百姓拍摄“全家福”有我的身影,到每个地方采风创作有我的足迹,每年文联和摄影家协会搞摄影展览有我的付出……我把整个身心融入记录这座城市的变化中。天蓝地绿了我高兴,城市长高了我激动,首府越来越宜居和美丽我为之喝彩。

这就是我们休戚与共、朝夕相处的城市。它繁荣和稳定了,我们共欢共荣!

这就是我们情感依恋、精神寄托的家园。它壮丽和秀美了,我们求之不得!

红山远眺楼遐思

闲暇之余总爱登红山,上远眺楼,把自己的目光瞬间切换成360度的旋转镜头,认真地端详这座城市的变化,仔细观察每一处的消失与崛起,切实体验乌鲁木齐的繁荣与发展……

城市一天天长高变美,美得有时候恍若天堂。尤其是一场秋雨降临,酷暑消去,一朵朵白云把天空擦抹得湛蓝如洗。眼界远了,远得可以看见博格达峰的白色胡须;心情爽了,爽得你想高声吟诵一首抒情诗文来一吐放肆的内心。

矗立在红山顶上的宝塔有二百多岁了。这座建成于清乾隆五十三年的“镇龙宝塔”,是见证乌鲁木齐长大的为数不多的“老人”之一。我多次想静下来和它聊聊,聊聊它的历史,聊聊它的那些传说,甚至还有它的私密和爱情故事……它以老自居，丝毫不肯吐露半分。

华凌商贸群倒像个快言快语的青春小伙子，不用你开口，它早就把所有的才华和财富亮在你的眼前，让你的听觉始终不肯逃离它的故事，并且不住地问：还想听吗？一千零一夜都说不完。

我原以为远眺楼年龄很大，查了好半天都没找到它确切的出生年月。这“老人”城府很深，很有文化范儿，在一座现代化的城市里它的装扮无疑是最有学问的。别看它整日寡言少语，可心里清楚着呢，甚至清楚得能放映一部电影。

雅玛里克山大片的别墅诉说着这座城市快速的发展。一群白鸽像瞬间的过客穿越时空，虽没有思维，却为自由而歌。或许，它们也明白活在这个世界上，金钱和财富都是身外之物，生不带来，死不带去，唯有和平和欢乐才是一生所求。

飞翔吧，鸽群。这座城市就是你们的家园！我们生活在这片热土上，会用一生的奋斗来为之歌唱。

“春雨有心锁绿草，朝阳经此到红山。”看到红山公园天天人流如织，由衷地祝福世世代代生活在这里的父老乡亲幸福安康，天长地久！

我看到跳广场舞的老大妈夕阳的岁月、不老的青春。在这些老人身上，我读懂了她们一生的故事：事业、奋斗、追求、传说……人人藏着一段历史，个个书写一块丰碑！

我看到两个孩童享受着快乐的童年，池水潺潺辉映着稚嫩的笑脸。未来是他们的，远眺楼会见证他们不一样的年华。

我看到了三个维吾尔族老人，他们曾是这座城市的玩伴，一起童年，一起寒窗，一起岁月相牵，一起走过曲折，走过辉煌，走过人生漫漫。而现在他们老了，可城市越来越年轻，后代们生活越来越幸福。老人们知足了，满意了，相聚叙情深……

站在远眺楼上俯瞰，宛若仙境的鲜花翠绿丛中，几个青年人用手中最现代化的通信工具记录生活的幸福和甜蜜。此时此刻，我仿佛也回到了青年。

一年四季，春夏秋冬，远眺楼成了我了解乌鲁木齐的一个窗口，一个平台。任斗转星移，岁月荏苒，一颗深爱乌鲁木齐这座城市的心不会变老。

每天，太阳都会从东方升起。我和远眺楼一样看到了第二故乡螺旋式上升的变化，看到了城市家园渐进性的崛起，看到了乌鲁木齐人安宁平静的生活，看到了充满活力的边城。

让我们一起仰望天山吧！不久的将来，每个角落都会溢满中国梦的甜蜜……

从建设巷到人民公园

蔡　淼

说实话，我以前从没有想过会留在乌鲁木齐生活。丈母娘家在兵团，我们每次去看她都要经过乌鲁木齐，在车旅中欣赏着这座城市的变化。

四月的一天，我接到新疆作家协会的通知参加一个活动。单位与新疆作协隔的也不算远，之前不熟悉路况要走半个小时。自从送了几回文件之后，路途便都熟悉起来了，连地下通道里的广告牌在哪个位置都记得清清楚楚。从单位下楼，绕到一家24小时饭馆，点了两个地皮菜包子，吃饱了才往友好南路走。不想脚步却快了，到了新疆文联大楼对面才发现还有大把时间。于是，一头钻进旁边的人民公园。虽然已经是四月下旬，但乌鲁木齐一派初春景象。新鲜的柳条刚从枝丫里冒出来垂进湖水中，让人不自觉地想起“万条垂下绿丝绦”的诗句来。古人确实厉害，凝练的七个字就把这一景色概括了。景色是年年有所不同、年年有所新意，但诗句有这一句就已经足够了，今人无论如何附庸风雅都显得累赘。

顺着公园北门的右侧往前走去，亭台楼阁间的郁金香也亮出了金黄和粉红的花朵。只是这成行排列的郁金香或许符合现代美学特征，却少了柳条的灵动与洒脱。它们更像是飒爽的巾帼英雄在列队操练。

往前百余步，见一长亭，长亭与回廊相连。远远看去有绿色的"岚园"二字刻在方形的石头上，心下想莫非和纪晓岚有所关联。

我一边在思绪中回忆着有关纪晓岚的一切，一边看着岚园内的建筑：碑林、石塔、雕像、回廊、水榭、曲桥、凉亭。据说，岚园是在"阅微草堂"基础上修建的"纪晓岚新疆纪念园——岚园"。"岚园"占地四千平方米，整体建筑风格仿造北京纪晓岚故居修建。回廊中有不同风格的书法家题写的纪晓岚的《乌鲁木齐杂诗》。清代著名学者纪晓岚于1768年被谪戍新疆，在此地生活了两年多时间，后著有《乌鲁木齐杂诗》一百六十首，记述了辽阔壮丽的边疆自然风光及当地的社会风情。

看着时间差不多了，我赶紧往公园外走去，以免耽搁了事务。

趁着中午休息的时间，我又一次回到人民公园。我发现这里真的是一个极好的去处。

此后很长一段时间，人民公园成了我的"自留地"，每天从食堂出来，刚好走上几分钟就到了公园。公园里的野鸭子似乎都认识我了，每当我在石墩子上坐下来的时候，它们总是"嘎嘎嘎"地叫上一阵，再扑腾着翅膀到别的地方去寻找新欢了。

去公园必捧一本书,或是外国名著或是一本杂志。这天,我正在读波兰作家舒尔茨的小说集《鳄鱼街》。舒尔茨是我最喜欢的几个外国作家之一。恰恰因为他没有被封神,他才更加真实,文学的真实,思想的真实。老实说,这家伙的语言很独特,每个词语和句子都值得人反复咀嚼,所以读不快。

"你在看《鳄鱼街》吗?"

这个声音很熟悉,抬头才发现是我们单位一楼的保安大哥。

"你怎么知道这本书是《鳄鱼街》呢?"

"我家里也有一本,和你这个一模一样,太熟悉了。我一看就知道!"

我点点头,顺手给他举了大拇指。

他继续说:"他写的确实蛮好的,我虽然读不懂,但是我总感觉这个人跟别人不一样,直觉告诉我应该是个好作品。"

我顿时来了兴趣,问他平时都喜欢看些什么书。保安大哥挨着我的身边坐下来,告诉我,他最喜欢的书是日本作家东野圭吾的《白夜行》。这让我来了兴趣,因为这本书我恰恰也看过。他说,东野圭吾是天才型的作家。曾经有一段时间,他的梦想就是成为东野圭吾那样的作家,无论是推理和逻辑上都能做到无懈可击。我们交换了彼此的看法,似乎越聊越兴奋。我对眼前这个保安大哥刮目相看了,他的很多见解非常前卫,不太像是他这个年龄段所能接受的。

保安大哥告诉我,他以前也特别喜欢文学。不仅仅是喜欢文学,还能操刀。在二十世纪八十年代,他参加全市中小学生作文比赛,还获过奖,毕业后当了工人,还做过两家报纸的特约通讯员,也在报纸上发过一些豆腐块。最爱看的杂志是《当代》和《星星诗刊》,还参加过诗刊社的函授班。他从来没有想过要靠文学谋生,文学是一种理想的存在。后来,随着下岗潮的到来,他先是到南方打工,后来跑大车几乎走遍全国各地,酸甜苦辣咸都尝遍了,最后还是觉得新疆好,乌鲁木齐好,饮食和作息都习惯了。和保安大哥聊天,有一种特别的亲切感。我不知道这种感觉是他年龄带来的,还是我们聊起文学的缘故。之前在一栋办公楼里,我们上下楼也会打个照面,可总感觉是点头之交。因为文学的缘故,我们一下子距离很近了。天色已晚,而保安大哥仍有一种意犹未尽的感觉。聊文学的时候,保安大哥和平时不一样,完全像是变了一个人一样,眼睛里全是光,整个人被一种无形的精神力量所笼罩。

一个星期后,因为要赶一个急活儿,从楼上下来的时候已经是黄昏。橘红色的夕阳挂在天边像是一个巨无霸的探照灯。我带着一身的疲乏从伏案的工作现场中抽离出来,正好碰见保安大哥。他赶紧凑过来,似乎有一肚子的话要跟我说。我饥肠辘辘,实在害怕一旦打开话匣子就收不住。楼对面的榆叶梅已经开始打苞,有两只鸟在树枝间跳跃。"这个鸟儿在我们农村可多了。"保安大哥见我对鸟儿感兴趣,便凑上身来。我说,是的,可惜不知叫什么名字。保安大哥说,名字,就是个符号而已,并没有那么重要。我们人类总是习惯性地把虫鸟分类成各种纲目科类别,其实要我看,人家鸟儿未必能买账。我匆忙应付了几句,忙说着该去吃饭,顺便邀请他一起。保安大哥朝着办公楼的大门方向指了指,我便明白了,今晚是他的夜班。

从建设巷往外走,至巷口的时候,能看见远方的雪山被烤成了红薯色,再一看太阳,裹在云阵里已经无法看清具体的形状。金色的云层像是被打翻了的熔浆,煞是好看。吃到一半,忽然想起保安大哥来,于是加了一份回锅肉带走。

到办公楼前，天已经黑定，借着巷子里的微光能看见水泥地面上浮着一层麻点。周围的树木上一片漆黑。到了保安室窗户跟前，我轻轻敲了敲，冒出来一个平头，正是保安大哥。我把回锅肉递给他，说这菜是专门给你打包的，没动过。保安大哥脸上显得有些不好意思，说你自己留着吃呗！我说，明天就该正常去食堂了，你快吃吧！他从抽屉里拿出一个馒头，说今天还吃了一顿好的。馒头烤在电炉子上。保安大哥说，他最喜欢的诗人还是舒婷和北岛，朦胧派诗人影响了整整一代人。说着就当着我的面儿，背诵起北岛的“卑鄙是卑鄙者的通行证，高尚是高尚者的墓志铭……”

再往后，单位要筹备一个大型会议。我每天都忙得不可开交，除了路过保安室的时候取一下单位订阅的杂志，基本都待在办公室里。这天，我从人民公园散步回来，恰好碰到保安大哥。他问我，睡在楼上的宿舍里冷不冷。我感到很奇怪，他怎么会问我这样的问题。保安大哥说，如果冷的话他那里有褥子，基本上都是新的，可以留给我用。他说，他以前在电信公司工作，是副总。干完这个月还是回原单位干副总。老实说，我对他能干副总存有很大的疑惑。并非是我用一成不变的眼光看人，而是这两个岗位的差别实在是太大了。当时，我总觉得他是不是说着玩的，再一次碰到他的时候，他说他还有三个晚上就回原单位了。而那天，我们正忙着开会前的最后准备工作，将所有办公用品拉到宾馆去。我只是随意应付了一声，当时并未多想。

新疆的旅游再一次出圈，大量游客涌入新疆。我从会场出来往火车站赶，昏沉沉地挤上了开往喀什的火车。等我再次回来的时候，办公楼前的榆叶梅已经凋敝，地面上落满了粉红色的花瓣。我背着沉重的书包路过保安室的时候，大姐喊住我，说保安大哥已经不在这儿干了，请她把高低床上的褥子一定给我，还有一封信。我问大姐，知道保安大哥去哪儿了吗。她摇摇头，然后把窗户关上了。信封并没有封口，我从里面抽出一张薄薄的白纸，上面抄录的是徐志摩的《再别康桥》。看着俊秀的字迹，实在很难想象这是出自一个保安之手，真的就如他所说的——是电信公司的副总。不管怎么样，我的心底还是备感温暖。褥子我送给了大姐，信封却一直压在床边常读的那一摞书下面。我的日子和往常并没有太多的差别，每天定点吃饭、看书。晚饭过后还是抱着舒尔茨的那本《鳄鱼街》去人民公园的岚园看书，我想总有一天会碰到保安大哥。

遗憾的是，我在公园里把整本书都看完了，保安大哥始终没有出现。

从那以后，我再也没有见过保安大哥。

不知不觉间来乌鲁木齐有大半年了，人民公园还是我常去的地方。跑步，看书，观鸟，四下一望，没有一个认识的人，又似乎认识所有的人。我不知道在以后的日子里还会不会再次碰上保安大哥。我们同在一个城市里，乌鲁木齐具有海纳百川的胸怀。每天醒来，全国各地的方言从马路上贯入我的耳中，山东煎饼，河南杂粮，重庆火锅，成都冒菜，每当夜幕来临或是黎明将启，西大桥、小西门，总缥缈着人间烟火气息。这或许才是一座城市真正的魅力所在。正是因为这些千千万万的普通人，汇聚成了这座最美丽的城。而我和保安大哥只是这万千人物之中的一个缩影。

前几天去新疆博物馆，才知道茅盾先生也曾在新疆居住过一年多时间。无论茅盾还是纪晓岚，无论你还是我，他乡都将最终成为我们的故乡。历史的积淀注定了乌鲁木齐携带着独特的基因，时间的车轮还在往前滚。停下手中的笔，走到窗前，凌空而飞的雨燕正在进行日常练习。我走出大楼，从建设巷朝着人民公园的方向跑去。我是另一只雨燕。此刻，多少和我一样的人在这个城市里醒来。我们或许迎面而过，熟悉抑或是陌生，我们的故事和命运又将在新的一天里重新被书写。

郊外的夜晚

柳金虎

郊外，是指城市近郊以外的地方。不过那时候，近郊常常被人称作“城乡接合部”。初到乌鲁木齐，我曾经琢磨过这个称谓，越琢磨越觉得汉语的精确与博大，越琢磨也越觉得这个部位的与众不同。城乡之接合部，的确是一个挺有些特色的地方。你看，向前迈出一小步就到了城里，后退一小步就回到了乡下。而近郊以外的地方就远没有这种便利了。尽管天气晴朗的日子里，也能清晰望见城区林立的高楼，听见城里汽车的轰鸣声，但进城的路却显得很漫长，须得拼了老劲儿挤上一辆公共汽车，蹿过几个长途站点，才能碾过近郊，驶上城区的柏油大道。

二十世纪八十年代中期，我刚在乌鲁木齐南郊的一个名叫“红柳泉”的地方落足。初闻“红柳泉”这个地名还是在西行的火车上，接我们入疆的人说，我们单位就在红柳泉。这三个字一入耳廓,我的眼前便一下子浮现出这样的画面:一望无际的红柳随风起伏,宛若朝霞映红的波面,泉水淙淙,细流有声,一幅诗意盎然的景致。但身临其境,才知谬误大矣!

红柳泉地处一条峡谷带,东西走向,谷底宽约两公里许,尽是肥沃土地,不过地里并无红柳衍生,有的只是一片一片的庄稼和一畦一畦的菜蔬。几棵大杨树生在沟渠边上,渠里流水潺潺。谷地南北两侧尽是起伏的土山包,其中北侧与乌鲁木齐著名的雅玛里克山相连,山高数百米,陡峭之处徒手难攀。南侧山包则逶迤而去,一路变小,并渐渐归于平缓。当时,红柳泉是地地道道的乡下,谷底错落着聚居了好几个村庄,家家户户以种粮菜为生,日出而作,日落而息。我所在单位与一个百余户人家的小村落相距不远,一圈低矮的砖墙成了相互间的阻隔。但这并不能阻挡我们之间的交流。每个盛夏的夜晚,我和伙伴们会穿过庄稼地间的小道,从杂草和蚂蚱之间走过,来到小村的街头或某一户人家的院落外,与村民们一起坐着纳凉。

是的,纳凉。这正是我今天要费些笔墨着重介绍的。毫无疑问,这个词汇已经远离我们久矣。细数下来,我的生活里恐怕有十几年不曾与这个词结缘了。在嗡嗡的空调机营造出的如春四季里,纳凉的确已经归入了古董一般的记忆,而且正以不可遏止的速度迅疾远去,成为以前的人们拥有的独特风景。

现在的城里人恐怕很难想象那时乌鲁木齐郊外夜晚纳凉的景致了。没有路灯的照耀,没有小吃摊位的环绕,也没有城区特有的综合立体声响汇集而成的喧嚣,有的只是一片星海灼灼的洁净夜空,以及夜空下的一帮衣衫单调的男男女女,他们坐在一块石头或者一把干草上,或者干脆以地为席,在星光或者月光的映照之下,开始了一场漫无主题的畅谈与闲聊。

这是真正的消闲时光,是农村人生活的另一面。而这一面常常并不为外人所知。外人眼中的他们,多是一些面朝黄土、汗滴如雨的景象,或者不善言辞、木讷拙笨的印象。但是,于这郊外的夜晚,我见识到了不一样的他们。这些消闲的主人们长年生存在郊外,他们见多识广,他们幽默风趣,他们文采斐然!

喜欢喝茶的人用一个玻璃瓶子装了茶叶和开水,瓶子无盖,茉莉花香如丝如缕,在夜空里自由飘荡着。抽烟的汉子会用窄窄的报纸条裹出一根指头粗细的莫合烟卷,刺啦擦着一根火柴,辛辣的莫合烟味便开始在他的头顶上缭绕。一些没有瞌睡的孩子,在大人旁边的空地上尽情地玩着属于他们自己的游戏,“你拍一,我拍一,一只孔雀穿花衣……”“小皮球,架脚踢,马兰花开二十一……”有时候则是东奔西跑着藏猫猫,有时候几个男孩子也摸着黑比赛抽陀螺,开心的笑声不时从孩子们中爆发出来。

时至今日,当年纳凉聊天的内容大多已经模糊了,但是纳凉的画面却始终牢牢刻在了我的脑海里。闷热的夏夜,郊外的风比城市要清凉和洁净得多。风从油绿的菜地上空,从稠密的苞米叶片中间悠悠地袭过来,裹挟着绿色植物独有的清香,还掺杂了马圈羊棚的丝丝浊气,在村道上漫无边际地飘摇,扑进每个人的鼻孔。没有人觉得特别,这就是乡下的味道,他们由生及死一直都闻着它。他们觉得,这是就家园的气息啊!

蚊子不可避免地飞过来凑热闹。在乌鲁木齐郊外的夜晚,它们实际上是最不讲道理的种类。天刚刚擦黑,蚊子们就开始从阴暗角落里出发,起飞后在一人高的空中聚集盘旋。那些年,我在郊外的傍晚经常会见到那幅场景，密密麻麻的蚊子在头顶上空游移，它们似乎也是奔着一个聚会而来，又或许是暗夜出击前的动员，总之，数量众多，令人咋舌。一般来说，这时候天尚未黑透，除个别胆肥之徒敢于正面攻击人类之外，其他的多是盘旋着等待夜幕完全降临，然后寻找叮咬的目标。故而，人们每次在街头聊天，必须不停地挥舞着巴掌，拍打自己的双肩和两腿。动作略迟，蚊子便已在肌肤上叮出包。

尽管有蚊虫的骚扰，但丝毫不影响人们纳凉的兴致。我和伙伴静静地坐在土墙边上，耳听着那些半是乌鲁木齐土话的稀奇古怪的奇闻与异事，跟着大家一起开怀畅笑，一起惊叹咋舌，也一起唏嘘感慨。这里没有指手画脚的说教，没有火药味十足的人身攻击，每个人都是主讲者，每个人也是倾听人。有一次，我还结结巴巴地分享了自己第一次来乌鲁木齐的糗事：那也是个晚上，我觉得饿了，就去一家小商店买了一袋蛋糕，我饥不择食，蹲在店外一棵树下享用起来。直到吃最后一个时，我才察觉出那蛋糕外缘裹了一层纸。说到这里，我和伙伴先笑了起来。但是，我们的笑声并未换得人们迎合，一位婶子咋着舌头道："可怜的娃，真是个可怜的娃！"另一位婶子嘱咐道："以后嘛吃东西，可不敢不看清楚了！"其实，我聊起这件糗事的本意是想换得大家的笑声，让人们乐和乐和，想不到迎来的却是一腔关切，这让离家在外的我顿然心生满满的感动。

每次的纳凉聊天并没有固定主题，天上地下，城市乡村，古往今来，奇闻逸事，都是大家交流的话题。当然，不同的纳凉群体会有不同的话题。我在村南的一个群里听了一段时间，他们的话题多是围绕种菜经商展开，而我对此提不起兴致，于是便转到了村子中央的这个聊天群体。这里面有矍铄老人，亦有壮汉青年，从话题里判断，他们大都识字断文，且见多识广，满肚子都是新鲜词、新鲜事，而这正是我所期盼的。

应该说，我初到乌鲁木齐的日子，寂寞如影随形，陌生感无时无刻不在禁锢着我的思维。是这些夏夜里的纳凉及纳凉的话题开阔了我的视野，让我在一片苍茫的精神沃野里自由自在驰骋，让我很快成为土著一样的存在，成为了这片土地上的一粒沙、一枚石，甚或是一株冬枯春荣的植物。在我后来的不少作文里，我曾多次提及这些纳凉聊天的收获。它们与和我相伴甚密的阅读一样重要，我甚至把它们归入了我文学生活的源起。或许就是在这些日子里，我文学的种子悄然萌芽。

总之，在我二十岁这年夏天，在乌鲁木齐郊外的一个小村落里，夜风牵领着青葱的庄稼秸秆的香气，以及乡村里特有的牛羊粪便的温暖气息，还有盘旋无休的蚊子，簇拥在一群纳凉的人们周围。人们痴迷在无边的精神世界里，陶醉在农忙之后的这个充实的夏夜里，天天如斯，周而复始，总有无尽的话题……

聊着聊着，夜已经很深了。纳凉的气氛也随着夜色的加重逐渐变得清淡起来。这时候，一些游戏的孩子们停住了欢快的声息，独自跑回家睡觉去了，另一些孩子则卧在父亲或者母亲的怀抱里，进入香甜的梦乡。大人们的嘴巴也渐渐显得慵懒起来，有人开始止不住地打起悠长的哈欠，即便是谁又讲出了一个小笑话，换取的笑声也已经寥寥。这时候就有人提议说，还是散了吧，明早还得浇菜呢，或者说明天一早进城卖菜呢！于是，大家都应和着说散了吧，散了吧！人们一窝蜂地起身，互相招呼声，各人回各人的家。黑沉沉的村街顿时沉静下来。唯有风不停地穿绕，摇晃着植物的叶梢，似与我们挥手道别。

我和伙伴走在回去的路上。照旧要穿过那片庄稼地。苞米苗已经长到与人同高，风吹叶片沙沙作响，仿佛有一只巨手在抚动着那些叶子。我和伙伴谁也没说话。事实上，我们都在心底回味着纳凉的收获。那的确是一次畅快的精神聚餐，它充实着我们的心田，陪伴我们送走了这个寂寥的夏夜。当然，陪伴我们的还有蚊子留在手臂、腿脚上的疙瘩。它们已被挠破，又痒又疼……

这样的日子持续了两三年，直到我离开红柳泉，住进高楼林立的乌鲁木齐城区。一晃，时间又过去了三十余载，其间我多次回到红柳泉。如今，红柳泉这个地方依旧在，但与那时不同的是，镶嵌在谷底沃土上的几个小村落已经不见了，绕村而开的碧绿的菜畦和那条穿畦而过的清渠均已消失无踪。取而代之的是森林一般的高层建筑。它们密密麻麻地附着在红柳泉的沃土上，宛如肆意衍生的变异植物，正在向我们述说着沧海桑田的故事。今日的红柳泉，已然成为边城乌鲁木齐的城区。

初夏的日子，我和乡友韩光宏相约故地重游。我当年就职的单位依旧在，依旧是红砖围墙阻隔在中间。当年的无数傍晚，我们正是由这围墙上的小门出发，走上那条庄稼地间的小道，走过摇曳着的杂草和蚂蚱飞过的弧线，走进那些神话一般的夜晚。如今三十余载过去了，当年的小门已经完全不见，那条铺满杂草的小道也早已无从寻觅，油黑的土地上，到处都陈列着粗暴的建筑挖掘的痕迹。一些楼房已经开始奠基，建筑工人们在工地上穿梭忙碌，一如当年的菜农们在菜畦里忙碌着松土施肥，唯一不同的是劳动画面的底色再也不是那些赏心悦目的绿，而是冰冷的钢筋与混凝土。

“这应该就是那条渠了!”老韩用手一指,我看见了不远处那条凹陷的褶皱,它也被岁月填平了。我的眼前便不可阻挡地出现了它昔日的模样——长渠逶迤,流泉淙淙……据说那是源自地下的清泉,它们滋润着红柳泉众生。水渠两侧,各色植被恣意地生长着,散落在此的某一粒种子总能长出不一样的风景,或油绿无比,或壮硕惊人,或花蕾倍绽,或籽实多成,而它们的同族也在沃野里葳蕤着连成了丰收的长卷……

俱往矣!站在初夏空旷的建筑工地上,我的心底油然生发了这样的感慨。是的,岁月的流泉永远不会止步,生活的画卷也始终在变换模样。一如我们终会不可避免地老去,一片土地的沧桑或许也正是它们的宿命。

沧海桑田,世事浮沉,那些曾经的故事终会湮没在历史的长河里,或许也会成为令人神往的传说。

但是,我怀念红柳泉这个地方。特别是夏夜,在城市喧闹的马路边行走的时候,我脑子里时不时会想起那些郊外的夜晚。

归来的过客

赵毓芬

“遥望天山尽，离人去几年？西风残照里，雁断白云边。”

读到这首诗，就无端勾起了我对家乡的思念。

退休后，我一直生活在北京，或旅居在别处。已经习惯了各种各样的风景，繁华的、寂寥的、奢华的、厚朴的，都习以为常，看到的只有曾为过客的自己。

曾经一心只想为过客。千帆过尽，时光如镜，家乡的烟火仿佛隔了时间的荒芜，仍然是我岁月画册里最美的装帧。

我于乌鲁木齐而言，是一个过客，但自入城的那一刻，便是归人。

出　疆

二十世纪八十年代初，我第一次跟父亲出疆回东北老家。依稀记得路很远，汽车走得很慢，从博乐到乌鲁木齐就走了两天。

到了乌鲁木齐，火车南站构成了我对乌鲁木齐最初的印象。站台上亮着的电灯显得那样的灰暗，十几米开外绝对看不清人的面目。在火车站出口广场上，向北远眺，乌鲁木齐市像处在一条山沟里，那星星点点遍布的万家灯火，犹如天上星斗。

我的幼年时光，人口不流动，很多人几年都坐不上一趟车，出不了一趟门，我更没有见过火车长啥样。想到就要去看一看外面的世界了，兴奋得发狂。满脑子想着，火车走多远我就能去多远。

火车一到站，背着大包小包的人们就一窝蜂地往前冲，更有甚者会爬窗。只要一个窗户开着，每个人都会拼命地爬啊挤啊，连硬座茶几上都坐满了人。我在混乱和拥挤中，几乎是被四周的人流裹挟着脚不着地地上了车。

在火车上，哐当哐当的声音特别响，我的兴奋劲很快就被疲惫和困倦取代。大约走了三天四夜才抵达北京，然后转车去沈阳，又是一天的行程。

打那时起我才知道，从大西北到大东北，实在是太遥远、太遥远了……

二十世纪九十年代，女儿四岁那年，我带她去看望在首都经济贸易大学大学进修的丈夫。这是我第二次出疆。

那时候交通不便，乘车的辛苦恐怕是生活在高铁时代的人无法想象的。候车大厅照例很吵闹，那些黑压压的人不知道是从哪里冒出来的，好像每个人离开的念头都无处安放。

车厢里拥挤不堪，浑浊的气味让人窒息。女儿哪能受得了，扭动着身子在我怀里哇哇大哭，善良的旅客只好让出茶几上一点点地方给孩子站一会儿。人早被挤得披头散发，简直就像逃荒的。

尽管如此，旅程最终让温暖回流心田。从西向东，又从东归来，我在匆匆来去之间体会着亲情的牵挂、满足的喜悦，还有离别的不舍与相逢的温情。

驿　站

女儿考入乌鲁木齐市重点高中那年，乌鲁木齐成为我生活的一个驿站。周末或节假日，我会到乌鲁木齐的家中小住。这三年，虽然那带有目地的时间刻度，证明着我的行色匆匆，但我能更深刻地感受乌鲁木齐是一座怎样的城市了。

让我最念念不忘的就是我家楼下的早市，从公园北街一直延伸到工人文化宫。

早市是一座城市最先苏醒的地方。只需要早起一会儿，就可以拥抱热气腾腾全新的一天。清晨六点，人们的耳朵最先被叫醒。勤劳的摊主就开始整理摊位，将售卖物品整齐有序地摆放。八点左右，市场也逐渐热闹起来。

“放心，都是咱自己家种的菜。”

“您尝一尝再决定买不买……”

吆喝声、叫卖声……人们提在手里的蔬菜水果、充斥在鼻子里的食物香气，奏响了市井烟火气的序曲。

“四方食事，不过一碗人间烟火。”乌鲁木齐是个冒着美味香气的城市。

大街小巷里，烤羊肉串的吆喝声绵延不断。和田二街的拌面、抓饭、烤包子，南门的米肠子、面肺子，赛马场的馕包肉、烤全羊，是绕在舌尖上的乌鲁木齐的美食。闻到了大浪淘沙后的非凡味道，我的味蕾上有了新疆的DNA。

女儿上大学以后，我出差学习的次数也频繁起来。乌鲁木齐依旧是我出疆入疆的驿站。

每次路经此地，一段未知的旅程就开始了。那些沿着铁路展开的旅程，让我的人生得以延展到很远的地方。我带着兴奋远去，又载着新的知识归来。

多次穿行于这座城市之间，我看着乌鲁木齐日新月异的变化。现在的乌鲁木齐交通真可谓四通八达，高架桥构成了环绕乌鲁木齐上下的立体交通网。全新“乌鲁木齐站”正式运营，可以说乌鲁木齐进入了突飞猛进发展的时代。联通欧亚大陆的乌鲁木齐，已是丝绸之路新北线上的要冲。于是，不同的文明向它走来，不同肤色的人，在这里来来往往。南来北往的货物，在这里进进出出。航空、铁路、公路交织汇聚，织就了一条立体的新丝绸之路，赋予了乌鲁木齐多样的文化内涵。

水磨沟区，依靠旅游业和商业发展的速度在乌鲁木齐各区县中独占鳌头。尤其是乌鲁木齐棚户区改造，不仅使各族市民告别低矮、破旧的平房，住进整洁明亮的楼房，也彻底改善了棚户区的居住环境。

二道桥的国际大巴扎，是一座独特风格的建筑群。里面有很多区域，乐器、玉石、服装、干果、餐饮……新疆特产，都有售卖。如果运气好，可以碰见乐器老板即兴给你演奏一曲。我刚好遇到老板弹了都塔尔，真是幸运。国际大巴扎集中体现了浓郁的民族特色和地域文化,展现了丝绸之路经济带核心区的繁华,是“新疆之窗”“中亚之窗”“世界之窗”。

城市周边的地貌,居于盆地之中。晴好之时,向东北可远眺博格达峰,而西王母的瑶池在侧;向南,天山各路支脉纵横,素有“花海”之称的高山草甸“小渠子”、有“情人谷”之称的“苏拉夏”、徒步圣地“白杨沟”“菊花台”“庙尔沟”坐卧其间;向东,“石人沟”“东天山达坂”鳞次栉比;向西,优雅的牧场“索尔巴斯陶”静候观光……

在蒙古语中,乌鲁木齐是“优美的牧场”的意思。从“优美的牧场”脱胎成新疆唯一的特大型城市,从雪域边城,到中国连接中西南亚地区乃至欧洲的交通枢纽。乌鲁木齐的腾飞,正是新疆发展的缩影。

有人说,乌鲁木齐是一座包容的城市。在这里,街头摊煎饼的大嫂操着一口山东话,开面馆的陕西大叔说着正宗的关中话,水果店老板的河南话非常热情,出租车司机的普通话里带着浓浓的甘肃口音……

南腔北调的语言,各种文化的交融,让乌鲁木齐充满活力。不同籍贯、不同民族的人,像石榴籽一样,大小甜度各不相同,却又亲密地抱在一起。而这,恰是乌鲁木齐的魅力。

旅　居

退休后,女儿在北京工作。我多次穿梭于乌鲁木齐和北京之间。我是年年分别的过客,又是岁岁归来的故人。

由于我坐飞机晕机,所以经常选择乘火车来回。我喜欢火车的便捷和舒适，喜欢在靠窗位置欣赏不一样的风景时的惬意，也喜欢一群人目的地不同但方向相同的默契旅程。

有人问我："你是哪里人？"

"我是新疆人。"

"你的乡音很重，你一说话我就猜出你是新疆人了。"

我惊讶："怎么会听出我的乡音？"

"我在新疆出生，1976年父亲调到辽河油田工作，那时我才十四岁。"她操着一口很浓的东北腔。

她说，虽然离开新疆四十六年了，但听到乡音，一下子就能辨别出来。提及新疆，她的印象仍是停留在过去那个各方面条件都落后的时期。

我兴奋地向她介绍乌鲁木齐现在早已是一座充满现代化气息的大都市了，她真应该回新疆看一看，便滔滔不绝地向她细说这些年新疆翻天覆地的变化。

她连声说："我太想回去了，做梦都想回去看一看！"

故乡是承载着一个人童年乃至半生记忆的地方。辽阔的空间，悠长的时间，离乡的人，只是乡土伸出的触角。思乡的弦一动，离乡人的心就有所感应了。

我又何尝不是呢！曾几何时，我的身影在故乡穿梭，这里是我想"逃离"的地方。离开家乡后，家乡风貌又成为我作品中的印记。

我们怀念某一个地方，不是它曾经有过的繁华，只是因为那里有你过去的记忆，有你最美的岁月，有你走过的脚印，有你七彩斑斓的年华。

乌鲁木齐是我记忆里，在时光中停靠的地方。虽然很多时候都是路过，但我不只是风尘仆仆的过客，还是步履踏实的归人。

红山笔记

曹　戊

红山与终年积雪的天山、昆仑山相比，毫不起眼，甚至与不远处的雅玛里克山都没有可比的地方，但它因为九百米的海拔和山顶红色的塔，成了乌鲁木齐远近闻名的地标。

山顶的红塔有一个传说。当年，乌鲁木齐河穿城而过，河里有一条恶龙。为了镇压这条恶龙，一位高僧在山顶修了一座红塔，与之遥遥相对的雅玛里克山也有一座一模一样的塔。两塔照映，镇住了河里的恶龙，从此再没有兴风作浪。时过境迁，当年的河变成了现在的河滩高速公路，恶龙也消失了，唯有红塔矗立山顶。

我到乌鲁木齐后，一直借居在红山附近。工作单位距离这座盆景似的小山数公里之远，在单位楼上就能清楚地看到它的全貌。

傍晚，落日在被幢幢高楼截获之后一部分逃逸到单位楼前的街道，一部分照在单位的楼上，有点落日熔金的感觉。偶然发现这栋楼从侧面看去像一个钢笔尖，而正面完全看不出来，这就是落日的伟大。想来，设计师为了凸显楼里人的工作性质，也是绞尽脑汁才设计出这样一个具有非凡意义的建筑。

而这栋建于二十世纪八十年代的米黄色的犹如钢笔尖一样的高楼，远没有对面的红山有名。刚来乌鲁木齐市不久，坐出租车的时候，司机说这栋楼的名字几乎没几个人知道，甚至没有旁边的百盛商场知名度大。

从兰州到乌鲁木齐已是深夜。在朋友开好的酒店住了一晚，第二天便去了后楼。说是酒店，其实完全没有酒店的样子，顶多算旅馆。听说附近近期有考试，房间供不应求，因此价格偏高，这也算是个不可多得的理由。

第二天早上收拾好东西从酒店到单位附近。

很多年过后，回过头来看这段距离是那么近，当时却走了那么久，像要一下子就走到人生尽头。

到了后楼，一个由办公室改造而来的简易的居所，或者根本没有改造，但它仍旧来之不易。房间里只准备了一个单人床和一个简易的衣柜，又从别的房间搬了两张桌子。而这一切就好像分离的骨头和肉，需要我们慢慢拼接填充起来。

元宵过后，楼上每天晚上歌舞升平。总是唱一些俗得掉牙的流行歌，他们却唱得那么开心，彻夜不眠。

阳春白雪，下里巴人，大俗即大雅吧！

新年过后，大街上还是厚厚的冰雪。从友好南路716号到安居南路70号之间大概将近三公里的距离，我来回走了将近半年的时间，从白雪皑皑到酷热盛夏，现在似乎又接近了轮回的起点。

当第一片落叶落下的时候，就离寒冬不远了。

从西大桥望去，冬天的红山公园像沉寂许久的老者。我几乎每天都在期望他变成翠绿，等他返老还童。当这种绿色覆盖整片山体的时候，这片山林似乎也就完成了金蝉脱壳，有种借壳重生的感觉。枯草重生，当沉寂了一冬的死寂再次进入生机，这之间的转换似乎印证着人生的转换。

每天途经这段旅途的时候，似乎都是在进入一种修行。

春天悄然而逝，不知不觉就到了夏天。

在乌鲁木齐待久了，就会感觉一年四季其实浓缩之后只有两个季节，一个夏天，一个冬天。长达半年的冬季往往会让整个城市安静下来，雪也一场一场地下，一层叠一层，累积起来似乎就是为了见证整个冬季如何寒冷，如何漫长。冬天的时候，每天上班途中幻想，什么时候才能熬到这个季节结束。而转眼到了夏天，每天走在路上，被火辣辣的太阳盯着，又在想什么时候才能熬到秋天。其实，秋天已经在来的路上了。叶子稍微发黄，一夜秋风就凋零殆尽了。

北方的树，特别是西北的树，还没有真正享受过季节的福利，就又已经开始凋零了。那些迎合风摇来晃去的枝干，像极了光杆司令，叶子几乎没有真正地绿过，还那么卖力地示好。在树梢的最高处总是顶着几片将黄未黄、将枯未枯的叶子，一直在窗前晃来晃去。它们完全习惯了这样干瘪的姿色。

风一吹，哗啦啦的声音好像在说："看我，看我。"假如你看惯了南方的树,它们真的没有什么好看的,像老妪。

去年十月,有天傍晚下班的时候,路边的树上还是满树的叶子,晚上一场秋雨,几缕秋风过后,第二天早上,树枝已然变得光秃秃的,没有掉落的叶子也显得有气无力。

古人写诗,总喜欢将悲愁的情绪放在秋天,一种肃杀的季节。而这时候的感情也最饱满,似乎就如江河决堤,如杜甫在《登高》中最有名的一句:“无边落木萧萧下,不尽长江滚滚来。”如今看来是有原因的,这种凋零的悲伤使得诗人与万物共鸣。

诗人之悲即万物之悲。

四五月份的时候,新兴街的空气中飘满了飞絮。洁白的飞絮在空中似乎隐身了一般,若非戴着口罩,总是意外吸入鼻腔很多。

植物有种和人类相似的命运。荒漠里的人逐绿洲而居,游牧又是逐水草而居。前段时间看了作家李娟写的《羊道》,讲到哈萨克族牧民逐水草而居的日常,按照不同季节迁徙,夏天进入深山牧场,冬天又回来。一步步走向深山,又从深山一步步走回来,几乎没有固定的居所。而我们也一样,从吾乡到他乡。到乌鲁木齐之前,我的生活里没有兄弟省市这个概念,到这里之后,才对这个地域划分有了更为深刻的感触。

人类的命运和万物的命运竟如此相同。

季节的转换飞快,不到半月时间,飞絮就全然消失了。它们完成自己的使命了吗? 我不得而知。

直到进入夏季,才感觉季节之间的转换完成了。因为夏季的时间稍长,足以和冬季相比。过了新兴街，再穿过一个地下通道，进入安居南路，随后就到了我要工作的地方。

太阳从窗户进来，而这一天刚刚开始。

坐下来，打开电脑，翻看邮箱的来稿，能用的处理后再转交审核。但大多是不尽如人意的作品，能用的少之又少，像大海捞针，全凭运气。看的多了，甚至会怀疑自己的审美，有种让人欲哭无泪的感觉。

中午之后，酒足饭饱。今年很多作品都是在这时候完成的，两个小时的时间足以写出一些东西了。有段时间，每天中午给自己安排两千字的任务。一段时间过后，就再也没有这种创作的冲动了，真是欲速则不达啊！

到了傍晚，大地经过一天的炙烤，气温达到了顶峰。做完当天的工作，有时候也看看书，总是等到太阳西沉才收拾东西回家。

同一段路，但返回的途中比上班的时候充满了烟火气。早晨大家忙着上班，挤公交，多是快步疾行，没有时间和心思去留意身边的人和事。下了班，不乏像我一样的人，经过街边摊铺，十字路口，从迎面而来的人流中汲取素材，写在浅薄的文章里。

经过新兴街转角的时候，经常碰见一个卖花的阿姨，小推车装着一些简单的花草，茉莉花、文竹、多肉、万年青等。可能是到了傍晚，多半已被售卖，很少有我喜欢的，只买过一次文竹。回来养了许久，将死未死，让人担忧，但又发出来新的嫩芽。确定它还活着，又照料有加，成了少见的风景。

有一次走进红山公园，西大门进，东大门出。有种王子猷雪夜访戴的感觉，乘兴而去，兴尽而归。

晚上下过雨，第二天途经西大桥，总会不自觉地望向红山公园。阴晴之后，天空飘着白云，整个红山像天空的倒影，一尘不染。读书的时候在成都，一年四季气候温润，几乎见不到枯叶凋零的情景，见到飘零最多的也就是银杏叶子，这似乎是南方秋天到来的标志。

这个夏天即将结束了。

八月结束，九月很快过去，距此已有一年之久。在漫长的时间长河中，一年毫不起眼，忽而远逝，而在人的一生中，足以改变一个人的人生轨迹。

这一年，去了很多地方，见识了沙漠戈壁、一望无际的草原、高山上苍翠的云杉。澄澈的天空下倒映着碧蓝的湖水，人在其中，像是被画上去一样，真假难断。

这一年，很多人出现在我的生活里，以至将永远存在于我的生活里，我如此幸运。而明年又是全新的一年，像待字闺中的少女，等待出阁。

在南山

王维胤

我的乌鲁木齐记忆是从南山开始的。

2006年冬末，我们举家搬迁到乌鲁木齐南山，暂时借住在一位亲戚家。那里与镇上有一段的距离，周围只有两户人家，低矮的土砖房后面有一条渠和一排白杨树，其余地方都是一大片空地。那时的南山，一切都被白雪覆盖着。寒风刺骨，望着周围破烂不堪的环境，不熟悉、不习惯的感觉涌上心头，一切都显得格外凄凉。然而，这样的环境我们却一住就是十多年，甚至是一辈子。

包　容

海纳百川。大海之美，因其能够容纳百川和万千生命。一座城市也是一样。1998年，爷爷、奶奶来到新疆。刚开始在芳草湖打工,后又到玛纳斯的一个林场做生意和打零工,并在那里买了一个大院子。院里有几间平房和一棵大榆树。夏天,榆树就像大伞一样为大家遮阳挡雨。周围的邻居大多都是老家人,沾亲带故,同我们一样也购买了院子。虽有了自己的房子,但没有当地户口。随着来这里打工的人越来越多,所能打到的工也就相对少了,收入也不如从前。后来也因家中遇到一些变故,经亲戚介绍来到了乌鲁木齐南山。

在亲戚家借住几日后,我们便租了一间房屋。当时,爸爸和叔叔去南疆打工,在这里生活的只有爷爷、奶奶和四个孙子。房间里除了一张木板搭的简易大床和地上的一张旧床垫,就只有一张矮小的桌子和几个板凳,再没有其他任何家具。

家里没有温室大棚,只能给当地一些人家打工。一个姓王的叔叔家种了许多大棚的草花。草花的种植是有很多程序的,打工人主要干其中几项,一项叫装小土罐,就是把土装在小号的一次性塑料育苗杯中,按照要求排放整齐。当小土罐装满所有的大棚后就开始移苗,也叫分苗。先用水管在这些装好土的育苗杯中洒满水。我们的工作就是拿着一根签子,把原先育好的小花苗放进小罐中,再用签子将小花苗的根轻轻压进泥土里。压得过重花苗的根就断了,压得太轻,根没有完全进入泥土里就容易死苗。所以,分苗是个细活儿。

还有一项工作叫移花罐。等到小育苗杯中的苗长大到快开花的时候,就需要移动到一个更大的花罐里,待开花后批量销售。

爷爷、奶奶干活比较细致,所以老板经常找他们干活。每到要移花罐的时候,爷爷、奶奶就带着我们去帮忙。

装大罐是有讲究的。先用小铲子在大花罐里铺一层土，然后把小花罐的一次性塑料杯去掉。这时候，花苗也已长大，根与土融为一体，我们需要把土和苗移到大罐中，再用土将罐中空间填满，并排放整齐。当时，装一个大罐的工价是两分钱，爷爷、奶奶，再加上我们几个孩子不遗余力地帮忙，一天可以装三千多个大罐。就是这样一种工作，养活了我们一家。没活干的时候，爷爷、奶奶就到房东和邻居家的大棚里帮忙，大家也会把他们种的菜送一些给我们。周围的邻居来自五湖四海，大家都用老乡互相称呼。

当地人和村委会的人对待外来人员很友好。种植大棚前期投资较多，蔬菜的成长成熟也需要一定的时间，暂时没有收入来源，在日常开销上就会有些困难，有些商店便会给大家赊账，等到蔬菜有收成时再还。这样一来，邻里间互相给予了信任，又解决了现实生活困难。村主任、书记、会计也会到温室大棚串门，帮忙解决一些问题。记得我在读高中和大学时，要开助学申请和入党证明，村主任和书记帮忙写证明材料，给予支持和鼓励。老村长退休了，偶尔也到温室大棚来坐坐，带一些水果来。临走时，菜农总会给一些蔬菜让他带回去。

南山生活着来自全国不同地区、不同民族的人，人与人相互之间友好往来，没有太多的排挤。不仅在生活中这样，学校里亦是如此。老师对待学生一视同仁，甚至对在温室大棚区生活的孩子格外照顾和帮助。这些孩子由于经常帮家里干农活，都很勤快和能吃苦，所以在学校打扫卫生、扫雪的时候也很积极和卖力，学习成绩也都不错。同学之间相处得很融洽，学习上互相帮忙，同学家里有困难也会尽力帮忙，寒暑假就相约一起去爬山、打雪仗……有时候，我和弟弟妹妹聊起学校时，大家都说南山的老师很负责，南山的同学很朴实。

一方水土养育一方人，一方人孕育一方文化！一座城市的历史沉厚包容，一个地域的文化就会独特而有魅力。开放与包容——我想，这可能就是很多人愿意一直留在乌鲁木齐南山，并在这里安家的原因之一吧！

和　谐

后来，我们家也承包了房东的两个蔬菜大棚。因为祖辈都是农民，可能最终也只有回归土地才最为踏实吧！爷爷、奶奶学习着种植蔬菜，邻里之间互相帮忙和指导。温室大棚种植蔬菜，菜苗基本都是提前育好的。栽菜的时候，老人负责拔菜苗，年轻人负责栽菜，腿疼不能蹲在地上栽菜的人负责给栽好的菜浇水……这种默认的分工方式和默契至今一直延续着。铲菜的时候，女人负责铲菜，男人负责将菜装箱，大家有说有笑，好不热闹。由于铲菜要比装箱快一些，铲菜结束后，女人负责为所有人做饭。做好饭后，还会叫各家的小孩儿来吃饭，或是给家里的其他人端一大碗回去。待装箱完毕，吃过饭后，所有人开始将地里的箱子运送到门口的大卡车上。男人用手推车运输，一辆车上放三四箱，女人一人抱一箱。经常干农活的女人，力气总是大得惊人，一点也不输于男人。

到了冬天，蔬菜大棚都要安装帘子，防止蔬菜受冻。几年前，大棚上的草帘子还需要自己缝，缝好后再把帘子扛到大棚上。这时，邻居之间就互相帮忙扛帘子，并把帘子固定好。每天早晨，菜农们站在温室大棚上，拽着帘子上的绳子把帘子拉、卷起来。有些年轻人拉帘子比较快，拉完自己家的帘子就给邻居帮忙。冬天扫雪的时候也是如此，邻里之间和谐互助，温暖简单。

本地人和温室大棚区的人也有很多往来。一些本地人会送一些旧的桌椅板凳、不穿的衣服给温室区的人，温室区的人也会送些菜给他们。大家就是在你来我往中建立了感情。爷爷、奶奶在这里生活了十多年，认识了很多人。我上高中后，我们有时回南山，家里会来一些当地的客人找爷爷喝茶、聊天，夸赞奶奶做的馍馍好吃。走的时候，奶奶还会给客人装一些馍馍和菜。记得家里种植大棚蔬菜时换了三个地方，而邻居也是换了又换，有的去了其他的地方，有的回了老家。临走前，邻居会把家里的东西留下来给爷爷、奶奶。

如今，来南山打工的人也多了。有老乡来这里，爷爷、奶奶总会把他们请到家里吃饭，给他们送菜。乌鲁木齐市的人来旅游，到温室里买土，爷爷、奶奶都会免费送他们。奶奶说，有个小伙子到温室来买东西，她正在蒸洋芋包子，问小伙子吃饭没，不嫌弃的话一起吃。小伙子一口气吃了三个大包子，一个劲儿地说奶奶做的包子好吃。奶奶非常开心，经常给我们说："大家都说我做的面条和馍馍好吃。"可能奶奶也不记得有多少人吃过她做的饭，多少人夸赞过她，但她记得她是如何从不适应这里到习惯了这里，再到喜欢上了这里，决心留在这里。

归　宿

打工人，从他乡来到新的地方，总有一种"寄人篱下"的别扭和不踏实。在原来的地方，爷爷、奶奶一直是给别人打零工。来到乌鲁木齐南山，有了自己的蔬菜大棚，日子越过越踏实。这种获得"工钱"的幸福感是不一样的。农民的本色可能是根植于血液的，似乎和土地相处时才最踏实。所以，爷爷、奶奶从农民到打零工，再重新回归土地，通过自己的付出，换来安定，终于活在自己的圈子里、自己的世界里。

奶奶说，在原来的地方给别人打零工，要看老板的脸色。有些老板会歧视外来人，一些工人在干活的时候总是被指指点点、唠唠叨叨……爷爷、奶奶干活认真和细致，从未被说过。但同为异乡的打工人，听着心里多多少少会有一些不舒服，总是有一种借住在他人屋檐下的感觉。而来到南山，有了温室大棚，屋子虽小，但却温暖。一年四季种植自己的菜，没有人赶，没有人催，累了热了就休息，过着自由自在的生活，而且政策也越来越好，又有相应的补助。再加上南山气候宜人，适合养老，如今爷爷、奶奶身体还硬朗，种植一些不太费力的蔬菜，有较为可观的收入。奶奶也喜欢种一些花花草草，一到夏天，门口就开满了格桑花等。

爷爷说："虽然我们不是本地人，但也跟本地人一样。乌鲁木齐南山能养活人，也供出了你们几个大学生。这里的气候跟老家一样，以后我们哪儿也不去，就待在这了！"当初爷爷、奶奶带着一家人来新疆打工，辗转多地，打了很多零工，有拾棉花、拾番茄、掰苞米、背西瓜、放棉花苗、卖西瓜、收废品……后来到了乌鲁木齐南山，一待就是十多年，直到老去。这里对他们来说就像是一种归宿，一种农民身份的归宿，一种家乡的归属。

我想，乌鲁木齐南山的魅力，正是来自它能包容多种民族、多元文化。这种包容，孕育着南山人心中团结互助、善良勤劳的民族精神，使外乡人产生了"他乡即故乡""此处即归宿"的认同感和归属感。

一种归宿，一种踏实，似乎也是对每个思念故乡的人一种安慰和补偿。

一年又一年，冬日的南山依旧被冰雪覆盖着，一片银装素裹，却不再那么凄凉。

冬去春来，奶奶种的格桑花又悄悄探出头来。

雅玛里克山风云

庞晓刚

一

坐落在乌鲁木齐城市以西的雅玛里克山，是一座充满迷幻色彩和神话传说的山。

这座古老的山曾因其山中气候多变引发的各种天象难以说清，疑是山中有妖怪做法所致，因此得名妖魔山。二十世纪八十年代更名为雅玛里克山。蒙古语意为“山羊之家”。足见时光进入八十年代，这里仍旧一片荒凉沉寂。

时间在这里走过了上亿年光阴，蜿蜒静卧的山体，如久梦沉沉的老人，疲惫的身躯，生命的窒息，孤独苍凉的死寂，曾经坚硬的骨骼锈蚀成片石沙砾，零落于宽阔的山脊崖谷，布满岁月的裂痕，残留着一片寒彻骨髓的骨骼，风化成历史的黄卷，融入永不褪色的记忆。

说到雅玛里克山的今生，我可是有话语权的。我在雅玛里克山所在的辖区政府机关工作了三十多年，是此山近三十多年发展变迁的见证者、亲历者，改造建设的参与者，对它的过往和如今的变迁了如指掌，大小事件犹如一幅幅画面铭刻在心，历历在目。

雅玛里克山外缘周长约五十六公里。由于长期过度放牧，山上植被逐渐稀疏，加之干旱少雨，水土流失严重，有三分之二的山地呈荒漠化，一遇风天，黄沙尘土直接侵入乌鲁木齐市区。据1995年环境监测部门监测数据，乌鲁木齐总悬浮颗粒物年日均值浓度为每立方米0.575毫克，降尘量为每月每平方公里29.41吨。来自雅玛里克山降尘量为每月每平方公里26.88吨，占全市降尘量的比例超90%，成为沙尘污染的重要来源，极大地影响首府的生态环境和人们的身心健康。

这座庞大的山体，历尽沧桑，饱经忧患，早已百病丛生，到二十世纪五十年代初，来自全国各地的打工者迫于生计或其他种种原因，走到新疆首府乌鲁木齐。由于历史变迁、社会机制、管理体制等多方面的因素，在寸土寸金的市区，他们难以找到立锥之地，这座荒山野岭便成为外来人口落地生根的乐园。他们在这不毛的崇山峻岭、沟沟坎坎、坡坡梁梁上肆意挖洞筑房，搭建窝棚，修建宅院，繁衍生息，甚至有的人已几代同堂儿孙满堂，依托城市顽强繁衍生息。

由于人员结构繁复，成分庞杂，这里呈现出与外部世界迥然不同的社会形态。为了维持生计，他们中有做小买卖、做手工业的，有坐地收房租卖地皮的，有搞建筑装修的，有打短工的，有杂耍卖艺的，有卜卦算命的，有专职乞讨要饭的，还有很多酒鬼泼皮无赖，更多的还是捡破烂为生，五花八门，应有尽有。其中有些人在物欲的不断膨胀中，干起非法勾当，制假售假、倒买倒卖、坑蒙拐骗、偷盗抢劫等民事刑事案件频发，成为首府乌鲁木齐社会治安综合治理的难点地区，也成为直接影响社会稳定的重灾区。

有关部门肯定地说，雅玛里克山是全疆乃至全国最大的外来人口聚居区，是全疆社会治安情况最为复杂的地方。

雅玛里克山从第一个人上山居住到上个世纪末，已有五十多年的历史。相关部门统计，其时，雅玛里克山共有流动人口三千多户，人员已超三万之众，事实上已成为流动人口繁衍生息的家园。

雅玛里克山铁西村一位年逾八十姓马的老汉说，早些年，家乡连续旱灾，家家户户没粮吃，开始吃野菜树皮。听说新疆地广人稀，钱好挣，能吃饱，好活人，便携妻拖儿带女来到新疆，试图通过泥瓦匠手艺摆脱困境。来疆后租住在火车南站附近。见当时荒山上建房没有人管，他便在山上找了一块地，发动家人捡了一些石头砖块水泥木料纸板等，一个多月工夫就建成了六十多平方米里外三间的房屋。一家人住的问题解决了，泥瓦活也很快找到了，银子也挣了不少。不料，在建筑工地的一次事故中腰部受重伤，住了一个多月的医院，出院后就再干不了重活。怎么办？一家六口人要吃饭活命，孩子未成年，不能总是让老婆每天外出打短工养家吧！他发现上山的人越来越多，想租房子的人很多，狗窝驴圈一样的房子都供不应求，何不建房出租挣钱呢？说干就干，一家人挖坑的挖坑，找建材的找建材，三个月就先后建成四处简易房子和窝棚，并成了抢手货，卖了两处，出租了两间。虽然都很便宜，但毕竟有了回报。就这样边建边卖边租，十几年工夫，他就成为了雅玛里克山地下“房地产大王”。当然,这些都是偷偷摸摸进行的。他到底建了多少窝棚、卖了多少房、还有多少房子在出租、挣了多少钱,谁也说不清楚。

像马老汉这样留在山上的人比比皆是。还有一些特殊时期的避难者,隐姓埋名在山上搭建窝棚、租住房屋,艰难度日,风头一过,他们贱卖了房屋窝棚回了原籍。生存自有生存的道理。由于特殊历史时期和天灾人祸等方面的原因,为了活命和生存,他们不顾一切背井离乡盲目流入新疆,并在雅玛里克山落地生根,都是应该迁就和原谅的,不应该受到鄙视和谴责。他们应该感谢雅玛里克山这片土地成为收养他们的避难所。

雅玛里克山长期缺乏人员管理,几乎没有公共设施,没有正式的道路,没水没电,加之人员素质低下,致使这里垃圾堆积成山,污水横溢,人畜粪便随处可见。雨季到处泥泞不堪,冬季积雪湿滑难行。一位急救中心的医生给我讲,几次上山抢救病人,遭遇极端天气,急救车根本上不去,有的地方压根就没有路,他们只有背着医疗器材徒步上山,真是走一步退三步。有两次还是晚上,有人引路,还几次踩到人家的房顶上却浑然不知,待房子里面的人追出来骂人,方知道有人在路沿边上挖洞搭了窝棚,幸好没有人掉下去。抬着病人下山时,几乎是人托着担架往下溜。上山抢救一次病人,身体几天都缓不过来。

乌鲁木齐火车南站,就在雅玛里克山脚下,曾经是审视新疆的窗口。可进入车站向西一抬眼,便可见到杂乱破旧的建筑物和成堆的垃圾污物,与首府乌鲁木齐整体形象极不协调,极大地破坏了人们投向现代化都市的美好视线。

一位曾经在山边居住的南站职工说，雅玛里克山脏乱差已经严重地影响了我们的生活。一遇刮风天，山上的尘土和垃圾满天飞，他们都不敢开窗户。到了晚上，上山下山的人络绎不绝，总感觉会被偷被抢，人们不敢出门。好多职工都不愿意住在这里，找领导要求换房。

雅玛里克山呼唤改变，雅玛里克山人呼唤改变，这座城市各族儿女呼唤雅玛里克山的改变，飞速发展的时代也急切地呼唤雅玛里克山的改变。

二

回首雅玛里克山的过往，感慨万分。当前人将历史的航船驶向现代之时，首府人没有依惯性而行，没有嫌弃雅玛里克山这块贫瘠、苍凉而冷酷的土地，没有鄙弃已经长年生活在这里的人们，捧着一颗真心走来——他们要给这座古老的山川注入新的血液和生命，痛下决心医治这座罹患重症的山体，要让现代文明之风劲吹雅玛里克山，要让青山绿水滋养雅玛里克山，要让生活在雅玛里克山的“盲流”们像首府人一样过上有尊严而体面的日子。

思路决定出路。乌鲁木齐市、沙依巴克区两级党委、人民政府在综合治理雅玛里克山上没有少花心思。面对荒漠化严重的大山和人员结构如此庞大复杂的群体，简单粗暴的治理手段肯定适得其反。在山上设立相应的组织，首要任务是解决人员需求问题。

雅玛里克山街道办事处首任主任马文革说，1988年5月办事处刚成立那会儿，相应的工作机构都健全了，还专门设立了土地管理所、公安派出所，这与其他街道办事处是有区别的。但这里的社会形态和人员状况一时半会真摸不出头绪，走了一段弯路。我们从摸清底数开始，所有部门三十多个工作人员男女搭配、两人一组，每天就干一件事，就是分片区挨家挨户上门清查，登记造册。当时也真难为我们的工作人员了。沟沟梁梁、坡坡坎坎上，到处是房子和窝棚，一家与另一家距离几十米上百米，工作人员爬坡上坎累得半死，还经常吃闭门羹，很多房子和窝棚里白天压根就没人。后把清查改到晚上，打着手电筒上山清查。夜黑风高，不熟悉地形，工作人员们小心再小心，还是有人跌落到不着痕迹的窝棚里，闪了腰扭了腿，整整两个月收效甚微。后来，还是以区人民政府的名义发布通告起了作用，限期到办事处登记造册，逾期不予办理居住证，问题迎刃而解。这事几句话就说完了，可当时做摸底登记造册一件事就整整做了三年半。除此之外，其他琐琐碎碎的基础工作一干就是十多年。

雅玛里克山的人们不会忘记，山上街道办事处正式成立后，继而成立居委会，给他们发了居住证，他们的身份得到了认可，房屋也得到了确权。各种生活问题也有人问有人管了，他们的心安定下来，也有了归属感。也是在当年，街道办事处设立了土地管理所，对山上现有土地开发进行严格管控，对已建的房屋进行测量和确权；建立公安派出所，对现有人员进行甄别核实和统计；成立治安巡逻队，加强日夜治安的巡视巡查，保护人民利益不受侵犯，制止和打击各类违法犯罪活动，使当地社会治安有了根本改变。

时年六十七岁的马木提·买合木提在山上生活了四十多年，靠在火车南站市场内卖干果为生。从在山上建房的第一天起，一家人每天的生活用水都是花钱买来的。为节约开支，他每天下山做生意时，自行车上绑一个十公斤的塑料壶，每天收摊前，他偷偷摸摸到市场内的厕所里接满一壶水驮回家。1997年6月，是马木提最高兴的一个月，政府先是投资修通了三条上山的柏油路，给部分区域架设电缆通了电，又先后投资两百多万元在山上打了五眼机井，给几个片区通上了自来水。马木提在家中水龙头前撩起哗啦啦的自来水，激动得热泪盈眶，不停地往长满灰白胡须的脸上搓动，嘴里不停地说着感谢的话。

政府毅然投资一千六百万元，在雅玛里克山兴建两所小学，又先后投资近八十万元为两所学校修建了一条上山的道路。雅山深处终于传出了琅琅的读书声，流动人口子女免除了失学之苦。

曾经广为流传的一句话叫“要想富，先修路”。对改造一座荒山野岭来说，应改为“要想变，先修路”。

山上修路，不比城区修路简单易行。接到山上修路任务的沙依巴克区道路养护队队长宋波犯起难来。他和他的这支队伍在城里修路一二十年，修建的道路上百条。在山上修路，还是头一回，是对这支队伍业务技术的挑战和检验。宋波和他的工友们豁出去了，调配最好的机械设备和技术人员，按照规划修建一条贯穿前山和后山长度十六公里的道路。

宋波说，要在城区修建十六公里长的路，顶多两个半月就可完工。而山上的十六公里路，难度很大，要过五道山脊，爬坡上梁十几处，山腰部环山八九处，可以说是劈山平谷，凿石开路。修建这条路，大家克服重重困难，硬是用两年八个月时间修通了这条双向通行的道路。

现在，整座山上东西南北都有上山的路口，山区内的道路旁绿树成荫，郁郁葱葱，四通八达。倘若你徒步或开车进去，不熟悉路况的人还会迷路呢！

有一件事我永远忘不了。1998年炎热的夏季，沙依巴克区人民政府组织所有机关事业单位两千多名干部职工上山分片清理雅玛里克山的陈年垃圾，调集环卫队所有专用车辆和部分驻区单位的卡车拉运。堆积如山的垃圾奇臭无比。整整一星期的人车不停，大家忍着恶臭，将堆积在山上半个世纪的几万吨陈年垃圾基本清理完毕。随后，沙依巴克区又投资在人员密集处建水冲公厕，划定了垃圾投放点，设置了垃圾船，定期清理垃圾污物，使雅玛里克山的环境卫生状况有了极大的改善。

通常来讲，一座城市有山有水便有了灵气，倘若山清水秀就更令人神往。

雅玛里克山植被稀少，荒漠化严重，土质盐碱含量高，土层较薄，在这里植树绝非易事。

1995年，沙依巴克区城建局决定在山上做绿化试验，想在山上建一个属于本区的公园。时任区城建局局长的陈大良和两位园林高工跑遍了山上所有山头谷地，磨破了几双鞋，终于选定在镇妖塔东北侧土质较好的地段进行试验。

山上植树，水是关键。他们绞尽脑汁想办法，先是在山上打井取水，没有成功。后在青年渠幸福支渠闸口处安装了两台水泵，引水浇灌获得成功，首批种下的一百棵钻天榆成活了百分之九十八。事实说明，雅玛里克山种树不再是天方夜谭。

沙依巴克区人从此立下了绿化改造雅玛里克山的雄心壮志，决定一年一年、一届一届、一代一代地坚持下去，一定要让雅玛里克山披上绿装，改换容颜，让雅玛里克山成为造福子孙后代的幸福之地。

1996年4月9日,雅玛里克山一场历史上未曾有过的大规模植树活动拉开了序幕。新疆维吾尔自治区、乌鲁木齐市、沙依巴克区三级党政军主要领导来了,连续四天在雅玛里克山参加植树劳动,用行动唤醒乌鲁木齐市各族人民绿化雅玛里克山的热情。

空旷的山野上到处晃动着播绿植绿的身影,雅玛里克山传出了再生的信息。这里种下了“希望林”“青年林”“双拥林”“民族团结林”“援疆林”“诚信林”……

雅玛里克山的自然条件恶劣是不言而喻的。在山上植树十分艰难。石头风化成片石,表面上看起来是土,下面全是碎石,开沟挖坑十分困难,光用铁锹根本不行,得用钢钎去凿。开沟挖坑像蚂蚁啃骨头,既费时又费力,常常是钢钎挖断了一根又一根,手上留下血泡一串又一串。山上土层浅薄,树木难以成活,他们就凿石换土,背土上山垫坑植树。每次植树时,树木只能拉到山下。带土包的树木每株都有二三十公斤重,还不能摔,打散了土成活率就无法保障,要靠工人肩扛手抱上山,植一天树腰酸腿疼得都不想站立。

栽完树后,浇水才能保证成活率。山上没有水源,只能运水上山。拉水车供应不及,各单位的车都没闲着,一趟趟拉水。大家又一桶一桶提水上山,浇进树坑里。二十万植树大军苦战四天,植树近千亩。首府人民虔诚地在雅玛里克山这块土地上植下生命的根,播种出了绿色的希望。

首府人民忘不了1997年4月23日这一天。全市十万余人在雅玛里克山开展大规模的春季植树造林活动。而天公不作美,雅玛里克山上狂风大作,沙石乱飞,但植树的十万大军顶风奋战,挥锹扬镐,没人退缩,好一幅众志成城图。当年前来采访的乌鲁木齐电视台记者陈越说:当时劳动的情景太动人太壮观了。只可惜风沙太大,怎么保护摄像机,还是拉伤了磁头,影响了画面效果。”

这天,新疆维吾尔自治区及乌鲁木齐市党政军领导,再次参加了雅玛里克山植树劳动。自治区领导指示:用五至十年时间,把雅玛里克山建成美丽的花园。随后,自治区人民政府以文件的形式,将绿化开发改造雅玛里克山纳入新疆维吾尔自治区人民政府议事日程。

1997年5月,原国家环境保护局因雅玛里克山所处的地理位置,以及对生态环境产生的影响,正式把沙依巴克区列入全国生态示范区,重点是对雅玛里克山的绿化。

此后多年,加大了绿化力度,每年都增加绿化面积,每年都组织调集市、区各机关企事业单位干部职工,动员驻区单位和部队近十万人上山植树。1998年,雅山上严重缺水。如不及时浇水,新栽的几千株树苗就无法成活。空军某部知道这一情况后,派出几百名士兵和许多车辆,一趟趟拉水,终于使新苗全部成活,保证了植树面积以每年一千亩的速度推进。

“树上山”咋听起来好像怪怪的,以往的近二十年不是一直在山上种树吗?弄明白后才知道原委。所谓“树上山”是在山上先高后低、先难后易,让海拔最高、最难绿化的山头先绿起来。从2018年起,他们向海拔一千三百九十六米的青年峰和841发射台等山峰发起总攻。上山没有现成的道路,他们就劈山平谷,盘山开挖简易道路。山体地势陡峭,土壤石质严重,开沟机械上不去,园林职工们就用电镐、十字镐和铁锨轮换着开沟挖坑,硬是用一双双臂膀背土上山、扛树上山、提水上山,让一棵棵树苗在石头缝里扎下了根,让荒山一天天改变了样貌。

山连山，石连石，雅玛里克山到处是石头。传说中愚公父子挖掉太行、王屋两座大山，借助的是神仙的力量。可坚韧不拔的首府人削山平谷、劈山造路、开沟挖坑、扛树上山、提水浇灌、绿化荒山依靠的却是自己的双手和臂膀。

他们种一片树，要爬十道坡。植一片草，要拉百车土。辟一条路，要削千米山。若不是大地搜肠刮肚的精血，哪能对雅玛里克山生成这样的爱？若不是山魂地魂的孕育，哪能对雅玛里克山产生如此的恋情？

荒山绿化关键是水。制约荒山绿化改造的瓶颈是水，解决绿化灌溉难题首要的是确保水源。政府投资一亿两千万元，建成了日处理能力五万立方米的雅山污水处理厂，既能为雅山提供可靠和稳定的水源，又可解决城市污水处理能力不足问题。他们把荒山绿化与污水资源利用有机结合在一起，最大限度利用好有限的水资源，遵循了因地制宜、适地适树的原则，水平沟漫灌、喷灌、滴灌、微喷等，灵活运用工程节水、生物节水等多种节水方式，大力推行节水灌溉，彻底解决了绿化用水难题。

“早先我们用挖掘机在地势比较平坦的地方开掘一个平台，方便运水车停靠。在水箱里放置潜水泵，把水送上山。这个方法使我们抓住了植树的最佳时机，原先光秃秃的841发射台周边终于见到了绿色。”如此大的山体，靠运水车灌溉是杯水车薪，只是权宜之计。要从根本上解决灌溉用水问题，必须在前后山各建一个泵站。

“我们在蓄水池的出水口打了一口十几米深的竖井，井中放置潜水泵，靠潜水泵把水抽到山顶的分水点。从分水点沿着山脊等高线铺设灌溉管线，管线直达每棵树木，确保每棵树都能喝饱水。”现任沙依巴克区园林管理局局长徐通如是说。

按照乌鲁木齐市“先绿化、后提升”的工作思路,因地制宜,增绿添彩,通过组团式条带式种植模式,逐年丰富景观色彩和林间层次。如今,在雅玛里克山栽种的树有七十多种,不仅有国槐、五角枫、榆树、夏橡、丁香、疣枝桦等,还有彩叶树种、灌木、攀缘植物,有山桃树、苹果树、海棠树等果树十多种,林间层次花样繁多色彩斑斓,五彩雅山的愿景成为现实。

据沙依巴克区园林管理局工作人员马俊介绍,过去二十多年来,政府用于雅玛里克山荒山绿化的投资近十亿元,现已完成造林绿化面积近四万三千八百亩(含景观提升七千五百亩),种植树木五百五十一万六千八百株,成活率达到百分之九十二,保存率达到百分之百。特别是2017年贯彻新疆维吾尔自治区党委“树上山”重要指示精神,全面推进“树上山”项目实施,克服重重困难,用两年半时间完成之前二十二年种植树木总量的一点七七倍。随着绿化面积的增加,灌溉的配套,雅山植物群落内植物种类、数量明显增多,密度也明显增大,丘间谷地和个别阴坡植被覆盖率达百分之九十五以上,基本实现了雅玛里克山绿化全覆盖。曾经碎石密布、荒寂凄凉的山体被打造成景观色彩丰富、功能多样的城市森林体系,已成为满眼绿意、普惠群众的美丽家园。昔日的沙尘源变成了都市新景点,发挥着越来越重要的影响小气候和城市“绿肺”功能,成为国家级AAA景区。现在,每天来这里旅游观光和休闲娱乐、徒步健身的人达三四千人。

从小在雅玛里克山下长大,后成为沙依巴克区园林队荒山绿化班班长的安利胜感慨地说:“在雅玛里克山上种活一棵树的成本是市区的好几倍,所付出的心血是市区种活一棵树的十几倍。一座荒山如今建成了供市民晨练、休闲、游玩的森林公园，我觉得这就是一个奇迹。每每想到这些，看到满山的绿树，心里的自豪感油然而生。此生付出的所有辛苦和劳累都是值得的，我会毫不愧疚地告诉后人，这座山的复活有我的心血。”

雅玛里克山的绿化开发改造工程中，涌现出了许许多多感人事迹，也涌现出了许许多多先进人物。“绿化标兵”安利胜，全国绿化奖章获得者居来提·阿吉……他们都是绿化改造的功臣。

按照乌鲁木齐市人民政府制定的“绿化先行、统一规划、分片改造、综合治理”雅玛里克山绿化改造总体方案，在大面积绿化改造的同时，沙依巴克区有步骤、有次序、分片区对附在山体表面色彩杂乱的房屋和窝棚进行改造和拆迁安置工作。从1996年初开始，在山边南坡平缓地带规划建设多处高层安置房小区，边成片拆迁，边安置人员，边绿化改造，力求做到拆迁一片绿化一片。到2018年底，山上所有乱搭乱建的房屋和窝棚全部拆除，近三万人得到妥善安置。这不能不说是个奇迹。

人们被安置得妥妥当当。他们做梦也想不到，曾经漂泊不定、担惊受怕的人，如今能像城里人一样搬进了花园一样干净整洁的小区，住上了宽敞明亮而温暖的高楼大厦，不再为没水没电操心，用上了干净方便的天然气，不再为炒菜做饭的燃料发愁，不再担心冬天受冷挨冻了！最关键的还是给他们办理了社保，再也不为生老病死发愁了，每个人内心充满感激之情。

一项世纪工程需要一代一代人的艰苦努力，伟大的实践需要与时俱进。

雅玛里克山曲折而艰难的岁月已经过去，鲜花灿烂的春天随风而来。

四十平方公里荒山野岭，生成了四十平方公里城市森林。在绿化开发雅玛里克山的进程中，首府人留下一串坚实的脚印。2004年，由广大市民投票评选，雅玛里克山以“妖魔山”的传说和优美的环境，被评为乌鲁木齐市新十景之一。

我们坚信，经过一年又一年、一代又一代的努力，雅玛里克山一定会绿树成荫，繁华锦绣，成为城中有山、山中有城，别具特色的乌鲁木齐城市新景区。

巨轮已经起锚，青龙已经猛醒。首府人民将同声高呼：青山负我辈，我辈安负青山！

石狮，也许来自唐朝

赵　航

据说这两只石狮子，是从唐朝而来。

石狮造型威武，前肢撑地，后肢蹲坐，仰首苍穹，阔口大张。它们的头部突出，给人头大身小之感，却仍然一副不好惹、斩妖除邪的金刚怒目状。

它们的前腿都断过，接之以粗糙的水泥。按照石狮子一阴一阳的摆放讲究，右边的是雄狮。它显然遭遇了比雌石狮更多的损毁，上下唇部布满豁口，牙齿被敲掉，嘴里的石刻圆珠不知去向。空空如也的嘴腔，显得空旷又虚张声势，看着让人不忍。它的底座下，是一只装着垃圾的白色泡沫盒。

它们面对着热闹繁华的古牧地中路，公交车站处车来人往。它们面前也总是人来人往。人们经过它们，拐进巷子，要么去车站，要么去小店。我站在车站打量它们时，看到一个老年男子停在了右边狮子脚下。他将脚放在石坛上，用纸擦鞋子，擦好后将纸扔进泡沫盒，起身走了，没有抬头望一眼石狮子。

石狮守护的地方，是乌鲁木齐市米东区文化馆旧址，现为米东区老干部活动中心，朱漆大门终日紧闭。若不是两只石狮和一块《建馆志》石碑，没有人能意识到，这里曾经是米泉县的文化馆，很多与米泉有关的县志、历史、文物搜集整理都在这里进行。

我第一次知道这两只石狮的故事，是在一次文友聚会上。曾经的文化馆馆长焦江说起它们，说完叹了一口气，话题很快就转移了。我一向对文物感兴趣，便暗暗记着这个故事，想着找时间一睹石狮真颜。

三月初，我找到它们。细细打量后，开始读《建馆志》。

"轮台"一词背后的地理历史，突然引发了我的兴趣。

短短几行，简练而概括，却是唐轮台千年的沧海桑田。一千年前的石化是什么样子呢？如果时间一格格地倒转，生产区成片的巨大高塔和生活区的高楼一截截消失、后退，它应该是轮台县绿色的跑马场吧！

因为归属地不同，我从未去过米泉县。在我心里，它只是一流大米的代名词。2007年8月，经国务院批准，昌吉回族自治州原米泉市和原乌鲁木齐市东山区合并，成立米东区。七年后，我所在学校隶属于米东区，我又加入了米东区作协，以一个米东人的身份，参加诸如考试、开会或比赛等教育事务，经常参加文学活动，到米东区各村镇采风。尤其在担任《古牧地》季刊的散文编辑之后，阅读加深了我对米东的了解，开始真正意识到脚下这片土地有着厚重的历史。我曾经和文友一起去大破城，站在那截已塌成馒头状的土城墙上，想象着千百年前的马嘶风鸣，清角吹寒。

现在，只有很少人知道，这对石狮有着曲折坎坷的遭遇。如果它们真的来自唐朝，如果它们能言，一定会讲出千年前悲怆而壮阔的历史故事！

看过石狮后，我又专门打电话采访了老馆长焦江老师，他详细地将这对石狮的故事告诉了我。

这对石狮出土于米东区北沙窝。

北沙窝是离乌鲁木齐最近的沙漠。据老人回忆，1955年，石狮被一个到北沙窝砍柴的农民发现，几个村民用马车拉回去，放在蒋家湾村的大庙前。那时，蒋家湾大庙每年春天都举办庙会，由当地商会和大户人家组织，将村民聚在一起，吃羊肉，看大戏，借此协调农民的用水问题，和睦各民族之间的关系。千年黄沙掩埋，保护了一对石狮原貌。它们立在大庙前，保护风水，十分壮观。老辈人都有深刻印象。

石狮重见天日后，第一次毁伤来自北塔山土匪的沙枪、土枪。当时，他们经常抢粮抢牛羊，在大庙与当地百姓激战。石狮身上挨了不少枪子，腿被打断，牙被打豁。

石狮第二次的毁伤，是被浸泡于水塘。

蒋家湾大庙被烧毁后，一个兵团面粉厂的老板将石狮子拉回来，用水泥接了腿，摆在面粉厂门口，后又被兵团战士拉去压篮球架。老米泉人一见便急了，这是属于米泉的东西，怎么能如此对待？一帮人齐上阵，用拖拉机把石狮拉回米泉，放在了羊毛工镇留子庙村的清真寺门口。改革开放后，有人认为不妥，石狮子便被扔到清真寺后边的一个水塘里。1989年，县文化馆馆长焦江四处搜寻古迹古物，先在蒋家湾大桥上找到了石狮底座。底座四块石头，其上雕有向日葵、太阳花和狼等动物，边缘已漫漶不清。接着，焦江组织村民将石狮子打捞出来，拉回文化馆。

据新疆维吾尔自治区文物专家“眼学鉴定”，这两只石狮的形制和工艺都属于唐朝，已历经一千三百多年风雨。这是了不得的大事。俗话说，多大的衙门摆多大的狮子。从木垒到玛纳斯，没有哪个县出土过这么大的石狮。作为北庭都护府的一个税收机关，拥有这般雄伟石狮的可能性极大。1990年，县文化馆将之列为文物。

距今已有一千三百多年历史的“唐朝路”(遗址)，是丝绸之路新北道的一段，横贯兵团第六师垦区，经过米东区北沙窝全境。一对石狮出土于北沙窝，能否成为唐轮台城设在北沙窝一带、设在米泉境内的一个有力佐证呢？

石狮第三次毁伤缘于想当然。

1996年，焦江请石匠师傅仿制了四块底座，对狮子做了修复：雕刻了前腿和前爪下的绣球，修补了一只石狮的豁牙，重新做了一颗圆珠放进嘴里。如果修复工作只做到这一步，那就不会留下遗憾，也不会让文化馆的工作人员至今追悔莫及。其实石狮出土时，只有一只大张着嘴，另一只的嘴只是一条缝。不知是谁先提出，应该对那只微笑的石狮进行改造。石匠师傅按要求，将嘴缝开凿成阔嘴，刻出牙齿，又放进了一颗圆珠。这下，两只石狮都成了威风凛凛“朝天吼”。虽然两只石狮原貌的照片至今保存完好，但当他们了解了文物应原样保存的原则之后，遗憾已经永远地生成了。

第四次毁伤是人为的不被珍视。

石狮修复完毕后，格外受重视，被套于玻璃罩中保护。后来春季融雪，房檐冰柱将玻璃罩砸烂，便只能直面风雨了。2014年，文化馆搬迁到新址。孩子们随意攀爬石狮，不久，雄石狮的牙齿再次失落，石珠不知去向。

作为一个重要文物，石狮从被发现那天到现在，也走过了六十八年。其间风风雨雨，言语不能道尽。

2015年2月，兵团第六师五家渠市就有关唐朝路研究成立了唐朝路课题组。经过考察，研究成果《唐朝路历史文化研究》一书于2019年出版。北沙窝出土石狮子的事情，为什么没有被记录，作为唐轮台和唐朝路调查论据之一呢？我将电话打给当年课题组成员之一龚培德老师，他说不知道石狮的故事。当年他们走的唐朝路，不包括米东区境内，大家的注意力全在五家渠市境内的古迹与古物。比如唐代烽火台、团场职工挖地基挖出的刀型钱币和金属箭头等。"你知道了这事，你先记录下来。"他说。

2022年，米东区大型文旅项目米古里西域水游城地下街开业。很多人去"老米泉夜市"吃饭，发现门口两边各踞一只半腰高的洁白精美的石狮。

这对石狮正是唐朝石狮的复制品。原来，石狮的故事同样深刻在米古里西域水游城的设计师王伟中心中。他请来河北曲阳的石匠，将石狮原貌按比例缩小复制后，特意摆放在老米泉夜市门口。老米泉夜市是属于老米泉人的回忆，唐朝石狮子提示着米东区的深厚历史积淀。

一对崭新的石狮，日日沐浴霓虹，看着无数食客、游人在光影潋滟的地下街慢悠悠地走过。无数食客经过它们，却只有极少数人知道它们的出处。假如旁边放一块文字说明就好了。

两只唐朝石狮，牵连的历史极其广阔且灿烂。唐朝路、唐轮台都是西域历史的文化符号，是孕育边塞诗的摇篮，是属于整个新疆的高频词，是历史学家、文学爱好者的心头鼓声与冷月。历史的细节很容易遗失于大漠瀚海。一对石狮的出土，也许就是米东区厚重历史的证明。它们经历与目击的变化，其实比我们多。

有历史，有故事，有属于自己的记忆，这正是米东区的魅力所在。曾在米东区担任区委书记的张海燕曾说：一个地方没有历史、没有文化并不可怕，可怕的是它有历史、有文化，却不被人们记住、喜欢、传播。

宇宙流变，我们必须记住一些事物，因为它就是我们身边的历史。石狮对天长啸，从不颓唐。我将手紧紧压在它粗糙的皮肤上，它记得春天的温度。

关于唐轮台，一对石狮子也许是最好的叙述。倾听，正是我们应该做的事情。

与树共生

于雪飞

人一年年添着岁数，而我居住了二十多年的城市越来越年轻。

新的音乐节，新建的乌鲁木齐文化中心，社区里新挂起的文明实践中心，博物馆新推出的历史剧目，新型工业园悄然出现在城北地带，新的水景景观出现在城南和平渠，新型花卉与果木将河滩路打造成彩色的自然植物图景……目不暇接。但好在城里还有许多粗大的老树，给人多多少少的安慰。也提醒着我们，时间奔流，生命常绿，提醒我们好好种自己的那一棵生命之树。

榆

在达坂城西沟乡怪榆谷，在一棵形似三角形短墙的老榆树前,我停住了脚步,为它的气定神闲,为它的枝叶披拂,为它三四个人抱不过来的腰围,为它以后的悠然岁月。

风很大,倒木随处可见。木头倒下,成就各种材具。有的变成独木桥,担在清浅的林地溪流上,让岸这边的人借着三五米的桥身,稳稳当当地走到对岸。有的漂流到某个浅滩,给人剥干净树皮,做成天然的一溜儿木凳,拍照时颇有些"野渡无人木自横"的宁静。有的则截断后做成桌椅茶几,做成多肉植物的花器,做成木片画装饰在外墙上。更多被风吹断的枝杈,还挂在林地中,黄色的筋脉如割不断的脐带,向母树寻求供给与重生。

达坂城的风,自然也用无形的刻刀,给这棵老榆树定制了粗短的身形。它一定被吹得东倒西歪过,它的主干与地面的倾斜度是一个小小的锐角。它的树身一侧留着篮球大小的树洞,可能是枝干吹断后,斧头留下的印迹。它顶端的树杈向不同的方向伸展,撑起一个独立的小世界,一个小小的绿色树屋。风与树游戏了两三百年,那些横七竖八的榆树林,自然代谢后成了风景秀异的榆谷风景区,以身姿的"怪",以木本的"韧",以存在的"勃",圈住了自己脚下的家园,以自己最本真的面貌,绿葱葱地演奏着生命进行曲的绵长和欣悦。

小区外馕铺子边上,就有一棵上百年的大叶榆,它应该见证了碱泉二街的百年变迁。碱泉街从东郊的菜园子,到二十世纪六七十年代各省移民的小平房;从2000年前后多层楼房和小高层拔地而起,到今天新的商住高层楼宇鳞次栉比;从同一条马路左右的学生被划分到不同学区的学校,到因教育集团化而弱化了名校娃与"菜校娃"的标签……这棵原本在一个不起眼角落的老榆树,因老城改造铺上了一米见方的绿色保护栅格。它立在崭新的淡黄色人行道中央，烈日下投下一片阴凉，冬雪中撑起白绒绒的雾凇。

乌鲁木齐市米东区三道坝镇韩家庄村浔疆四季院子里的白榆树，见证了周运盛等四位95后大学生的返乡创业。一片蚊虫飞舞的沼泽地，如今变成了白墙黑瓦的徽派场院。村里的主干道铺上了混凝土，道路两边埋设下水管道，排污管道直接接到了村民家中，每家每户的厨房污水、洗涤污水等通过下水管道统一收集，进行污水处理设施净化后循环利用。浔疆四季旅游综合体在建的立体栽培植物工厂，投资约一千六百七十五万元，智慧水培蔬菜主打莜麦菜等植物，一方面供给冬季乌鲁木齐市民餐桌上的有机绿叶菜，另一方面，面向青少年科普未来农业新形态——建在封闭空间的植物工厂，所有气候条件均可被手机精准控制，按有机蔬菜标准，设定不同品种蔬菜需要的温度、光照、湿度、水分等，比起传统农业，成本相对较高，但有一种《流浪地球》似的梦幻感。

乌鲁木齐市经开区（头屯河区）马家庄子村有一棵“乌鲁木齐第一榆”，据说已活了六百七十余年了。马家庄子缺水，算不上富裕，而这棵“乌鲁木齐第一榆”以一木成林的姿态，伫立于村庄之外，最近的人家离它也有一二里地。它偶然在荒原中扎下根来。它见过多少代人的饥荒与饱足，见过多少人的进来与出去，见过多少人的降生与离开，记录了多少人间悲欢！

“春风先发苑中梅，樱杏桃梨次第开。荠花榆荚深村里，亦道春风为我来。”如今，马家庄子村建了食品加工基地，修了第一榆文化广场，还将开发建设马文化产业园项目——借助一棵古老的榆树，马家庄子村民做起了旅游生意，办起了农家乐牧家乐，村子里通了公交车，孩子们上学有校车接送，哈萨克族村民们在家门口，一年能挣十几万元。

榆树之为乌鲁木齐市树，可能就在于它的随遇而安，在于它的怡然自洽，在于它群可以成林，独亦能偏于一隅，能伸出油汪汪的绿叶。

杉

在乌鲁木齐县麦子庄园，居然看到几本“丝绸之路研究丛书”。庄园女主人麦子（马丽娅姆）在她的“中国民间登山历史馆”中，给大家一一展示她的收藏品，讲述她眼中的珠穆朗玛峰，诠释八千八百四十八米海拔之上的生存哲学。

作为两次成功登顶珠峰的传奇女性，麦子表现出男人式的精明与务实。她坦言，自己的花园餐厅是商业性的，目的在于养活公益性的“中国民间登山历史馆”。影视剧或媒体报道中的“攀登者”在她看来，是“商业客户”。攀登珠穆朗玛峰无关金钱、性别与体力，她觉得能成功登顶的人，靠的是运气和勇气。

“中国民间登山历史馆”呈现出中国近三十年登山装备的变迁。无论是锅具燃料，还是鞋帽背包、冰爪手杖、服装材料、设计思路等，让非极限运动爱好者的参观者开了眼界。

麦子说，新疆登顶珠峰的人有十三位，大多生活在乌鲁木齐。他们有从新疆考到北京大学的北大山鹰社队员，更多的是新疆的“天山野蛮派”民间登山队队员，其中有“新疆登顶珠峰第一人”之称的乌鲁木齐市人杨春风。他成功登顶十一座八千米以上高峰，成为国内民间登山者中完成八千米以上高峰攀登最多的登山者。杨春风因带着万科集团董事长王石、丝绸之路国际度假区董事长李建宏等一起登顶珠峰，而让高海拔登山运动为大众认知。遗憾的是，2013年6月，杨春风在巴基斯坦北部南迦帕尔巴特峰大本营受到袭击，生命的句号停在盛年的四十五岁。

想起二十年前，我所在公司的领导也是一位热爱户外运动的探险者。登顶珠峰的安少华、宋玉江、王铁男等人，受邀在公司论坛上发布户外活动的各种图片。那时还没有微信，本地论坛就是本地最大的自媒体。正像麦子所言，这些本地的勇士在乌鲁木齐低调地存在着，与大家擦肩而过。

这些登上珠峰的人，同时在事业上颇有造诣。他们在珠峰上拍下纪录片，在极端的自然环境中乐观豁达。他们年过半百依然让梦想绽放的勇气，让人想起天山上的雪岭云杉。

南山之所以成为乌鲁木齐市的后花园，是因为其阳坡绿草如茵，黄色的野菊花、紫色的马兰花、白色的阿尔泰银莲花、黄色的野蔷薇逐季怒放。而阴坡则是茂密的雪岭云杉。为了获取海拔一千四百米至两千七百米的山脊中的水分，雪岭云杉进化出庞大的根系，每株成材雪岭云杉可贮水二点五吨，如同一座微型小水库。它们四季常青，挺拔伟岸，顺着天山南北坡连绵千里，连成被《中国国家地理》评为“中国最美十大森林”之首的原始森林。

不同的土壤，不同的物种，不同的风景。开在阳坡上的草花花开一夏，长在阴坡上的雪岭云杉得迎接数十年的风侵雪摧。有人说高处不胜寒，有人偏信山登绝顶人为峰，生命的多样性与多维度正是被与众不同的个体打开的。那些花费巨资顶着巨大风险向上攀登的极限运动家，至少织出了自己的神话世界。

杏

很多年分不清桃杏李梅梨的花,直到一位语文老师晒出他拍摄的杏花。他说:比起其他果花,杏花的花蕊更长,“宛如长长的睫毛”——呵,原来院子门口那一棵树皮略黑的老树,就是山杏。看上去也有四五十年的树龄了。也就是说,它比我们这座建于2002年前后的小区还要老。它是看着一处破旧的厂房,变成一处体量约万人的居民生活区,看着孩子们从上幼儿园到自己也当了母亲或父亲的。

能认识一处杏花,也就能识别全城的杏花。比如在人民广场走着,就见东侧绿化带的一株老树,花萼鲜红,花瓣轻卷,是杏树了。去女儿的学校清扫操场,青翠的榆树丛中,虬曲着一棵蹁蹁腿就可爬上去的杏树,直径在三十厘米左右。可能结的果子比较甜,一年年引得小学生们上树尝鲜,树身亦佝腰弯背,一副俯首甘为孺子牛的姿态。在达坂城区东沟乡,白雪皑皑的湿地草甸前,许多家平房的院子里开着一树树粉嘟嘟的杏花,反射着柔和的粉色光晕,与蓝天下雪白的层积云勾画出宁静甜美的新村景致。米东区府前路中心绿地广场,几株杏花树前,一位退休老人调弄着自己带的音响,即使只是一个人唱,设备上没有丝毫马虎,场地上尽量漂亮。

雅玛里克山森林公园深处,一处水景的木栈道前,杏林寂寂开放。二十多年前,雅山几乎是一座空山,没有树也没有多少草,单位、部队、学校每一年都上山植树,山顶上修建了污水净化设备,生成干净的再生水,滴灌山上的草木。

生活即教育,乌鲁木齐本身就是一本大书。大人们不妨带着小朋友,一起阅读它的老故事、新篇章。

初春时节，一家人可以去米东区铁厂沟天山村放放风筝。田野平整，蒲公英等野菜刚刚冒出小绿叶，榆钱肥嫩地缀满树梢，下完蛋的老母鸡咯咯咯地报着喜，博格达雪峰如巨大的屏风，成为拍照最美的背景。

小朋友一定会喜欢柴窝堡湿地公园。五月份，水禽们进入繁殖季，蓝胸佛法僧在苇丛中翻飞捕虫。它淡蓝色的脑袋、亮蓝色的背羽、翅膀内部的靛蓝色，好似黄色苇海中自动旋转的蓝色陀螺。

说回杏树吧！乌鲁木齐市面积不断扩大，海棠、夏橡、皂角、云杉等树种，补充了绿化带中的青杨、白榆、山杏、碧桃、胡杨等。但老树就是老树，已是这城市的一个符号，让人想到五六十年前，一个不知模样的人，忽然在一处种下一棵他喜欢的杏树，树长成大树，而人，可能已成故人。又不知多少年，建筑物推平又重建，在树荫中玩耍的孩子，甚至不曾仔细打量过家门口的老树，不曾想过种树的人姓甚名谁。直到某一天，自己也想种一棵树。忽然看到，满城开花不开花的绿植、山里森林中的乔木，都写着各种各样的人生故事。

借宋代陈与义一首杏花令作结："长沟流月去无声。杏花疏影里，吹笛到天明。二十余年如一梦，此身虽在堪惊。闲登小阁看新晴。古今多少事，渔唱起三更。"

一心书店的炉火

陈湘涛

黄裳先生在《金陵五记》中感慨南京的唯楚书店说:“老辈文人的闲散气度和学问因缘,于斯尽可窥见。”在乌鲁木齐,如果一定要找这样一家有影响的独立书店,恐怕非一心书店莫属。

1997年,一心书店在新疆医学院扎下了根。它的名字来源于一句古训——“一心只读圣贤书”。据说这是由三个来自伊犁、有着共同梦想的年轻人创立的。如同许多故事一样,伙伴们走着走着就散了,只剩下一个人在坚持,很快就把书店做成了新疆书店业中的一个典范。

那年,我到乌鲁木齐上大学。平时爱读书,却不知道读什么书。中文系有资料室,可以借阅图书,但书的种类少,数量更少,借的人却多,想借的书总是转不到自己的手里。学校图书馆不对新生开放,要到大二时才可以办借书证。听师兄们说，图书馆虽然号称藏书六十万册，但里面光《苦菜花》就有二十多本，像是个标本陈列室，新书根本看不到。失望之余，我们只好把视线转向校外。一心书店就成了我们读书的好去处。

学校离新疆医学院只有一站路，坐车或步行都很方便。一心书店在地下负一层。走下楼梯，两边的墙上贴满了各类图书海报。我从未想到图书海报也能做得如此精美——醒目的艺术字体书名下面，往往是各种冷色调的留白，看着朴素，却别具匠心。书店里面端庄素雅，几个大的套间，周围全是书架，中间的矮桌上也摆满了书，庞杂却不凌乱。里面还有一个小套间，摆放了一圈沙发座椅，这里经常搞各类读书沙龙或作家签售活动。书店最怕有人蹭书看。那些囊中羞涩的书虫，书一翻开就从头看到尾，蹲一上午或站一整天，一分钱都不用花。对付这种书虫，通常最好的办法就是来回驱赶，不让他们过长时间看一本书。一心书店却心胸开阔，来的都是客，买不买没关系，看不看随你便，哪怕你挑了书坐在里面小套间的座位上看都可以。书店里一直播放着轻音乐，看书的人也都很自觉，偶尔有人说话，也都压低了声音，语速也比平时慢很多。闲暇时间，独自一人或是约上三五好友，在此阅读、静思、休息、聊天，无比惬意。

书店里的书也很对我们的胃口。一心书店偏重于文化积累，那些容易赚钱的工具书、教辅书只占很小的比例，文学方面的书籍很多。这大概跟书店老板的个人爱好有关。书店选书视野开阔，且与时俱进，名家新作、新人推荐、争鸣作品，都能在醒目的位置找到。书店不仅仅是一个售卖场，更是一个文学评论阵地。店员用图书摆放的方式，将文学前沿的讯息和价值判断推荐给读者。

那时的我们都有一个文学梦，也有大把的时间，所以经常去一心书店蹭书读。

1999年，沈苇先生的“基础读物”——《正午的诗神》出版。同宿舍的寇钧剑是沈苇先生的仰慕者，领着我们参加了沈苇的新书签售会。在一心书店的小套间里，先是诗歌朗诵和文学沙龙，然后签售。沈苇那时还很年轻，意气风发地坐在主位，回答着读者一个接一个的问题。这是我们第一次见到作家，像是进入了人鬼狐妖的聊斋世界，瞪着眼睛大气都不敢出。由于囊中羞涩，最后只有寇钧剑掏钱买了书。

在寇钧剑的那本书上，沈苇先生写了一句话：“向上的路和向下的路一起行走。”我们不太明白这句话的意思，但都觉得很有诗味和哲理。这本书中介绍了五十个外国重要诗人、散文家，却不仅仅是简单的文学普及，更浸透了沈苇先生的阅读体验和感受，正如他所说的“勾勒天才的精神肖像，传达大师的旷世之音”。得到沈苇先生签名的书，寇钧剑奉若圭臬，斗争了很长时间才允许我们翻阅。

寇钧剑来自新疆博湖县，和我一样睡上铺，两张床距离只有四十公分。每次聊得投机时，我们就头对着头睡，几天没洗澡后我们又脚对着脚睡。他读诗写诗，而我却是门外汉。他写诗专用一个小笔记本，习惯晚上趴在枕头上写。笔迹本身潦草，再加上边写边改，写成以后就成了“天书”，除了他自己，没人看得懂。事实上，即使他誊写清楚了，也依然没人看得懂。因为他读诗眼界颇高，喜欢读外国诗人的作品，尤其酷爱帕斯捷尔纳克的诗。他写诗自然也带有俄罗斯白银时代的气质。只是这种诗歌在校园里注定不讨好。学校文学社里的爱好者，喜欢那种讨巧的诗，最好像歌词一样浅白易懂。那时,文学社定期出一份打印的小报,寇钧剑的诗常被放到不起眼的位置。因为理解不了,大家也很少评价他的诗。我们那时也背了不少现当代的诗歌,多少有一些鉴赏水平。虽然看不出寇钧剑的诗境界有多高,但能读出其他人写的有多幼稚,所以常常为寇钧剑感到委屈。

诗歌最讲际遇。就在获得签名版《正午的诗神》那一年,诗人沈苇来学校开讲座了。看到活动中心贴出的海报,我们格外兴奋。一心书店的那次签售会,沈苇先生身边围着他众多好友,我们只能当旁听的观众。现在到了我们的主场,终于可以跟他近距离交流了。最高兴的当然数寇钧剑。他提前抄录好了诗歌作品,盼望着能听到沈苇先生的点评。

然而,古代文学史课上,教先秦文学的张玉生教授突然宣布把下周的某节课提到周六晚上来上,正好与沈苇先生的讲座冲突了。我们面面相觑,暗叫不妙。我们宿舍的韩永利,当时是学校文学社的社长。平时从不敢在老师面前大声讲话的他,竟然站起来与张玉生教授谈判。他说周六晚上是诗人沈苇的讲座,恳请老师再换个时间。张玉生教授问沈苇何人,韩永利答是著名诗人、"鲁迅文学奖"获得者。张教授脸上现出不快,说课不能改,你们愿意听谁的就去听吧!

大学时光,最怕无事。不管是什么道场,总能吸引一大批好事者旁听。到场的听众,恐怕只有寇钧剑读过沈苇的诗,其他人都是在海报上看到沈苇先生获得了"鲁迅文学奖",想来见见名人。沈苇对着一众学生,讲到了多多这个当时不被文学史待见的诗人,讲到了哈萨克族小说名家朱玛拜·比拉勒,也讲到了自己的创作经历,都让我们眼界大开。活动的最后一项,大家都把自己的诗交到了沈苇先生的手中,由他来品鉴。诗被抄录在不同的纸上，有信笺纸，有作业本纸，还有折了页的笔记本，厚厚的一叠。沈苇先生看得很快，眉头一直紧锁，我们仿佛听到了他的叹气声。那场面令人窒息，像唐中宗时上官婉儿彩楼评诗——“须臾纸落如飞”。终于读到了寇钧剑的诗，沈苇先生眼睛一亮，放置一旁。全部看完后，沈苇先生只对寇钧剑的诗赞誉有加，那些校园当红的“诗人”顿时默不作声。后来，沈苇先生把寇钧剑的这首诗推荐到《绿风》诗刊发表了。

因为我们都翘了课，张玉生教授一直耿耿于怀。在下一周的课上，他批评起了新诗，说古诗能让人看懂，新诗总是朦胧，一会儿朝这边去，一会儿朝那边去，让人摸不着头脑。他一边说着，一边手搭凉棚朝左右两边转头张望了一下，动作显得很滑稽。虽然话说得很重，但张教授仍很大度，默许了我们旷课——他是北京师范大学毕业生，当学生时估计也没少参加这样的活动。

寇钧剑迷恋沈苇先生的作品不可救药，很快又买了沈苇的另外两本诗集——《高处的深渊》和《在瞬间逗留》。大四时写毕业论文，他选报了现当代文学，就论沈苇的诗。

1998年秋的一天下午，我们像往常一样去上合堂课，惊奇地发现黑板上写着“欢迎陈忠实先生来我系讲学”。事先没有人预告，也没有人组织，让我们不敢相信这是真的。

以前上课都往后排坐，方便睡觉和逃跑。这次，我们宿舍早早地占据了第二排的位置。消息像是长了腿，很快扩散到全校，平时空旷的合堂教室很快被填满了，连过道里都挤着人。我们等了一会，这才想起应该找陈忠实先生签名。于是，大家凑了钱，我和同宿舍的新刚去买《白鹿原》，剩下的人替我们占座位。那次在一心书店一共买了五本《白鹿原》,连走带跑来回只用了二十分钟,拿进合堂满座都是羡慕的目光。陈忠实先生入场后,先坐到空出来的第一排,正好就在我前面的座位,我盯着他的后脑勺发怔。《白鹿原》我已经读过三遍了,此时作者就坐在我前面,伸手可及,却又遥不可及。这就是当时最新一届茅盾文学奖得主,这就是创造出白嘉轩、鹿子霖、黑娃和田小娥等鲜活形象的作者。系里的老师介绍完毕,陈忠实先生做了一个讲座,主要讲小说《白鹿原》的创作缘由,讲了书中人物朱先生的原型、关学大儒牛兆濂的一些故事,讲了柳青的《创业史》对他的影响。故事讲完,竟然过去了两个小时。最后还安排有学生提问环节。由于合堂没有无线麦克风,所以就安排学生写纸条。陈忠实先生一边翻纸条,一边回答问题。

2001年我们临毕业时,一心书店在学校图书馆的入口处开了一家分店。这是用玻璃门隔出来的房间,面积只有七八平方米,旁边就是寸土必争的图书馆自习室。在自习室学习累了,可以跑进去翻翻闲书。那时,我们几个学弹吉他,喜欢用刘传编的《吉他爱好者》,当时出到了第六期,十五六元一本。前面的指法和练习曲我们都用不上,只看后面附的三十多首记有六线谱的歌,可以照着弹唱。

2001年7月,我们毕业,一心书店的版图也扩大了。总店被搬到乌鲁木齐市西北路,场地更大,活动更多,但对读者的那份体贴和敬意依然不变。在西北路的总店里,有个读者俱乐部,里面有木质桌椅,还供应茶水。每到周末,有文学沙龙、英语角、音乐会等丰富多彩的活动,甚至请一些兄弟省市的名家来搞签售活动。那时经常能遇到一些地州的读者,专程坐车来参加活动。在书店翻翻书、听听讲座,最后跟作家握握手,饭都没吃又赶着坐车回去。

到了2006年，总店又搬迁到自治区图书馆，后来又搬到了晚报社，听说现在又转型做起了文化类视频。我们曾经读书的地方，要么卖着羊毛衫，要么做着其他生意。

毕业以后，我在一些场合又遇见了沈苇先生。他仍不遗余力地在高校普及着诗歌，希望能发掘出更多的年轻诗人。那时，新疆高校有两个诗歌主阵地，活跃着一群80后诗人。一个是石河子大学的火种诗社，里面有杨钊、旗烈等青年诗人。另一个是新疆科信职业技术学院逐日文学社，旱子和去影是其中的骨干。两帮人马时有往来，组织了各种活动，好不热闹。我也跟着沈苇先生一起去科信学院参加过几次诗朗诵活动。有的活动办在礼堂，沈苇先生作为主要嘉宾，坐在首排正中，科信学院的领导陪坐左右。有的活动场地就很简陋了，随便找一间教室，四边各摆放了一排桌椅，就像是班级的茶话会。沈苇先生坐在硬邦邦的学生板凳上，依然愉快地跟年轻学生们谈论着诗歌。记得有一次，他读到了杨钊的诗，称之为天才。认为新疆的年轻诗人只有郭个和杨钊是天才。杨钊的诗先锋实验味道十足，注定没有太多的读者。难得沈苇先生大加赞赏，想必他本人也备受鼓舞。

也许是感慨青年诗人成长过慢，也许想告诉更多的青年学生真正的好诗是什么样子，2008年，沈苇先生受聘于石河子大学，为本科生开了一门诗歌鉴赏选修课，每周四去上一次课。他还在报纸上开专栏，专门点评80后诗歌。沈苇说，无视青年，遗忘老人，是我们的悲哀。沈苇还说，关注青年永远不会错！当我们乐于迎接东方朝阳之时，就为一天的健康生活提供了保证和护佑，我们就赢得了可能的未来。

沈苇先生不是一个死板说教的人，他的诗歌创作风格也总在变化，从柔巴依古风到读报实验体，有赞誉有批评，他不妄自菲薄，也不故步自封。

在生活里，沈苇先生也是这样。他走遍了新疆各个角落，可以和各地的普通人交朋友，饮一杯酒，讲几句笑话。遇到诗人讲诗歌，遇到农民论收成。清代钱大昕曾撰一联——“有酒学仙无酒学佛，刚日读经柔日读史”，说的大概就是沈苇这样随性的人吧！记得有一次，在“回之味”饭馆，他给我们出了一个谜语：牛圈里卧着一只羊，打一成语。我们猜了半天都猜不到，他最后公布答案，原来是抑扬顿挫(一羊蹲错的谐音)。可惜我不懂新诗，见到沈苇先生时一直没有好好交流。好像只有一次，向他请教榅桲是什么样的水果，因为在他的散文中读到过。他还签送给我一本写植物的书——《植物传奇》，我一直珍藏着。

现在，沈苇先生回到老家浙江省，还是在大学教书。他在新疆深耕的事业，也没有就此断绝。几年前，诗人笨水就在他的公众号上开辟了“疆来风度”栏目，展出了十五位新疆90后诗人。笨水说：“阅读他们，让人看到新疆未来诗歌的活力和希望。”诗人堆雪来得更直接，今年三月受聘到喀什大学人文学院任客座教授。我给他留言说：“接下了沈苇作为播火者的工作使命。”他回复说，尽一份绵薄之力。

如果把高校作为文学耕种田，注定广种薄收。但在失望之余，转身之际，也许会有苔花如米，学牡丹开。

多年后，我们这一帮文学追寻者写写停停，停停写写，每当懈怠时，总会想起多年前那间温暖的书店，以及在书店初识的那些人。正如福楼拜所说：“文学就像炉中的火一样，我们从人家借得火来，把自己点燃，而后传给别人。”写作是个苦活，读书不一定成就作家，但可以肯定的是，我们曾被这炉火点亮过双眼。

梁文道先生说：“一个城市的书店，某种程度上也代表了住在这个城市里的人的生活态度。让书店难以维系的城市，通常是浮躁的。而尊重慢阅读和书店的城市，通常也会尊重文化、知识或者公共知识分子。”

书店是城市之光。希望有一天，这个城市有越来越多的书店，燃烧着代代相传的炉火。

距离美景与心灵最近的城市

——我眼中的乌鲁木齐

葛　勇

乌鲁木齐是蒙古语“优美的牧场”之意，清末才成为新疆的首府，延续至今。在我眼中，乌鲁木齐不只有优美的牧场，还是一个多姿多彩、充满希望与勃勃生机的城市。

虽然是乌鲁木齐人，但我并没有出生在乌鲁木齐，而是在北疆另一个与乌鲁木齐很像的城市——乌苏。它们同样古老，同样由蒙古语命名，也同样是一个多民族聚居的城市。不过，在我眼里，乌鲁木齐不只更大、更为繁华、更为生机勃勃，也更为欣欣向荣。

作为新疆人，无论年幼、少年、青年、中年时，我都来过乌鲁木齐。不过，每一个时空中所经历的乌鲁木齐都各不相同。乌鲁木齐在我的回忆中，是慢慢舒展开的，像是一个画了十年的长卷画作，或者一段延时摄影的短片。

儿时第一次来乌鲁木齐,是跟随跑长途车的父亲体验生活,或者说假期旅行。那是在七八月间,父亲带着我和弟弟往返于伊犁和乌鲁木齐——从伊犁运来粮食,从乌鲁木齐市郊的化肥厂运出化肥。那次来乌鲁木齐,我们住在西山南梁坡父亲单位的办事处。那时的周围还是一片荒山,属于乌鲁木齐的远郊。只记得那间屋子里不知是有蚊子,还是有别的小虫子,我和弟弟身上都被咬了很多包。

工作之余,父亲带我们去了动物园及附近的烈士陵园。当时的动物园,应该就是新疆大学附近的南公园。不过,那次游历还是令我记忆深刻,我第一次见到巨大的海龟,见到孔雀,见到狮子、雪豹和老虎……虽然动物们窝在水泥兽舍里,在烈日骄阳和如织的游人面前显得有些无精打采。

那时我大约七八岁,第一次来乌鲁木齐,很惊讶这里的繁荣与富庶。尤其是与我位于北疆小镇乌苏的家乡相比,这里充满了城市元素和味道,巨幅的广告牌、熙熙攘攘的街道、琳琅满目的商品、鳞次栉比的高楼大厦,以及各个民族的人群,甚至还有不少外国人,令人目眩。虽说那个时候,乌鲁木齐最高的大厦就是八楼。

再往后,是中学时一次暑假,乘火车独自去新疆大学找在那里参加培训的妈妈,顺便去新疆青少年出版社拜访一位编辑,也是妈妈的同学,向她求教写作,同时咨询一下能否出版我生命中的第一部诗集。在她的循循善诱之下,我在《华夏少年》杂志发表了生命中的第一篇小说。几年后,我的第一部诗集被命名为《童话世界》,最终在伊犁人民出版社出版。那是一个九月的夏末,我清晰记得,穿着短裤T恤的我被一场意外而来的急雨快要浇透的场景。新疆的气候是早穿皮袄午穿纱,但我从未想到在一个城市的白昼里也有这么大的温差。再后来,我赶到了新疆大学附近的成教院,找到了妈妈。看到我一副“落汤鸡”的模样,她的一位乌鲁木齐市的同学,从家中找了一件自家孩子的夹克衫和一条牛仔裤给我。我清晰记得那件虽然有些发白、但充满薰衣草清香的针织夹克衫。后来才知道,那件衣服居然是一位姐姐穿过的。由于高个子,她喜欢穿这种中性的衣服。

不过,印象最深的还是新疆大学那些厚重的苏式建筑,以及校园里那些美丽的少数民族女孩子。从那以后,一直以为乌鲁木齐是一个美女遍地的城市。后来定居这里才知道,乌鲁木齐虽然美女云集,但美女来自全疆各地,甚或兄弟省市,乌鲁木齐像一个巨大的花园,靠着这些不断融入的似锦繁花来丰富渲染。

几年后,我再次来到乌鲁木齐,是父亲送我去兄弟省市读书。那时正是盛夏的八月,我第一次乘火车去往乌鲁木齐的东面,去往更加令人好奇的地方。我们住在火车南站附近的旅社里,第一次在火车站售票厅看到那么多的人。我们在人潮汹涌的火车站售票厅排了两天队,才买上火车票。当然了,是站票。不同之处在于,我的是学生票,而父亲的则是全票。

父亲在这里有一个开餐厅的朋友。那几天,我们就在那里用餐。乌鲁木齐是一个可以随意找到各色美食的城市。我们沿着火车站一路漫步,去几公里外黄河路的“五一”星光夜市。那里有明亮的路灯、人声鼎沸的马路,以及各种各样的美食:天津大麻花、米肠子、面肺子、烤肉、抓饭、各种各样的馕、熏马肠……这时我才知道,乌鲁木齐是一个能够满足味蕾的城市,天南地北的美食,几乎都能找到。这里有北京烤鸭、四川火锅、云南米粉……正是因为新疆人来自全国各地,不同口味的选择造就了这里有着各种各样的美食。

回疆就业后不久,爱上了一位家在乌鲁木齐的女孩。这是我的初恋。书上说,初恋往往甜蜜而苦涩,那次邂逅同样如此。不过,我陪着她一路散步,沿着西大桥去了红山,去了友好商场、八楼、新疆博物馆。次日,又去了大小西门和大小十字。这一次我才知道,乌鲁木齐原来这么大,原来大小西门只是乌鲁木齐的城市商圈之一,还有友好商圈、铁路局商圈,现在,还有万达商圈……我也第一次知道了,乌鲁木齐不止有动物园,有火车站,还有西大桥,有红山,有大小西门、大小十字和友好商场。

又过了十几年,我终于重返乌鲁木齐,定居在这个陌生而又熟悉的城市。陌生是因为我对乌鲁木齐不是很了解,熟悉则是因为一生中已经多次造访过这座城市。

我在这座城市结婚生子,才大概看到了乌鲁木齐的全貌。原来,乌鲁木齐居然这么大,南边是南山、达坂城、柴窝堡湖、盐湖,东边是石人子沟、葛家沟,西边是西山、红岩水库和白鸟湖,北边则是哈熊沟、柏杨河乡独山子村……

乌鲁木齐真的很大,也很丰富多彩。既有城市的繁华,也有西部的荒芜与广袤。后来,父母住在这里帮助照顾孩子的那一段时间,是我生命中难得的快乐闲暇时光,我得以投入大部分的精力、财力在亲子游之中。

我在家人的帮助下,在大湾买了房。我踏青的脚步开始沿着小东梁,走向了附近的石人子沟、葛家沟、蝴蝶谷……开始在周末带着家人去附近的健身步道消暑、徒步。

在乌鲁木齐生活十年以后，我熟悉了乌鲁木齐的一切。

我在这里，见到过新疆著名的企业家、舞蹈家、歌唱家、艺术家、雕塑家……

乌鲁木齐是距离海洋最远的城市，也是一个东西方文化交融、交流的城市。但我感触最深的是，乌鲁木齐是一个与大自然相邻的城市，无论荒漠戈壁、雅丹、高山草原、湖泊，乌鲁木齐几乎有着大部分的新疆自然景色。与冰川相邻，与盐湖相邻，与草原相邻，与森林相邻，与戈壁沙漠相邻，也与亚洲地理中心相拥……因此，在我的印象中，乌鲁木齐是一座距离海洋虽远，虽然干旱，但却是距离美景与心灵最近的城市，能够滋润心田，能够愉悦身心。

这是一个多姿多彩、充满希望的城市。冬天的雪白，夏季的碧绿，秋天的金黄，春天的鹅黄……

作为乌鲁木齐人，我喜欢这里，热爱这里，喜欢这里多元的文化，喜欢这里各民族交融交流的诸多场景，喜欢这里四季分明的气候，热爱这里浓郁的新疆元素、新疆文化、新疆氛围……希望乌鲁木齐更加日新月异、更加美好。

魅力之城

华　丽

一个人与一座城同呼吸共命运、相依相守了三十年之久，会产生怎样的情愫？会涌动怎样的情思？于我，便是永远的眷恋，永远的不舍。

光　明　路

第一次踏上乌鲁木齐地界，走进这座仰望已久的城市，是在二十世纪八十年代中期的一个夏天。那时，我参加工作不久。乌鲁木齐对我来说，是诗，是梦，是难以企及的远方。

终于有一天，我迎来了人生路上的第一次远行。那是一个霞光映照的傍晚，一列绿皮火车，两张硬座票，载着两颗年轻的心，缓缓驶离了静谧的南疆小站。夜幕中，火车哐当哐当，走走停停，颠簸了整整一夜。翌日晨,我和同伴儿总算抵达了心之向往的大都市——乌鲁木齐。

三十年的时光,足以让一些事物变得模糊。在乌鲁木齐短暂停留的那几天,逛了什么地方,品尝了什么美食,购买了什么物品,像一阵轻烟,早已无迹可寻。然而,一条街道,连同它秀丽的景色,却留在了心里,从未遗忘。

记不清乘坐的是几路公交车了,只记得那天阳光明媚,心情舒畅。当车子从一条马路拐上光明路的时候,一下子就感觉到了它的不同。只见郁郁葱葱、高大茂密的树木整齐地排列在路的两边,像迎宾,又像护卫。一条笔直平坦的沥青路,宛若一条黑色的缎带,将浓郁的绿分割开来。随着车子的驶入,我们被带到一片绿意盎然的氛围中。我的眸子被绿意浸染,我的肺腑灌满了绿的芬芳。那由绿筑起的两道屏障,有杨树、榆树、柳树,还有我不认识的一些树种。阳光下,它们各展风姿,各抒情怀。葱茏的背后,是一座座拔地而起的楼房,一幢挨着一幢。楼与树,手挽着手,肩并着肩,一直延伸到路的尽头。

这条路,住进了我的心房。直到今天,那葳蕤,那苍翠,那美好,还会在我的胸腔里涌动。

我没有想到,对于一条路的津津乐道,竟然影响了弟弟的人生抉择。第二年,在填报高考志愿时,他没有片刻犹豫,提起笔就在第一志愿的栏目里填上了新疆大学几个字。拿到录取通知书的时候,他告诉我:大姐常挂在嘴边的光明路,是我做梦都想去的地方。四年的大学生涯,弟弟彻底爱上了这座城市,毕业后选择留了下来,把他的青春、智慧和汗水,全都奉献给这座培养了他的城市。

也许,我与这座城有缘。时隔几年后,我再一次来到乌鲁木齐。而这一次，我的脚步不再匆匆。我不再是一个茫然的过客了，我以主人的身份融入这座沸腾的城市建设中，融入到庞大的人流队伍里。

想来，我不光与这座城有缘，还与这条路有缘。刚开始，我居住的地方是在北门青年路的一个大院里，离光明路相距不远。闲暇的时候，我喜欢到光明路的人行道散步。漫步在林荫下，看车流滚滚，听鸟儿啼鸣，赏霓虹闪烁，凝望曾经寄宿过两个夜晚的博格达宾馆……

在这条路上流连得久了，我知道了一些关于它的故事。

曾经，这里是骇人听闻的荒凉之所。路北，是天津人的"旗奉直东义园"，俗称"天津义园"。博格达宾馆一带是"广东、广西义园"。路南，也就是现在的八一剧场，是处决犯人的刑场，更是一片乱坟岗。它的两边，是"湖北义园"和"中州义园"。这片无人涉足的地方，1949年后才开辟成一条马路，铺上了黑油油的沥青，取名光明路。

想来，这就是时间的力量。没有什么可以和时间抗衡。时间可以改变一切，也可以让黑暗重现光明。

西公园

沿光明路向西，穿过一个十字路口，就是首府赫赫有名的西大桥了。

天气好的时候，我喜欢站在桥上看风景。穿梭的车辆，过往的行人，造型各异的花草树木，护栏上的石狮子，对面红山顶上的红山塔，在我眼里都是一道道不容错过的风景。尤其到了夜晚，桥下的河滩公路更是令人着迷。随着暮色降临，所有的车辆都打亮两道灯光，那灯光如喷射的火焰，璀璨夺目。夜幕下,它们汇聚在一起,串联成一条条游动的火龙,把整个河滩公路映照得灿烂一片。面对如此盛景,天上的星光暗淡了,两岸的街灯哑然了……

站在这座钢筋水泥大桥上,我寻不到一丝“虹桥”“巩宁桥”的旧迹,入目皆是城东城西贯通之后的繁荣与兴盛。俯瞰流光溢彩、美轮美奂的河滩公路,我更是看不到半点乌鲁木齐河的影子。那被洪水肆虐、苦不堪言的日子,已经成为历史,不会复返了。

紧邻西大桥的是人民公园,也就是西公园。步入园内,目光最先触及的是横卧在眼前的一湖碧水——鉴湖。湖畔古榆翁郁,柳丝轻拂;湖中野鸭嬉戏,游鱼穿梭;湖上拱桥飞架,明月当空。然而,立于清澈见底、波光粼粼的湖边,谁又能想得到,这里曾经是一片芦苇丛生、杂乱无章的小“海子”呢?我的脑海不由得浮现出首任新疆巡抚刘锦棠的名字,浮现出庄子“鉴于止水”和朱熹《观书有感》中“半亩方塘一鉴开”的诗句。

在鉴湖西南侧,有一座由“阅微草堂”旧址改建的“岚园”。这是为纪念我国清代著名学者纪晓岚而修建的。园中绿树环绕,花香四溢,流水潺潺,鸟鸣阵阵。石塔水榭,亭台雕塑,黛瓦青砖,廊柱彩绘,别具风韵。《四库全书》总纂官纪晓岚的雕像静静地矗立在园中一个醒目的位置。雕像的背后,是一棵枝繁叶茂的参天大树,仿若一位忠诚健壮的卫兵,年年岁岁护佑着它的主人。凝眸中,几缕阳光透过枝叶洒落下来,给这位手握竹简、满腹经纶的大学士身上涂了一层斑驳的光影,也给铜铸的雕像增添了几许柔和与生动。

在这个散发着花香与书香的园子里,最吸引我的要数“岚亭”了。几条长廊的墙壁上，镶嵌着一首首碑刻的诗文。那是纪晓岚撰写的《乌鲁木齐杂诗》中的一部分，由海内外一百多位书法大家以各种书体书写镌刻而成。黑色的石碑上，有的飘逸洒脱，有的苍劲雄浑，有的柔美隽秀，有的刚柔并济……这些不同风格的作品，集历史与现实于一体，实属一道难得的文化景观。

1768年，纪晓岚从京城被谪戍新疆，在乌鲁木齐生活了两年多。其间，他没有抱怨，更没有消沉，而是以积极的心态投身于社会与民众，替驻扎官员"草奏草檄，日不暇给"之余，考察民情，体验民俗，足迹遍布天山南北。边塞的风土人情、大漠的奇山异水，给了他创作的灵感，给了他一吐为快的冲动。在返京途中的巴里坤至哈密路段，涌动的情思再也难以遏制，一百六十首《乌鲁木齐杂诗》如雨后春笋，喷涌而出。

"烽燧全消大漠清，弓刀闲挂只春耕。瓜期五载如弹指，谁怯轮台万里行。""秋禾春麦陇相连，绿到晶河路几千。三十四屯如绣错，何劳转粟上青天。"这是他对西域屯田场景的描绘。

在纪晓岚眼里，天山脚下是"到处歌楼到处花，塞垣此地擅繁华"的地方。他惊艳于这里的自然风物，热爱这里的风俗人情，用自己独到的慧眼和诗意的笔触，为世人刻画了一幅幅不同于兄弟省市的西域风情图。

两年多时光，原本是被遣送至千里之外的谪戍之人，竟然爱上了大漠，爱上了西域。在给从弟旭东的信中他这样写道："仿佛南省之苏杭，居此两载，起居安适，几有此间乐不思蜀之概也。"

对于纪晓岚来说，乌鲁木齐是他人生中的重要驿站，也是成就他文学事业的一块宝地。

当我沉吟在长长的诗廊前时，另一位人尽皆知的大诗人从岁月深处，扬鞭策马，向我飞奔而来。

岑参，我国历史上的著名诗人。即使是在诗歌最盛行、最璀璨的唐朝，他也是一颗熠熠闪耀的明星。尤其是他的边塞诗，雄奇瑰丽，气势磅礴，独树一帜。《唐才子传·岑参传》这样记载："放情山水、故常怀逸念，奇造幽致，所得往往超拔孤秀，度越常情，与高适风骨颇同，读之令人慷慨怀感，每篇绝笔，人辄传咏。"人们把他与高适并列，合称"高岑"，同为盛唐时期边塞诗派的代表人物。

公元749至756年，岑参先后两次从军，在西域的时间长达六年之久。第二次出塞，他来到北庭。三年的时间里，有不少时日是驻守在"唐轮台"的。

"北风卷地白草折，胡天八月即飞雪。忽如一夜春风来，千树万树梨花开。"这是天宝十三载(754年)，岑参到唐轮台时写下的一首千古绝唱。

生活在乌鲁木齐的人，谁没有见过八月飞雪？就在今年立夏的前一天，归隐不久的雪花又洋洋洒洒了一整天呢！在岑参眼里，洁白的雪花，如同梨花一样轻盈美丽，一夜北风便绽满了所有的枝头。读到这样清新灵动、惟妙惟肖的诗句，即便是立于冰天雪地的严冬，谁还能感受到一丝丝寒意呢？恐怕早被空气中飘散的缕缕花香和春天的气息陶醉了。

"回裾转袖若飞雪，左铤右铤生旋风。琵琶横笛和未匝，花门山头黄云合。忽作出塞入塞声，白草胡沙寒飒飒。"自古以来，在西域这块版图上就盛行着精妙绝伦的舞蹈。观赏之人不在少数，赞美之声不绝于耳。可是，又有谁能像岑参这样，将它用富有边塞特色的自然风光进行完美的呈现与解读呢?

可以说,大漠的苍茫与辽阔,拓宽了他的胸襟;异域的独特与奇绝,滋养了他的诗情;报国的雄心与壮志,更是令他慷慨激昂。纵观岑参留存于世的四百多首诗篇,真正让他名垂青史的,还是其中的七十多首边塞诗,尤其是写于唐轮台的这些诗。

一千多年的风雪,让乌鲁木齐乌拉泊古城早已变成了一堆废墟。然而,站在唐轮台那几道残留的土墙前,我依然能感触到诗人胸中喷涌的那股豪气,依然能寻觅到《白雪歌》《轮台歌》《走马川》等描摹的那些场景与画面。

这就是乌鲁木齐,一座魅力之城,一座令我永远眷恋的城市。

遇见更好的自己

雅　楠

风吹过，榆钱铜铃般沙沙作响，一朵朵，一簇簇，无尽地吸引着人的味蕾。在绿树掩映中，一排排农家小屋青烟四起。这些都是记忆中的样子。

乌鲁木齐市米东区的初春来得相对较早。走进米东区三道坝镇韩家庄村时，正值初春午后。村子里除了一条正在修建的初具规模的乡村道路贯穿始终外，稀稀落落的行人身影和平凡无奇的乡村样貌，并没有引起我们太多的注意。当我们穿越村落来到村东头的"浔疆四季"家庭农场时，清风正拂杨柳枝，阳光落洒池塘上，让人瞬间就有一种置身于江南小院的幽深与浪漫，那种久违的感觉油然而生。

我是带着好奇心走进这里的。一个闻所未闻的偏远村落，究竟是怎样的奇缘，让四位毕业于双一流大学的学子，舍得放弃在一线城市工作和发展的机会，义无反顾地回到家乡创业？到这里我才发现，生活中比风景更为重要的是，能够与同频的人一起奋斗。因为，这本身就是一道靓丽的风景。

漫步庭间，道路两旁的池塘里波光粼粼。水中千万条鱼儿你追我赶，水上一对对野鸭蜜语甜言，好一番欢乐的景象。若是这塘堤上再多一点“春风拂柳日渐长”的小景就更好了，只是这杨柳青青还年少。且莫愁，来年定是好光景。

看着这样的景象，除了惬意，瞬间还让我想起了一段话：“生活不是为了赶路，而是为了感受一路的风景。我们要用一颗美好的心，看待世间风景。要学会用心去微笑，用心去行走，得之坦然，失之淡然，这才是通往心灵的幸福之路。”

穿过池塘，正在兴建的徽派民宿和破土而出的各色花苗，似乎在预示着一番盛景和美好。再往前，便是慕名已久的“浔疆四季”院落和大厅了，整个小院都是以徽派建筑和山水自然为主色调修建的。看到这个庭院，突然就有一种归隐的冲动。可谓茫茫然不知心之所向，萧萧兮身处江南水乡。

放眼望去，虽然此处并非江南，却在四位学子的亲手打造下，又近似青巷。好一派小桥、流水、人家，虽然没有江南烟雨的山水微光，却有北方三月的草长莺飞。院子里的一把把藤椅，厅堂里的一张张画作，墙壁上的一件件蓑衣，木架上的一条条腌鱼，无处不在地显现着主人清新婉约的江南佳梦。

这梦里，便是四位学子在流离江南“习四载而归”的塞外创业之约。

“从上海回来的时候，我也没想过结果会怎样，只是想着通过努力去实现自己的梦想。我知道这一路肯定会不容易，可世界上本就没有什么容易的事。既然选定了这条回乡之路，即便荆棘丛生，困难重重，我要鼓足勇气前行，这样可以不负青春、不负年华，可以激发自己的潜能，遇见一个更好的自己。”这是上海回乡青年大学生周运盛的话。

2020年3月，毕业于上海海洋大学的周运盛，在宁波银行上海分行工作一年后，突然放弃上海优渥的生活环境，毅然决然地回到了千里之外的家乡——新疆乌鲁木齐市米东区三道坝镇韩家庄村，准备开启自己的创业之路。

对于他放弃上海的高薪工作返乡创业，父母起初是无法理解的，认为这就是一种辜负，辜负了父母及亲人对他的期望。

“为了培养他，我们作为父母吃尽了苦头的。他小的时候，夏天我们就在自家这片土地上劳动，冬天就去别的地方打工挣钱。后来他上初、高中了，他妈妈为了陪伴他照顾他，一直都没有出去工作，只有我在外面打拼。再苦再累我都不怕，目的就是希望他以后能够考上一个好的大学，有一个好归宿。不过他也很争气，从小学到高中成绩一直都是很好的，后来顺利考上了上海海洋大学。”

提起儿子，周运盛的父亲十分自豪。

对于他的离开，银行的领导也十分不理解不舍得。不理解他为何要放弃上海高额的收入，回到新疆的一个偏僻落后的小山村里创业；不舍得他一个工作还不到一年、业绩就能攀升至全国第二的前途无量的好苗子，跑去别的银行成为自己的竞争对手。其实，领导不相信他回新疆农村创业，还以为他是被别的银行挖去开拓市场。

对于理想的坚持，周运盛无疑是倔强和自信的。

周运盛终究是脱下了那身华丽的羽衣，乘着梦想的翅膀飞回来了。他的回归并不是孤军奋战，而是带着几个有共同梦想的小伙伴一起飞回来的。

都说物以类聚，人以群分。只有同等能量的人才能彼此欣赏和识别。

周运盛、徐雅各、李天成、李可娜，他们不仅在学业上能够相互督促，相互成就，在共同追求梦想的路上，也能够同频共振，懂得彼此。他们如此自然地形成了一道光。

虽然他们不在一起长大，但命运早已在冥冥之中将他们绑在了一起，而他们之间的牵系就是周运盛。

周运盛和徐雅各是高中同学，分别毕业于上海海洋大学和南京农业大学。李天成和李可娜是周运盛的初中同学，分别毕业于西安理工大学和南京林业大学。他们四人虽就读于不同大学、不同专业、不同城市，却在大学期间共同谋划着同一件大事，那就是毕业后回乡创业，建一个与四个人的专业都有所关联的乡村企业，然后在那里追寻更好的自己。

2020年6月，四个怀揣梦想的大学生终于毕业了。

毕竟是初出茅庐，如果没有一定的社会经验，一个猛子扎进商海却不能顺利上岸，那就真的是大麻烦。就像钻石的蜕变，没有经受过打磨的人，他也不可能是通透的人。

除了徐雅各选择了继续读研外，其他三人选择了先就业，在取得一定的社会经验后，再做进一步的打算。

2020年5月11日，经过一段时间的努力与奔跑，承载着四位学子的梦想与希望终于被点燃。当他们拿到政府行政部门颁发的营业执照时，作为法人的周运盛和几个小伙伴激动得热泪盈眶。

就这样，乌鲁木齐市米东区“浔疆四季”家庭农场就此诞生了。

“浔疆四季”公司的成立,使得四位年轻的创始人都有了自己的定位和明确分工,这十分有利于公司的发展与运营。

法人周运盛负责整个公司的总体经营与管理,研发总监徐雅各负责公司的项目研发与管理,财务总监李天成负责公司的财务与采购,质检总监李可娜负责公司的产品质量与检验。他们四位各司其职,携手共进。

为了尽早实现自己的创业梦想,在家乡的土窝子里建造出一个梦幻的塞外江南,在拿到手续的第一时间里,他们雇来了几台挖掘机,正式开始在政府划定的村后的空地上,开挖和回填那块被大火烧过的芦苇荡和污水沟。

令人没想到的是,一块长满了芦苇的臭水沟和垃圾场,村民们宁可一直遗弃和闲置在那里,也不愿被别人利用起来做点事情。一旦动用了,不管是不是对他们有好处,他们都会认为这是动了他们的蛋糕。韩家庄的村民们每天都在虎视眈眈地盯着,对挖掘机进行各种阻拦,甚至还有人组团上访,目的就是不让“浔疆四季”家庭农场建在自己的村里,即便是能够改造环境也不行。

无奈之下,开工不久的回填工程就此搁置下来。梦想还没起飞,就停在了起步阶段,这让周运盛很受伤,毕竟他才二十五岁。好在有父母的陪伴和小伙伴们的支持。周运盛并没有因此而退缩和颓废,他顶着巨大的压力,一边给村民做思想工作,一边找镇政府出面协调。作为家乡的孩子,即便是拼尽全力,也一定要改变家乡的落后现状。

功夫不负有心人。在镇政府的帮助与协调下,在周运盛的劝说和承诺下,村民们开始慢慢地接受并主动配合。毕竟是对双方都有益的事情,他们没有特别的理由再加以阻拦。

事情也正如周运盛所期待的那样,正在向着更好的方向发展。因为被发现,所以被重视,因为被重视,所以好多事情也就顺遂了。

“浔疆四季”是一家集农业产业研发、农业观光采摘、特色餐饮垂钓、民宿团建定制、亲子旅游研学等为一体的多元化公司。他们秉承实现自己的价值、回馈家乡的理想,于2020年3月开始投资建设,同年10月被乌鲁木齐市米东区人民政府确立为重点扶持项目,项目总投资六千七百万元。一期项目占地三十余亩,投资七百万元,并于2021年7月开始试营业。目前,二期项目正在规划中。

试营业期间,“浔疆四季”不仅当地的游客络绎不绝,就连中国文联的采风创作活动也选择在此举行,为这座塞外江南小院增添了光辉。

或许是经历了太多的挫折与无奈,“浔疆四季”虽然在试营业期间还算顺利,但他们始终没有忘记最初的承诺和目标。他们带动就业140余人次,完成了对本村道路、院墙和人居环境的修缮,硬是将一个孤寂偏僻的小村落,打造成了一个热闹的、典雅的、休闲的旅游胜地。

很喜欢一句话:“人生最幸福的事,不是活得像别人,而是在努力之后,活得更像自己。而那些曾经失去的,也会以另一种方式成功归来。”

“浔疆四季”的落成,虽然是一波三折,可这是四位青年的另一种回归,更是他们不负华年,在此遇见更好的自己的证明。

途经乌鲁木齐

王满飞

细算了这几年所有的路途,发现乌鲁木齐竟然成了我途经中转最多的地方。那些途经与中转也像是一个个勾连的笔画,把已经逝去的岁月彻底描绘成一整幅相关联的作品,然后慢慢与我诉说那些成长的磨砺,在磨得锋利的心上,被切割成一块块整齐的记忆包裹,存放进某些未知的角落里。直到今日,开始写乌鲁木齐的时候,它们又浮出水面。

五年前的春节,关于我要到新疆去这件事情,老家的人保持了两种态度。在故乡生活的那些人觉得,一个男孩子,出去闯荡一下,没有什么不妥。而远在他乡的那些人,却紧皱着眉毛,一遍遍对我讲一个出门人的悲欢世界。在新疆的叔叔,还特意打电话说了我要去的那个基层地方的艰苦。我告诉他们"我都知道"。当一种求索的愿望在心里生根发芽之后,要想再封住它,既需要岁月的长度,也需要一沓生活的纸张,还要有足够的远行路上的风尘做胶水。而乌鲁木齐,是我到新疆的第一站。

我是站着到达乌鲁木齐的。元宵节后,春运的大潮中,我买好所有的票,只是没有预料到火车的"等待"——在兰州站的牌子底下我们等了快两个小时。它在门口却像遗忘了家门钥匙的孩子一样惶恐,我眼睁睁看着要坐的那一班高铁远去,就像去乌鲁木齐,一切的预料都不在预料之中。我辗转买到了一张站票,拖着硕大厚重的行李箱,站了二十六个小时。在那拥挤的车厢里,甚至没有一处允许坐的地方。我忘了我是怎么到达的,我只记得那一路的苦痛滋味都没有困扰到我,只因为遥远的乌鲁木齐身上的一种光辉。它温暖了一个旅人,也消除了世上的许多苦痛。

错过高铁之后,我就给乌鲁木齐已经订好的酒店打电话。因为已经线上付款,在那个时间点是不允许退款的。最后,前台的工作人员了解到情况,说她试着把我的房间给转出去。我知道,这是单凭一个人对另一个旅途漂泊之人的共情,是自发于心底的善举。我没有抱太多的希望,只是礼貌地说了声"谢谢"。之后,前台的工作人员加了我的微信。看朋友圈是一个极其阳光的美丽女子。在我登上那漫长的站着前往乌鲁木齐的摇晃列车后,她发信息说已经帮我出售了房间,房费之后会转给我——不久之后,我也真的收到了那笔款项。在还没有到达之前,乌鲁木齐就用一个充满善意且暖心的帮助,抵达了我的灵魂,让我产生了无限的向往。

但我真正去观看乌鲁木齐的风景,还是在房款事件之后的冬天。那次站到乌鲁木齐也只是一次路过,出了火车站,就匆匆连拼车的价格都没砍地到五家渠去了。终于,冬天的时候,我获得了一次短暂停留乌鲁木齐的机会。在那个下午和晚上，我看到了这座城市的真实模样。

到了乌鲁木齐才发现，“停在八楼的2路汽车”原来不是在八层高楼上，而是一个叫作“八楼”的地方。曾经在歌词中困扰我的那个疑惑解开之后，反而觉得好像失去了一些意味。也许有时候就该任由这些阅读者、聆听者去胡思乱想，才会让一些土地不经意地长出了出其不意的风景来。我想，乌鲁木齐就是这样一个地方，它可以放任每一个到达者对它心存自己的想象，在很多地方也能实现这样的想象，而真实的“八楼”，又是一个到达者深入之后收藏的时光印记。

都说到乌鲁木齐，必须要到红山，我觉得也是这样。即使是在一个凛冬，有雪覆盖在山的额头上，那座红山塔仿佛遗忘了人间的烦恼一样，高高矗立在黄昏的落日间。红山有的不光是风景，还有冬天一样的风骨。那次到红山，穿过林廊佛寺，目见白雪与山间的清幽，然后还见到了红山的历史展览。从那些照片和物件上，顺着一根岁月的绳子，降落到涌动着各种故事的泉水井底，喝一口，就如那腊月的寒泉般让人凛冽回肠。

但我最喜欢的还是林则徐的雕像。在红山嘴上，林则徐的雕像站立着，他的言语也雕刻在身侧。“醉卧红山嘴”，在潇潇寒雪间似乎有了别样的意味。天地之间，唯有他于红山的顶部，举杯邀歌。那凛冬在他身上没有任何的影响，皆是身外之物般，被他抛在了红山嘴下。那时候，宇宙里好像也只有他似的。

喜欢一个人，也会喜欢他所驻足的地方。在红山，我喜欢着林则徐的诗和精神，也喜欢上了这座山，以及这座山所在的城市。所以那个时候，乌鲁木齐也属于爱屋及乌的一部分。

顺着颇有些险峻气势的红山嘴的围栏放眼看乌鲁木齐，那一定是旷达的。我长久伫立在红山嘴的寒风里，想象自己是一棵从石头里长出来的树，远处的落日晕染开一层层灰色云朵的内心，城市的楼宇就像戍边的将士般沉稳厚重，车流在红绿灯的路口聚集又消散，风的鸣叫、车的鸣叫、内心的鸣叫，仿佛都纠缠在了一起。它们不允许我离开那个冬天寒冷的高台，一定要让我看看乌鲁木齐的内里，以红山的视角和心灵去看，直到落日真正地失去了光彩，夜晚开始将乌鲁木齐揽入怀中。我顺着雪，顺着山路，顺着城市的脉络，一路走下红山，然后走进乌鲁木齐的夜晚。

从没有哪座城市的夜晚会像乌鲁木齐一样纵情于歌舞。这是一座多民族文化交融的城市。在丝绸之路上，这里可以眺望中亚，甚至可以远远望见欧亚大陆的交际。一回头，又可以看见古时候的长安城。历史和文化都在这里碰头，所有的来客一起在夜晚的歌舞中烤起全羊，推杯换盏成了兄弟。而我，也是这样寻觅着歌舞和烤肉的香味，来到了国际大巴扎。

大巴扎应当是乌鲁木齐灵魂的一部分。因为这里将一座城市中分散于各个单元楼中的个体凝结成了一个名称——乌鲁木齐人。在一曲音乐响起之后，没有民族的区别，没有性别的差异，没有年龄的代沟，也没有语言的隔阂，所有人都在对这个当下美好的夜晚歌舞。那些天然的笑容好像从天山上采摘下来的花朵一样纯透，从脸颊、眉毛，一直传递到舞动的手指头上。这个时候，你的心里没有任何烦恼，只想打开一瓶大乌苏，畅意地饮一口，畅意地欢呼，畅意地笑，哪怕只是在歌舞人群的外头，在那些伸长脖子的手机摄像头外头，也依旧会心地摇头晃脑，跟从着节奏。这一刻，你会发现，你的生活如此需要烤肉和玫瑰花馕，需要一瓶大乌苏，而它们已尽在你的眼前了，你只需要放开内心的饕餮，抛开今晚减肥的计划，坐在这张灯火渲染的——也许是歌舞渲染的桌子上，去享受当下生活的美好。再没有什么可以困扰你了。因为这一刻，在这样一个地方，歌舞与美味早已经把欢乐溶解到了饱和。如果你还想要达到结晶的程度，那也许你可以带着心爱的人一同赴约。

在这样一个凛冬里，我没有感觉到丝毫的寒冷。乌鲁木齐在那一个晚上是柔软的，是温暖的，是带着烧烤热度和香美味道的样子。后来，我又因为很多的事由，无数次到达和途经乌鲁木齐，但却从没来得及和居住在乌鲁木齐的叔叔一起吃一顿饭，直到来鲁迅文学院参加培训前，在这座容纳五湖四海人的边疆城市里，我们对坐在一起。

我带着从陕北老家拿来的小米，他则带着一腔长辈的关爱。在一家民族特色的餐厅里，经由长久的分别情绪加持，叔叔恨不得把所有菜单上的特色菜都点一遍。我们一直坐到凌晨，仿佛那满桌的菜不只是给一对叔侄，也是给经年的阔别和离乡出门人的情绪，它们也需要丰盛地吃一顿，填补那些岁月带来的逝去。

在乌鲁木齐，远方是很多人共同的话题，也是这座城市的烙印。作为新疆的首府，它一直是祖国的边疆心脉，是无数祖国热血青年的奔赴之地。我和叔叔大概也可以算作这无数的乌鲁木齐远方人之一。只不过，对他来讲那是生活的地方，对我来讲，那是路过的站点。我的远方在更加遥远的南疆，在昆仑山和塔克拉玛干沙漠交会的地方。但所有的一切，并不影响叔侄两个人的交流。乌鲁木齐夜晚的美食，自觉地安抚着两个远行人，给予我们共同的话题和情感，也给予我们下次相聚的约定。

第二天，我再一次途经乌鲁木齐——在地窝堡的飞机上，我看着它远离的背影，看着天山银白色的容颜，我看见了我的叔叔扎根在这座城市，他家的孩子都已经上了高中，看见了我自己过去每一次途经时候的场景。它们在飞机的窗户外头，跟着一起升高、再升高，我一闭眼睛，就可以看到。远方，原来是这个样子。

遥望天山

默　风

“偶立崇椒望，天山中外分。玉门千里雪，盐泽一川云。峭壁遗唐篆，残碑纪汉军。未穷临眺意，大雪集征裙。”在清代岳钟琪的《天山》中，我向往巍峨雪山。虽不能抵达，但在梦里，总能与它相遇，在白雪皑皑的世界里，穿越、思索、麻木。于是，每次坐飞机的时候，我都喜欢坐在靠窗的位置，把头紧贴玻璃，一路看着。

之前上大学，从乌鲁木齐出发，飞跃青藏高原的时候，就被飞机下的巍峨雪山震撼。它们绵延几千里，白茫茫一片，深不见底。那常年积雪高插云霄的群峰，像古代皇后头上的皇冠，各种珠宝、翡翠镶嵌其中，发出夺目的光芒。那一刻，让你昏眩，又让你置身其中，迷恋不舍。

但不同的是，那种震撼和相遇都是短暂的，一年下来,也飞不了几次。更别说,与群峰续缘,再次感受那宏大、壮阔、斑斓的景观了。好在我生活的地方——新疆,能时常看到天山。天山,是亚洲内陆中部的著名山系,位于欧亚大陆腹地,全长约两千五百公里,南北平均宽二百五十至三百五十公里。天山呈东西走向,绵延中国境内一千七百公里。位于西段的托木尔峰是天山山脉的最高峰,东西横跨中国、哈萨克斯坦、吉尔吉斯斯坦和乌兹别克斯坦四国。

在乌鲁木齐,只要一抬头,它就在你面前。从西到东绵延几千里,让你感觉,你身边随时都有个依靠,无论去往何处,都不会迷失方向。比如,你在红山公园看天山,天山是绵延起伏的,冷峻中像燃烧的蓝焰,把一方天地燃透,包括天空、云朵、树木、楼宇都一样,泛着迷人湛蓝的光芒,不舍其分。如果你从某座高楼大厦望去,天山又是渺小别致的,画面像框在一幅画框里,只有些许的云雾在流动,如置身幻境,也漂浮其中。如果你走在街上望去,天山又是移动的、魔幻的,你走得越快,天山退得越快,你停下来,天山也停下来,好像它就住在你的身体里,美好又着迷……所有这一切,不管你从哪个角度望去,它依然那么熟悉、伟岸,在二十四小时的更替中,同你一起睡去,又一起醒来,直到没有琐碎的笔触,与蓝天融为一体。

于是,毕业后漂泊了几年,依然回到乌鲁木齐这充满希冀的土地。是的,天山陪伴了我,见证了我的成长。在一年四季中,我最喜欢冬天。冬天让人沉寂,万事万物都回到了原点,大地空无一物,广阔而遥远。每次陷入自我的困顿之中,我就喜欢出去走一走。在南山,走在雪中,让你不再孤单。那么多雪花陪伴着你,你也是其中一片,回旋,落下,覆盖被覆盖,融入大地。

而今年,天山已是初冬的模样了。有初雪的森林,将白色、绿色巧妙地交融在一起。这是冬季的颜色,这是两种不同事物美的象征。它们把永恒演绎到了极致,让你情不自禁地赞叹大自然的神奇和诡变。洁白的雪在山里铺了五六厘米厚,它们已先于你到达——像一个耐人猜测的谜语,被一层白色的神秘包裹着。它无言语,它无声息,它不愿露出一点底蕴,只是静静地落在那里,毫不理会我这个不知趣的访客,更不理会外在的干扰。它只做着千年的长梦,任由外面的世界有着风霜雨雪的变化。

行走在雪地上,听着脚下传来的“咯吱咯吱”声,我竟然不敢相信自己的双脚,还能弹奏出这么美妙的音乐。山下的爬地柏也枯黄了。它们不像那些落叶木,叶子枯黄后便凋零飘落。它的鳞状小叶总是很好地长在枝上,体悟着生命与自然的碰撞,有滋且有味。

顺着山沟行走了一段距离。起初像一只小鸟,健步如飞。走了一段距离后,河谷两边的山愈发险峻,雪林也逐渐密集,我居然开始担心会碰见野兽。要是碰见黄羊、北山羊、天山马鹿之类玲珑温顺的动物,倒是蛮不错的事,就害怕碰见狼、野猪、雪豹之类的凶猛野兽。我之所以感觉会有野兽,也不是没有原因的。冬天,深山的雪更厚一点,野生动物寻找食物困难,就会下山找寻。不知为什么,忽然就想起了这些。虽然有时非常希望遇见野兽,只是今天千万不要遇上。可以肯定地说,我周围方圆十几公里内是没有人的,万一出现意外,即使喊破嗓子,也不会有人来搭救我。

我只是森林的“客人”,这一点,我一直没有忘记,所以我从来不去破坏“主人”的家。这里的一草一木,一雪一石,都深深吸引着我这个远方“客人”。一块巨石上长了一棵云杉。它茂盛地在石头上生长,把那块灰色的巨石装点成了一块绿荫地。我爬到石头的侧面去看了一下,那棵云杉正好从石头中间钻出。它一定费了很大的力气，也一定与巨石进行了持久的耐力战，最后，才打胜了这场战争，为自己的生命迎得了一片生长空间。看着这一树一石，又仿佛是大自然的一种插花艺术。

继续深入，雪越来越厚。我默默地爬着，静静地看着，好像这片雪林是属于我的，又好像我是属于这片雪林的了。摘了一颗爬地柏的果实，虽然已有些干枯，但一股熟悉的松脂香味仍然扑鼻而来。就是这种气息让我久久不能忘记，这是山上的原始雪林特有的气息，在其他地方是没有的。这时，抬头望向雪峰，已快达到70度角。也许你只能仰望，才能感受到天山的伟岸和别致。

云雾缭绕，寒风凛冽。在那一行茫茫的白里，我看到有蓝色火焰，燃烧着通体的山峰，大片大片的，这也许就是远观和近观的差异感吧！那时，在山脚下看天山，你看到的是宏观的变化，有时只能去想象。现在身临其境，想象都是多余的词汇，它会毫无保留地呈现在你面前，让你畏惧，让你崇拜。感觉除了生命之外，原本拥有的都不算拥有。在这里，你被撑大的感官会容纳很多东西，为此你的心也在变大，思维被打开。时间的更替历经千年万年，一成不变的只有它们。而我们，只能随历史烟消云散。

此时此刻，我已融入了天山。我置身其中，开始感觉它的喜怒哀乐。每一年，到了冬天需要检阅的时候，我就跟它一起，或寒风凛冽，或威严震怒，或变幻莫测……我不知道什么时候才能成为它。这也是我多年后，再次写到《遥望天山》时的悸动。正如此刻的乌鲁木齐，在雪的映衬下，显得格外雪白、精神。

时间一点一点流逝，天山的视野和感念在心里溢出：

遥望天山，肃穆绵延
那一行茫茫的白里
有蓝色火焰，有前世的梵音和鸟鸣

它时常变幻，放荡不羁
从大西洋水汽开始，一路漂泊多国
才得以在此安歇
可挣扎的命运，之于闪电这支画笔
常常只做速写

先辈们梦呓里的牛马远行
深邃的瞳孔在荒原放牧
土地和乡音牵扯着前世的乡愁，沉重而古老
一种用于续命
一种润色信仰

在迁徙与固守间抉择
世代封存的密码正被慢慢解析
从沙漠的墓丘回到山上的亡灵开始
唯有那蓝色火焰可以奔流
——自由的河，附着于群峰的黑暗深处

只需一点温度,便可崩裂

以虎啸之势,奔向沙漠之心

化为春雨的气息

孕育出亿万个缥缈的绿体

命运的惶恐,命运的清澈,命运的哀戚——

此刻,都随蓝色火焰燃烧

抵达前世的殷实